일심一心

■ 표제 글

추강 문봉현

1949년 경남 남해 출생

2005년 대한민국미술 대상전 초대작가

2010년 국제종합예술대전 최우수작가상 수상

현) 사단법인 한국산악회 부산지부 고문

일심一心

신종석 장편소설

도화

차 례

작가의 말

내가 출간한 장편소설 『원효』를 팔순 고령의 형님이 암 투병을 하면서 두 번이나 읽고 나에게 팔만대장경을 한번 써보라고 권했다.

팔만대장경!

단번에 오십여 년 전 돌아가신 할아버지가 생각났다. 할아버지의 고향은 경남 합천군 야로면 월광리, 가야산 해인사 어귀에 있다. 나는 부산에서 태어났지만 선산이 합천에 있고 조상 대대로 가야산 기슭에 터를 잡고 살았다. 할아버지께서는 부산으로 이사 온 후에도 어린 나에게 팔만대장경의 판각 과정을 영웅담처럼 자주 들려주었다. 아마 할아버지께서도 할아버지에게 전해 들은 옛날이야기였을 것이다. 기억나는 것은 목판을 다듬고 소금물에 삶거나 오줌통시에 몇 년 담가 두었다는 비법들이었다.

미루어 짐작하건대 윗대 조상 중 누군가가 팔만대장경 판각 불사에 일심으로 동참했고 아주 자랑스럽게 후손들에게 전했던 것이 분명하다.

팔만대장경.

내가 알고 있는 상식은 고려시대 몽골의 침략을 막기 위해 온 백성이 14년 동안 판각했다는 것, 석가모니 부처님의 말씀을 새겨놓은 팔만여 장의 불교문화재라는 것 정도였다. 나는 새삼 할아버지를 떠올리며 도서관으로 달려가 팔만대장경에 관한 전문서적들을 뒤적이기 시작했고, 일본이 억불 조선 오백 년 동안 끊임없이 고려대장경판팔만대장경의 본명을 탐냈다는 사실에 주목하지 않을 수 없었다.

왜 일본은 대장경 판각 불사에 실패했을까? 그리고 우리는 갖은 국난이나 일제강점기의 수탈 속에서도 고려대장경판재조대장경을 지켜냈을까?

나는 고려대장경판에 깊이 빠지면서 단번에 우리 민족의 한마음 一心을 보았다. 신라가 당나라를 이 땅에서 몰아낸 것도 일심이고, 임진왜란 때 의병 승병이 일심이며 동학농민혁명 삼일운동이 일심이고 4·19, 5·18, 가까이는 2002월드컵 길거리 응원 그리고 촛불이 한마음 一心이다.

우리 민족의 가슴속에 뿌리 깊은 이념인 인간뿐만 아니고 주변의 모든 존재를 이롭게 한다는 홍익인간 사상이 너와 나를 벗어난 한마음 一心이지 않은가?

　선사시대부터 가까우면서도 먼 나라 일본에 우리의 문화를 전해주었듯이 우리의 一心으로 미래지향적 내일을 열어갔으면 하는 바람으로 장편소설 一心을 썼다.

　조만간 손주들을 데리고 합천 선산에 한번 다녀와야겠다.

2018년 가을 신종석 드림

일심

대지진

10월 1일 새벽 일본 총리 관저

요코야마橫山 총리는 잠결에 자신이 언덕에서 굴러떨어지는 악몽을 꾼 줄 알았다. 눈을 뜬 순간 천지를 진동하는 굉음이 귀청을 때렸고 찰나에 꿈이 아니란 것을 직시했다. 머리카락이 바싹 서고 등골이 오싹할 틈도 없이 몸이 공중으로 치솟는 듯하더니 다다미 바닥으로 사정없이 나가떨어졌다.

절체절명의 순간 눈에 확 들어온 것이 있었다. 머리맡에 걸어두었던 고조할아버지 요코야마 야스타케와 절친한 히라노 대통 대승정 그리고 무불 탁정식 세 사람의 존영과 조상 대대로 물려온 일본도가 바닥에 내동댕이쳐지는 장면이었다. 연이어 천장 조각이 와르르 쏟아지기 시작했고 피할 틈도 없었다. 날카로운 것 하나가 자신의 이마를 예리하게 스쳤다. 그리고 곧바로 상황을 인지했다.

앗, 지진이구나!

가끔 겪는 지진이지만 이렇게까지 심하기는 처음이다. 총리는 본능적으로 책상 밑으로 기어들어가려 애썼다. 그러나 연이어 롤러코스트를 타듯 아래위로 마구 요동치는 자신의 몸은 어찌할 방법이 없었다. 눈앞에 보이는 책상과 의자 온갖 물건들이 무중력 상태에서 고삐가 풀리듯 마구 흩날렸다. 유까다 차림의 요코야마 총리는 바닥에 엎드려 중심을 잡으려고 안간힘을 다했다.

아, 죽을 수도 있겠구나…!

순간 번개가 치듯 머릿속을 스치는 것이 있었다. 외손녀 하나꼬의 재롱떠는 모습, 며칠 전 이시다 외무상의 타케시마 영토 주장, 고토꼬 할머니의 얼굴, 요코야마 야스타케 고조할아버지, 입이 몹시 크고 긴 수염이 좌우로 뻗은 땅속 큰 메기의 환상. 그리고 수많은 사람들이 대지진에 매몰되고 일본 열도가 태평양으로 가라앉는 환상이 공화(空華)처럼 눈앞에 어른거렸다.

숨 돌릴 틈도 없이 여진은 계속되었다. 조금 전에는 아래위로 요동치더니 이번에는 몸을 좌우로 마구 흔들어 놓았다. 마치 엄청 큰 세탁기 속에서 사정없이 돌아가는 듯했다. 이리저리 처박히면서도 중심을 잡으려 안간힘을 다했다. 또다시 천장 부착물들이 비 오듯 우수수 떨어졌고 침실의 가구와 잡동사니들이 마법에 걸린 듯 한바탕 요동을 치더니 단전이 되었는지 방안이 캄캄해졌다.

잠시 요동이 멈춘 틈을 타 잽싸게 책상 밑으로 기어들어갔
다. 심장은 백 미터 달리기를 한 듯 마구 뛰었고 호흡은 무척 거
칠었다. 이마에선 끈적끈적한 핏방울이 땀과 범벅이 되어 콧등
을 타고 흘러내렸고 분진으로 숨쉬기가 힘들었다.

진기가 나가고 방안 자동제어장치가 정지되자 책상 밑은 금
방 찜통이 되어 버렸다. 마치 사우나탕에 앉아 있는 것 같았다.
빨리 밖으로 탈출하여 일본의 총리로서 자신이 직접 국가위기
관리센터를 가동해야 된다는 마음이 간절했다.

지진이 잠시 숨고르기를 하는 사이 가쁜 숨을 가다듬고 경호
원을 불렀다.

"당직 경호, 경호!"

방은 방음장치가 되어있지만 대화 이상의 큰소리를 지르면
자동으로 중앙통재실과 경호실로 연결되게 되어있다.

"당직 경호. 경호. 누구 없소?"

"……."

인적은 없었고 폭탄을 맞은 듯 매캐한 분진 내가 숨을 막았
다. 손으로 코와 입을 막고 진정한 후 이성을 찾아야겠다고 마
음을 다잡는다.

아, 몇백 년마다 한 번씩 온다는 대지진인가?

자신의 추측으로 사상 초유의 대지진이란 판단이 섰다.

아, 죽을 수도 있겠구나…!

공포가 몰려오기 시작했고 눈앞에 죽음이란 것이 아른거렸다. 언제 또다시 여진이 닥칠지 모르는 상황이다.

동일본 대지진의 복구도 아직 다 못했는데…!

텔레비전에서 본 쓰나미가 몰려오는 장면과 후쿠시마 주민들의 처참한 얼굴이 눈앞에 마구 스쳐 지나가고 불현듯 요코야마 야스타케橫山安武 고조할아버지의 존영이 뚜렷이 떠올랐다.

요코야마 총리는 마음을 다잡았다. 천재지변 앞에서 자신은 일본 국가위기관리 총책임자이란 것을 상기하고 침착해지려고 애를 썼다.

지진으로 울부짖는 국민의 얼굴이 눈앞에 클로즈업되었고 파괴된 도시의 풍경이 머릿속에 아무렇게나 마구 그려졌다.

지금쯤 지진 발생 지역에 거주하는 사람들은 자신과 비슷한 모습으로 대피 안내 방송을 애타게 기다릴 것이란 생각이 들었다. 그러나 지금은 전기도 나갔고 재난대피 방송도 없는 상황이다.

요코야마 총리는 슬그머니 화가 나기 시작했다. 이 땅에서 태어난 사람이면 누구나 제일 강조하는 것은 재난 안전 대피인데, 왜 아무 연락이 없는 것일까? 이른 새벽이라서? 아니면 지금 상황이 꿈이라서? 잠시 꿈인지 생시인지 헷갈렸지만 이마에서 흘러내리는 핏방울은 꿈이 아님을 똑똑하게 증명하고 있었다.

야간 당직 경호원들은 도대체 무엇을 하고 있담?

국가위기관리센터에서는 지진 상황을 감지하고 있는 것인가?

평소 지진이 발생하면 늦어도 20~30초 안에 대피 문자가 와야 하는데?

혹시 하고 유까다 주머니에 손을 넣어 스마트폰을 찾아보았다. 주머니엔 아무것도 없었고 스마트폰의 어떤 울림이나 신호도 감지되지 않았다.

평생을 살면서 수없이 겪은 지진이지만 이렇게 심한 지진은 처음이다.

아! 말로만 듣던 사상 초유의 대지진이라면…?

대지진의 공포가 차츰 말초신경을 타고 온몸으로 엄습해오기 시작했고, 자신이 어릴 때 고토꼬 할머니가 이야기해주시던 간토대지진의 처참한 상황이 마치 영화를 보듯 눈앞에 아무렇게나 그려졌다.

어린 요코야마 고이지橫山幸一는 할머니 품에 꼭 안겨 지진의 공포에 몸을 떨었다. 할머니, 지진은 왜 일어나는 거예요? 할머니는 고이지를 꼭 안아주며 말했다. 고이지짱, 땅속에는 엄청나게 큰 메기가 살고 있데요. 그 메기가 한 번씩 화를 내고 요동을 치면 땅이 흔들리고 지진이 일어난대요. 할머니가 어릴 때도 엄청난 큰 지진이 났어요. 땅이 쩍하고 갈라지면서 사람들이 갈라진 틈으로 마구 빨려 들어갔어요.

고이지짱, 아주 먼 옛날에는 후지산이 폭발했데요, 화산재가 며칠 몇 달 동안 하늘을 뒤덮어 온 세상이 캄캄했데요.

어린 요코야마 고이지는 할머니 품에 꼭 안겨 여진의 작은 흔들림에도 무서워 어쩔 줄 몰라 했다. 그럼 고토꼬 할머니는 요코야마 야스타케 고조할아버지 이야기를 아주 자랑스러워하며 무용담처럼 해주셨다.

야스타케 할아버지께서는 지진이 온다는 것을 미리 알고 많은 사람들을 살렸어요.

방안은 쥐죽은 듯 고요했다. 한시라도 빨리 이 찜통 같은 방에서 탈출하고 싶은 마음이 간절했다. 지금 일본 국민이 사상 초유의 대지진에 깔려 구조를 기다린다는 생각에 마음이 점점 다급해졌다.

깨어진 창밖으로 새벽하늘이 희뿌옇게 눈에 들어왔다. 여진이 숨고르기를 하고 있는 사이 조심스레 책상 밖으로 나와 머리맡에 둔 스마트폰을 찾아보았다. 온갖 잔해들로 한데 뒤섞이고 어두워 찾을 수가 없었다. 비상 조명까지 나가 비상 전화기도 텔레비전 리모컨도 찾을 수가 없었다. 모든 물건이 제자리에 있을 리 없었다.

총리는 잠옷 허리끈을 풀어 이마에 칭칭 감쌌다. 장애물을 치우고 문 앞으로 걸어갔다. 침실문은 자동문이다. 안에서 본인이 다가가면 홍채 인식 후 자동으로 열려야 한다. 몇 번이나 눈을 깜박여보았으나 문은 열리지 않았다. 관저의 모든 문은 전기가 정전되어도 비상 배터리로 작동되는 것으로 알고 있다. 문 상단에 파란 램프불이 정상으로 깜박이는 것을 확인했으나 문은 열리지 않았다. 손으로 밀어보았으나 꼼짝을 하지 않았다. 지진으로 문과 벽이 휘어졌을 것이란 판단이 섰다. 큰일이다. 화재라도 발생하면 꼼짝 못 하고 죽을 수도 있다. 혼신의 힘을 다한 끝에 겨우 주먹 하나 들어갈 틈이 생겼다. 밖은 캄캄했다. 문틈으로 손나발을 만들어 누군가를 소리쳐 불렀다.

"경호, 경호. 누구 없소. 나 요코야마요. 요코야마 고이지."

"……"

대답은 없고 문틈으로 들어온 열기와 분진 내가 코를 찔렀다.

지렛대로 쓸 만한 물건을 찾아보았다. 마침 떨어져 나온 긴 막대기를 찾았다. 문틈에 끼우고 힘껏 당겨보았다. 겨우 머리가 들어갈 정도의 틈이 생겼다. 머리가 들어가면 몸은 들어가는 법이다. 천만다행이다. 빠져나오며 용을 썼더니 이마에서 피가 흘러내려 눈으로 들어갔다. 손등으로 피를 닦고 지혈을 한 후 다시 소리쳤다.

"경호, 당직 경호. 누구 없소!"

"……"

일층 로비는 더욱 엉망이었다. 입을 쩍 벌린 듯 갈라진 바닥은 발 디딜 곳을 찾기 어려웠다. 로비 중앙 벽면 일본을 상징하는 후지산 대형그림은 종잇조각처럼 찢어져 있었고 방탄 유리창이며 부착물들이 산산조각 바닥에 나뒹굴고 있었다.

정문으로는 나갈 수 없었다. 안전문은 육중하게 앞을 가로막고 있었다. 폭탄으로도 뚫을 수 없는 안전문이다.

이마에서는 연신 핏방울이 흘러내렸다.

아, 큰일 났구나! 아무도 산 사람이 없나…?

엄청난 공포가 몰려왔다. 그때 적막을 깨듯 복도 반대편에서 발자국 소리가 들려왔고 손전등 불빛이 다가오고 있었다.

"게 누구요? 이쪽으로 대피하세요. 정문으로는 나갈 수 없습니다."

외곽 경비대였다.

선혈이 낭자한 유까다 차림의 요코야마 총리는 경비대 앞에서 일본 총리로서의 의연하고 침착해지려고 애썼지만 몰골은 말이 아니었다.

*

당일 새벽 총리 관저 건물 내에 머문 사람은 요코야마 총리를 포함해 모두 16명이었다. 외곽 경비대의 신속한 구조로 오선 7

17

시 30분까지 생사가 확인된 사람은 단 네 명에 불과했다.

외곽 경비대 근무자는 지진이 발생한 시간에 깨어 있었고 바깥에 근무 중이었던 사람은 대부분 무사할 수 있었다. 그들의 순발력은 민첩했다. 비상상황에서 누구보다 자신의 안전과 타인의 구조 활동에 훈련된 정예 요원들이었다. 본진이 한차례 소용돌이를 치고 난 뒤 외곽 경비대의 신속한 구조 활동으로 부상자 네 명은 관저 밖으로 무사히 대피할 수 있었고 응급치료도 받을 수 있었다.

하늘이 무너져도 솟아날 구멍은 있다고 했던가, 비상상황에 대비하여 항상 별관 야외에 머문 헬기 기장은 가벼운 찰과상 정도여서 비행에는 문제가 없었다. 24시간 바깥에 비상 대기한 헬기는 곧바로 이륙할 수 있었다. 하지만 반경 100km 내에서는 극심한 지진파로 인하여 무선 통신이 아예 불통이 되어버렸고 미세한 여진은 북을 치듯 계속되었다. 천신만고 끝에 여진이 없는 틈을 타 헬기 기장은 약 130km 떨어진 고후甲府시 상황실과 교신을 할 수 있었다. 다행히 고후시는 대지진의 진동은 심했으나 통신과 도로가 완전 두절된 상태가 아니라는 소식을 들었다.

일단 고후시로 대피하기로 했다. 출발하지도 않은 헬기가 기우뚱하고 흔들렸다. 강한 여진이 왔다.

"각하, 강진이 계속 옵니다. 일단 고후시로 대피하는 게 좋을 것 같습니다. 서쪽 고후, 나가노, 우에다 등 교신이 가능한 상황실에 도쿄의 긴급 상황을 알렸습니다. 출발하겠습니다. 각하?"

요코야마 총리는 차마 출발하자는 말이 떨어지지 않았다. 생사를 알 수 없는 관저 근무자가 열 명이 넘고 외곽 경비대를 남겨 둔 채 자신은 총리란 명분으로 헬기를 타고 대피한다는 게, 하지만 자신은 일본 국가위기관리 최고책임자로 빨리 대지진의 재앙으로부터 국민의 생명을 구하고 사회의 질서와 안전을 도모할 책임과 의무가 있다는 것을 상기하는 데는 긴 시간이 필요치 않았다.

"… 그, 그렇게 하시오. 기장."

헬리콥터의 요란한 엔진 소리와 무전기 교신 소리가 요코야마 총리의 가슴을 짓눌렀고 헬기는 서서히 이륙하기 시작했다. 순간 총리는 뒷좌석에 동승해 무전기 키를 잡고 있는 비서관을 바라보며 소리쳤다.

"이보게 덴, 덴노 헤이까께서는…?"

"각하, 지금 막, 무사하다는 연락을 받았습니다. 지요다 황거는 워낙 안전한 곳이라…."

하늘이 일본을 버리지는 않는구나, 요시! 하고 요코야마 총리는 자신도 모르게 두 주먹을 불끈 쥐었다.

요코야마 총리는 자위하기 시작했다.

하늘은 왜? 일본에 지진이란 대재앙을 주신 것일까…?

아니다. 일본에 대재앙을 준 것이 아니라, 유라시아 대륙의 동쪽 끝에서 화산과 지진의 활동으로 찢겨 나온 땅이 일본 아닌가, 태초에 화산과 지진으로 형성된 땅이다. 이 땅에 조상들이 터전을 마련하고 끊임없이 화산과 지진을 극복하며 태양을 제일 먼저 맞이하는 일등국가 일본을 건국하지 않았는가. 이것은 시련일 뿐이야, 시련. 더 나은 미래를 위한 시련!

서서히 헬기가 하늘로 떠오르자, 시월 초순인데도 찜통 같은 이상 기후의 도쿄 시내가 처참한 모습으로 눈에 들어오기 시작했다. 아침 안개와 뿌연 연기로 뒤범벅이 된 도시는, 마치 지옥의 큰 가마솥에 쑤셔 넣고 펄펄 끓인 다음 막 쏟아부은 듯 마구 뒤섞여 있었다. 헬기에 동승한 사람들은 눈 앞에 펼쳐진 상황을 보고도 도저히 믿을 수가 없다는 표정들이 역력했다.

아…!

도시는 원자폭탄을 맞은 듯 성한 건물 하나 없었다. 전후 세대인 그들의 눈에는 사진으로만 본 1945년 8월 6일 히로시마의 모습과 흡사했다. 폐허가 된 도시는 거대한 쓰레기장을 방불케 했다. 아침 안개와 연기, 뿌연 분진으로 뒤덮인 꼭 마법의 공동묘지 위를 날고 있는 듯했다.

지금 이 순간에도 눈앞에서 여진으로 건물들이 요동쳤고 겨우 붙어있던 잔해들이 마구 떨어지고 있었다. 어떤 곳은 마치 다이너마이트로 건물을 철거하듯 눈앞에서 순식간에 폭삭 사라지고 있었다. 아스팔트 도로가 빙하의 크레바스 모양 입을 쩍 벌리고 갈라져 있었다.

전 세계에서 내진설계가 제일 잘됐다고 자랑하던 일본의 건축물들은 대지진 앞에서는 사상누각에 불과했다. 달리던 차량들은 여기저기 장난감 모양 처박혀 검은 연기를 내뿜고 불타고 있었다. 남쪽으로 고개를 돌리자 일본을 상징하는 1958년에 세운 높이 333m의 철탑 도쿄타워가 두 동강이가 나 처참하게 부러져 있는 것이 아닌가. 눈으로 보고도 도저히 믿을 수가 없었다.

도시를 가로지르는 고가도로의 기둥들은 일부러 잘라 놓은 듯 일률적으로 잘려나갔고 도로는 엿가락 모양 휘어지거나 뒤틀려져 있었다. 도쿄만으로 연결되는 레인보브리지는 끊어져 바닷속으로 처박혔다. 해안은 쓰나미가 스쳐 가 뒤집힌 배, 떠내려온 집, 컨테이너들이 바다에 둥둥 떠다녔다. 배들은 육지로 밀려와 있었고 차량들은 바다로 떠내려가 있었다. 수만 톤급 화물선들은 죽은 물고기 모양 밑바닥을 물 위에 드러내고 뒤집혔다. 마치 양어장의 죽은 물고기 떼를 보는 듯했다.

사상 초유의 자연재해에도 동쪽 태평양 쪽에서 서서히 동이 트고 있었다. 떠오르는 해는 어제와 똑같은 모습이었다. 아무 일도 없었다는 듯 시치미를 뗀 채 유유히 떠오르고 있었다. 요코야마 총리는 떠오르는 해를 바라보며 자신도 모르게 발악을 했다.

"으악! 단 며칠이라도, 아니 오늘 하루만이라도 해가 떠오르지 않아야, 그래야 핑곗거리도 있고 위로라도 받을 것이 아닌가. 아⋯⋯."

헬기는 서쪽 고후시로 기수를 돌렸다. 그러나 계속해서 눈앞에 펼쳐지는 참상은 눈으로 볼 수 없는 글자 그대로 목불인견이었다. 고속도로는 뒤틀려 솟거나 크레바스 모양 갈라져 있었다. 도쿄도와 고후시 중간 지점에 있는 대악산은 한쪽 면이 완전히 절개되어있었고 밀려 내려온 토사가 거대한 평야를 만들어 놓았다. 그 모습은 참담하다 못해 경이로울 지경이었다. 도쿄도에서 서쪽으로 50km를 날아왔는데 아직 움직이는 차량을 발견할 수 없었다. 도롯가엔 뒤집히고 처박힌 차들이 줄지어있었고 부상을 당한 사람들이 차량에서 빠져나오고 있었다. 겨우 목숨을 부지한 사람들은 헬기를 보고 살려달라며 손을 마구 흔들었다.

요코야마 총리는 눈을 감고 소리치기 시작했다.

"아⋯ 신이여."

하지만 다음 말을 잇지 못했다.

"아⋯ 할머니!"

요코야마 총리는 자신도 모르게 고토꼬 할머니를 찾았다.

할머니, 지진은 왜 일어나는 거예요? 할머니는 고이지를 꼭 안아주며 말했다. 고이지짱, 이 땅속에는 엄청나게 큰 메기가 살고 있데요. 그 메기가 한 번씩 화를 내고 요동을 치면 땅이 흔들리고 지진이 일어난대요. 그런데 많은 사람들은 땅속에 메기가 산다는 말을 옛날이야기라고 믿지 않았어요. 아주 먼 옛날에는 후지산이 폭발했데요, 화산재가 며칠 동안 하늘을 뒤덮어 온 세상이 캄캄했데요.

헬기 프로펠러 소리가 뇌리 깊숙이 파고들었고 눈앞에는 알 수 없는 공화만 어른거렸다. 할머니가 이야기해주시던 간토대지진 모습과 오늘 아침 도쿄의 참상이 응보의 갈등처럼 마구 뒤섞여 정신이 한동안 혼미했고 멀미를 하듯 속이 메스꺼웠다. 얼마나 시간이 지났을까? 요코야마 야스타케橫山安武 고조할아버지의 사진 속 모습이 불현듯 눈앞에 떠올랐고 따귀를 맞듯 정신이 번쩍 들었다.

덴노

10월 1일 오후 임시국가위기관리센터

대지진 발생 당일 정오까지 요코야마 총리를 비롯해 생사가 확인된 내각은 총 15명 중 법무상·외무상·국토교통상·방위상 등 4명에 불과했다.

고후시 청사에 임시국가위기관리센터를 마련한 요코야마 내각은 당일 15:00부로 도쿄, 지바, 요코하마에 23만 자위대를 전원 긴급 투입 지시를 내렸다. 유고 된 총무상은 팔에 깁스를 한 사또 소방청장을 임명했고 기상청에 지질조사국장을 긴급 임명했다. 국토 방재 매뉴얼대로 일본 내에서 인명을 구조할 수 있는 헬기는 모두 동원령을 내렸다. 항만과 공항을 통제하여 국외 출국을 금지시켰고 오후 열 시에서 새벽 네 시까지 재난 지역에 야간 통행을 금지시키는 등 15개 항목의 비상계엄령을 발빠르게 선포했다. 그리고 미국과 한국, 중국 UN 등 우방에게 긴급 협조를 요청했다. 그러나 진도 7.0 이상의 강한 여진은 도쿄를 진원지로 당일 오후에도 수십 차례나 감지되었다. 선급하게 헬기로 투입된 구조대가 구조 작업을 하다 여진에 매몰되는 장면이 TV 화면으로 전 세계에 중계되는 최악의 참사는 계속되었다.

TV에서 연신 긴급 재난 특보가 나왔다. 자막엔 고딕체의 붉은 진도 9.7이 화면을 가득 채웠다.

"10월 1일 오전 4시 50분, 발생한 지진은 진도 9.7의 관측 사상 초유의 대지진이란 기상청 공식 발표가 있었습니다. 진원지는 도쿄 시내 중심부에서 땅속으로 10km에 불과했습니다. 또한 알래스카 우가시크 남동쪽 66km 지점도 동시에 진도 9.5의 대지진이 발생했다고 미국지질조사국의USGS 발표가 있었습니다.

이번 도쿄 대지진과 알래스카 대지진의 여파로 불의 고리로 연결된 환태평양화산대가 동시다발적으로 분화 가능성에 놓여 있다는 예측이 나왔습니다. 미국지질조사국의 발표에 따르면 아주 이례적으로 지표면까지 올라온 마그마가 지하수의 수로를 따라 이동하다 약한 지표면을 뚫고 폭발할 가능성이나, 휴식 중인 화산의 수맥을 타고 다시 분화할 가능성도 배제하지 못한다는 것입니다.

한편 일본 기상청의 발표에 따르면 지표면까지 올라온 마그마가 지하수의 수로를 따라 분화한다면 인구밀도가 높은 도쿄를 중심으로 분화 가능성을 염려하지 않을 수 없다는 관측이 조심스럽게 나오고 있습니다."

외신을 타고 전 세계에 보도된 일본 대지진 긴급 특보는 일본 국민뿐만 아니고 전 세계 인류에게 엄청난 충격을 주었다. 인류는 지진을 다반사로 늘 접하는 주위의 교통사고쯤으로 생각했다. 하지만 이번 일본 대지진은 달랐다. 눈앞에서 대재앙이 현실로 다가올 수도 있다는 것을 여실히 보여준 것이다.

그렇게 흔하고 흔한 지진을 예측하고 막을 방법은 과연 없었던 것일까? 모두들 현대 과학으로 해결할 수 없는 천재지변이라 그냥 당해야만 하는가? 하는 질문을 하기 시작했다. 과학으로 해결할 수 없다면 대체할 방법을 찾아야 한다고 입을 모았다. 지진은 또 일어날 것이고 사람들은 대처 방안이나 피해를 최소화할 방법을 찾아야 할 것이라고 늦게나마 목소리를 높였다.

당일 오후부터 일본의 주요 언론들은 초유의 대지진을 보도하면서, 한편으로 요코야마 내각의 무사안일을 일제히 질타했다.

"이번 진도 9.7의 대지진은 지질 전문가와 심지어 역술가들까지 예상을 했다고 하는데, 왜 당국에서는 아무 대책이 없었습니까?"

앵커는 다급하게 질문했고 전문가는 흥분하여 목소리를 높였다.

"아노, 올여름 이상고온은 1923년 9월 1일 발생한 간토대지진 때와 비슷한 이상 고온이었습니다. 1707년 호에니 대지진은 12월에 발생했지만 겨울 이상 고온이었고, 20세기에 발생한 총 61회의 대지진 반 이상이 이상 고온과 관계가 있었다는 사실입니다. 300년마다 한 번씩 온다는 대지진 주기설도 무시한 결과였습니다. 그리고 여기저기에서 대지진의 이상 징후가 나타났습니다만 정부에서는 무시했습니다. 분명 인재라고 말씀드릴 수 있습니다."

언론은 온갖 책임을 국가위기관리센터에 덮어씌웠다.

결과를 두고 누구나 쉽게 말할 수 있지만 정부의 발표는 신중해야 하는 것 아닌가. 어디 대지진이 비가 오고 태풍이 부는 것과 같은가. 백 퍼센트 확신이 선다고 해도 발표하기가 쉽지 않았을 것이다.

일본 기상청JMA과 내각은 도쿄 대지진과 관련해 예측 발표를 하지 않기로 했다. 왜냐하면 사회의 대혼란을 먼저 염려하지 않을 수 없었던 것이다. 간토대지진 때 모양 이상 온난화를 걱정하는 전문가들도 있었지만 이상 온난화가 어디 어제오늘의 일이었던가. 도쿄만의 심해 상어 출현과 동물들의 이상행동으로 지진을 예측하고 국민들을 대피시킨다면 이 또한 웃음거리밖에 안 되는 일이 아닌가. 세계에서 가장 지진연구가 활발한 일본이 최첨단 청진기로 매일 땅속의 소리를 듣고 있지만 아직 지진예측 확률은 20%도 안 된다는 사실이다. 20%도 안 될 뿐만 아니라, 그 규모와 진도를 맞춘다는 것은 현대과학으로는 아직 불가능한 일이다.

과학자들의 판구조론에 의하면 지구의 내부 맨틀층을 둘러싸고 있는 대륙지각과 해양지각판이 서로 상대운동을 함으로써 생기는 지질현상이란다. 지구가 살아 움직이는 현상이라지만 어디 대지진이 비 오고 태풍 부는 것과 같은가, 설령 백 퍼센트 예측을 한다고 해도 정부의 발표는 대혼란을 야기시킬 수 있다.

도쿄도의 일천 삼백만 아니 위성도시를 포함한 삼천만 명을 대피시킨다는 매뉴얼을 만들어 놓은 것은 있다. 그러나 아무리 천재지변 대피 훈련이 잘된 일본이지만 실제로 삼천만 명이 대피한다는 것은 불가능에 가깝다. 삼천만 명이 참가하는 집단이동은 개미나 벌 동물이나 곤충이면 가능할까. 인간은 불가능한 일 아닌가?

대지진을 막을 방법을 인간은 그 누구도 상상도 해 보지 않았다는 것은 만물의 영장인 인간이 어떻게 보면 동물보다 못한 것인가? 그러나 문제가 있으면 어디엔가 답은 있는 법.

다음날 10월 2일

국회에서 요코야마 고이지橫山幸一는 내각총리로 지명을 받았다. 일본국의 상징이며 일본 국민통합의 상징인 덴노께서 요코야마 고이지를 내각총리로 임명했다. 요코야마 총리가 장관들을 임명했고 덴노가 장관들을 인증했다. 요코야마 내각은 국민과 덴노로부터 국가위기를 관리하라는 명을 받은 것이다. 하지만 세계에서 가장 엘리트 행정부로 자부심이 대단했던 일본 내각은 대지진이란 천재지변 앞에서는 나약한 인간에 불과할 수밖에 없었다. 사상 초유의 대지진 앞에서 일본의 내각답게 발빠르고 호기롭게 국가위기관리센터의 문을 열었지만 연이어 땅이 갈라지는 사건이 또 발생한 것이다.

과학자들의 염려는 정확했다. 일본의 상징이라고 할 수 있는 후지산富士山과 가나가와현 하코네箱根산, 남쪽 가고시마현 구치노에라부지마口永良部島의 산이 동시에 분화를 시작한 것이다. 남쪽 가고시마현 구치노에라부지마는 자주 분화를 하는 곳이다. 온천으로 유명한 하코네산은 평소에도 몸으로 느낄 수 있는 지진이 수없이 발생한다. 온천물의 온도가 수시로 오르락내리락하는 곳이라 분화 가능성은 항상 열려있었던 곳이다. 그러나 후지산은 아니다. 후지산은 일본을 상징하는 산이 아닌가.

후지산이 분화한다는 것은 일본 열도가 대폭발을 한다는 것과 같다. 후지산은 시즈오카현 북동부와 야마나시현 남부에 위치해있다는데, 도쿄 수도권과는 100km밖에 떨어져 있지 않고 고후甲府시 임시국가위기관리센터 바로 코앞이다.

일본 기상청은 가나가와현 하코네산과 가고시마현 구치노에라부지마와, 후지산에 '분화 경보'를 발령하고 분화 경계레벨을 주민 대피가 필요한 '5'로 발령했다. 혼슈 한가운데 있는 후지산이 분화할 경우를 대비해, 후지산 해저드 맵 검토위원회富士山 ハザードマップ檢討委員会에서 피난·유도 매뉴얼을 만든 것이 있지만, 일천 삼백만 도쿄 도민과 주변 삼천만 주민이 대지진으로 매몰된 상황에서 피난 대피는 공허할 뿐이었다.

일본 국민은 동요하지 않을 수 없었다. 발 빠른 사람들은 한국이나 대만 러시아 동남아로 탈출을 시도했다. 배라는 배는 태평양이나 동해로 무작정 빠져나가기 시작했고 심지어 아이들 물놀이용 고무보트를 타고 대한해협을 건너는 모습이 한국 KBS TV에 잡혀 전 세계는 경악을 금치 못했다. 각국은 일본 열도를 예의 주시하며 신경을 곤두세울 수밖에 없었다.

일본 열도를 빠져나가지 못한 사람들은 발을 동동 굴리며 정부에 대책을 촉구했다. 일본 국가위기관리센터 장관들은 도망가고 싶어도 도망갈 수 없는 멘탈붕괴 상태에 빠지고 말았다.

지금은 후지산이 하얀 연기만 내뿜지만 언제 마그마가 대폭발을 할지 아무도 모르는 상황이 되고 말았다. 언론은 연일 정부의 무사안일을 질타했다.

국가위기관리센터에서는 지질 전문가들을 긴급 초청해 비밀리 연쇄 마라톤 회의를 열었지만 불가항력이란 말만 되풀이할 뿐 애당초 답은 나올 수 없었다. 세계 최고의 일본 지질전문가들은 벙어리 냉가슴 앓듯 속만 애태웠지 아무도 입을 열지 못했다. 비밀리 미국지질조사국USGS에도 타진해보았지만 지금 상황으로는 빨리 일본 열도를 떠나 대피하는 게 상책이란 답변만 왔다. 필요하다면 대피에 필요한 미국의 항공모함 등을 긴급 지원하겠다는 말도 덧붙였다.

소위 전문가들도 겉으로 말을 안 해도 마음속으로는 제사를 지내 땅속에 있는 큰 메기를 달래주자는 의견을 내놓고 싶은 심정이었다.

지질 전문가들이 빠져나간 국가위기관리센터 회의장은 뿌연 담배연기 속에 쥐 죽은 듯 조용했다. 도망가고 싶어도 도망갈 수 없는 장관들은 줄담배를 피우거나 헛기침만 할 뿐, 멘붕 상태에 빠져 모두 허공만 쳐다보고 있었다. 애당초 대책이란 것이 나올 수 없었던 것이 아닌가. 긴 침묵이 흘렀고 팔에 깁스를 한 사또 총무상이 가만히 다가와 요코야마 총리에게 제안했다.

"아노, 총리 각하. 아무리 생각해도 지금은 달리 대책이 없을 것 같습니다. 일단 언론을 잠재우고 국민을 안심시키기에는 이 방법이 제일 좋을 것 같습니다만…."

허공만 쳐다보고 있던 요코야마 총리는 언론을 잠재우고 국민을 안심시킨다는 말에 두 손으로 마른 얼굴을 비비며 일단 귀를 세웠다.

"총무상, 무슨 방법이 있겠소?"

사또 총무상은 짐짓 망설이는 듯하더니 입을 열었다.

"아노, 내각이 지금 당장 덴노 헤이카를 알현합시다."

덴노를 찾아가자는 말에 이마에 반창고를 붙인 총리는 놀라지 않을 수 없었다. 아닌 밤중에 홍두깨라더니, 일제히 장관들의 시선이 총무상에게 집중되었다.

"덴, 덴노 헤이카를요?"

"예."

용기를 얻은 사또 총무상의 대답은 단호했다.

"옛날 같으면 덴노께서 하늘에 제사를 지냈다고 하지만 지금은 그럴 수도 없고…, 하지만 일단 시간을 벌고 여론을 잠재우자는 대책이죠. 덴노와 내각에서 움직이고 있다는 것을 보여줄 필요가 있지 않겠습니까? 혹 내일이라도 후지산 분화가 멈출 수도 있고요."

듣고 있던 국가위기관리센터 장관들은 모두 고개를 끄떡이며 묵시적으로 동조하는 눈치였다. 담배에 불을 붙이던 총리는 얼른 끄고 일어났다.

결국 여론에 밀린 요코야마 내각은 궁리 끝에 궁색하면서도 어처구니없는 발상을 하고 말았다. 일단 명목상 신神인 덴노를 내세워 잠시나마 시간을 벌고 피해 보자는 계산이었다. 덴노께서 나서면 일시적으로 불필요한 여론을 잠재울 수 있을 것이라 생각했던 것이다. 인간으로서 방법이 없던 요코야마 내각은 일단 밑져야 본전이라는 심정으로 덴노를 찾아갔다.

늦은 밤 이마에 반창고를 붙인 요코야마 총리와 내각이 황거에서 고후시 작은 안가로 대피한 덴노를 줄줄이 찾아간 모습은 TV와 몇몇 주요 언론에 포착되었다.

덴노가 임시로 머무는 안가는 고후시 외진 곳에 위치한 전통 일본식의 소박한 나무집이었다. 잘 가꾸어진 아담한 정원을 뒤로하고 달빛을 받은 으스름 대나무 숲이 우거져있었다. 바람이 불어오자 키 큰 대나무들은 무섭다는 듯 서로 몸을 비비며 소리를 질렀고 안가는 무척 고즈넉했다. 가끔 울어대는 뒷산 부엉이 소리에 왠지 안가는 고즈넉하다 못해 으스스했다.

일본 언론은 덴노의 모습을 어지간해서 보도하지 않는 게 상례다. 그만큼 신성시했고 덴노는 신으로서 아직까지 국민들 가슴에 자리 잡고 있었기 때문이다. 일본 국민은 국가 최대위기 상황에서 덴노의 모습을 보는 것이나 덴노란 호칭을 입에 오르

내리는 것만으로도 무슨 희망을 암시하는 것이나 다름없다고 생각하는 것 같았다.

대지진 이후 덴노는 먹는 것 입는 것 일상생활 모든 것을 자중자애했다. 마치 죄인의 심정으로 하늘에 기도하며 은둔 아닌 은둔 생활을 하고 있었다. 이것은 에도시대 이전부터 천재지변이 닥치면 덴노에게 이어져 내려오는 의무이기도 했다.

요코야마 총리를 비롯한 장관들이 방문을 열고 들어서자 무더위에 에어컨도 켜지 않은 방안 공기는 후덥지근했고 특유의 낡은 다다미 냄새가 코끝을 찔렀다. 방안에는 아무 장식도 없었다. 다만 안쪽 벽면 전체에 일본 황실을 상징하는 대형 황금색 십육변팔중표국문十六弁八重表菊紋이 위엄 있게 붙어있었다.

좁은 방안에 평상복 차림의 덴노를 비롯해서 이마에 반창고를 붙인 총리·팔에 깁스를 한 총무상·머리에 붕대를 감은 외무상·법무상·국토교통상·방위상·기상청 등 7명의 장관들이 마치 패잔병 모양 무릎을 꿇고 앉았다. 방안은 찜통같이 무더웠지만 분위기는 서리라도 내릴 만큼 싸늘했다.

덴노와 내각은 서로 눈만 마주치고 형식적인 인사도 없이 차 한 잔을 앞에 놓고 한동안 말이 없었다. 누가 먼저 입을 열 형편이 아니었다. 얼마나 시간이 지났을까. 덴노는 다 식은 차를 한 모금 마시고 허공을 향하여 부채질을 몇 번 한 후 무슨 대단한 각오를 다진 듯 입을 열었다.

"아노…, 경들께서 불철주야 수고가 많소. 경들께서 짐을 찾은 이유는 말 안 해도 잘 알고 있소 만, 짐도 하늘만 쳐다보고 답답할 뿐이오. 그러나 어찌 이 사상 초유의 대위기 앞에서 걱정 안 하고 방법을 찾지 않은 사람이 있겠소. 짐도 대지진 이후 식음을 전폐하고 방법을 찾아보았소만…."

덴노의 목소리는 혼자 중얼거리듯 입안에서 맴돌았다. 장관들은 더욱 숨을 죽이고 귀를 세워야만 했다.

"아노, 하늘은 스스로 돕는 자를 돕는다고 했고 두드리면 열린다고 했소. 분명 경들께서 이렇게 구국의 일념으로 수고하시니 방법이 있지 않겠소. 우리 모두 희망, 희망을 버리지 말고 최, 최선, 최선을 다합시다."

덴노는 잠시 말을 더듬는 것 같더니 이내 말을 이었다. 이번에는 뚜렷한 목소리로 크게 말했다.

"아노…, 만약 경들께서 진짜로 짐을 믿는다면 이 방법을 한번 시도해 봅시다."

고개를 숙이고 있던 요코야마 총리는, 경들께서 짐을 진짜로 믿는다면 이 방법을 한번 시도해 봅시다, 하는 말에 두 귀가 번쩍했다. 뭔가 방법이 있다는 말이 아닌가? 애당초 덴노를 찾아왔을 때 전혀 기대는 하지 않았다. 다만 국민의 여론을 인식하지 않을 수 없었고 내각이 움직이고 있다는 것을 보여 주기 위한 덴노 방문이었는데, 경들께서 짐을 진짜로 믿는다면 이 방법을 한번 시도해 봅시다, 라는 제안은 뭔가 방법이 있다는 얘기가 아닌가?

장관들은 모두 요코야마 총리 모양 자신의 귀를 의심했다. 서로 눈을 맞추며 덴노의 말씀을 잘못 듣지 않았다는 것을 확인부터 했다. 하지만 덴노는 쉽게 다음 말을 잇지 못했다.

요코야마 총리는 텐노의 입만 바라보며, 폐하 어서 하교하시옵소서, 하는 눈빛이 역력했다. 순간 장관들의 목구멍에서 침 삼키는 소리가 뚜렷이 났다. 잠시 침묵이 흐른 뒤 덴노는 다시 입을 열었다.

"아노…, 경들께서 어떻게 생각할지 모르겠으나, 혹 짐의 생각이 잘못되고 황당무계한 방법이라 생각하시지 마시고 부디 심사숙고해주기 바라오."

뜻밖에 덴노는 빨리 핵심을 말하지 못하고 빙빙 돌렸다. 자신도 확신이 없고 답답해서 내놓는 방안이라는 뜻이 내포되어 있는 듯했다. 그 누구도 후지산 대폭발의 방안이라는 것을 불가항력이란 것 이외 내놓은 것이 없지 않았나?

요코야마 총리는 덴노의 의중을 읽고 재빨리 허리를 굽히며 말했다.

"덴노 헤이카. 기탄없이 하교해 주십시오. 내각에서 뜻을 받들어 시행하겠습니다."

내각 일동은 약속이라도 한 듯 덴노를 향하여 일제히 허리를 굽혀 머리를 바닥에 조아렸다.

"덴노 헤이카! 기탄없이 하교해 주십시오. 내각에서 뜻을 받들어 시행하겠습니다."

덴노는 장관들이 거듭 주청하기를 기다린 듯했다. 짐짓 민망한 듯 허공을 바라보며 부채질을 몇 번 한 후 부채로 입을 가리며 말했다.

"좋소. 경들께서 그렇게 간곡하게 주청하니 짐의 방안을 말하겠소이다. 아노, 흔히들 대지진이나 화산 폭발을 천재지변이라고 부르고 있소. 인간의 잘잘못에 의하여 일어나는 재해가 아니라는 뜻이오. 불가항력이란 말이기도 하오. 자연재해는 하늘의 뜻이라고 생각하오. 그럼 하늘의 뜻으로 다스려야 한다고 짐은 생각하오……."

덴노는 무릎을 꿇고 땀을 벌벌 흘리는 장관들의 모습을 한번 둘러본 후 본격적으로 자신의 생각을 전교하듯 말했다.

"혹 짐의 생각이 엉뚱하고 황당무계하더라도 짐을 탓하지 마시오. 다만 경들께서 심사숙고해주시기 바랄 뿐이오."

잠시 말을 멈춘 덴노는 부채질을 두어 번 한 후 다시 말을 이었다.

"아노…, 다들 잘 아시다시피 일로전쟁日露戦争이 발생했을 때, 러시아의 지노비 로제스트벤스키 제독이 최강의 발트 함대를 이끌고 아프리카 희망봉을 돌아 지구의 반 바퀴인 29,000km

를 운항해 우리 일본을 공격해 온다는 정보를 동맹국인 영국으로부터 입수했소이다. 6개월이나 걸리는 대장정이었지요. 당시만 하더라도 세계 여론은 동양의 섬나라 일본이 결코 러시아를 이기지 못할 것이라고 모두 다 예상을 했었소. 가쓰라 다로桂太郎 내각은 처음 상대하는 러시아의 발트 함대를 무척 두려워했고 모두 다 국가 대위기라고 생각하고 있었소.

고심 끝에 가쓰라 다로 내각은 메이지明治 덴노 헤이카를 알현하고 방법을 여쭈었소. 이것은 경들도 잘 알고 있는 사실이라고 생각하오."

방안은 쥐 죽은 듯 고요했고 숨소리도 들리지 않았다. 덴노는 장관들을 둘러보고는 말을 이었다.

"아노, 메이지 덴노 헤이카께서는 해군총사령관으로 이름 없는 도고 헤이하치로東鄕平八郎를 추천하셨소. 경들께서 잘 아시다시피, 내각에서는 모두 다 도고 헤이하치로의 추천을 의아해 했지요. 왜냐하면 도고 헤이하치로는 어릴 때부터 반항아 기질이 다분했고 조직의 和화를 깨는 돌출 행동을 자주 했으니까요. 그러나 가쓰라 다로 총리는 내각의 극심한 반대에도 불구하고 메이지 덴노 헤이카의 뜻에 따라 무명의 도고 헤이하치로를 해군 총사령관으로 임명했고, 발트 함대를 총공격했지요. 모두의 예상을 깨고 도고 헤이하치로는 일로전쟁을 승리로 이끌어 일본을 구했고 영웅이 되었소. 이것은 후일담인데, 그때 왜 메이지 덴노 헤이카께서 모두 다 반대하는 도고 헤이하치로를 해군 총사령관으로 추천하셨냐고 하면….”

모두 다 덴노의 입만 바라보고 있었다. 덴노는 결정적인 순간 말을 더듬었다. 덴노는 가슴이 답답한지 심호흡을 한 번 하고 들고 있던 부채를 흔들며 시선을 천장으로 둔 채 혼자 중얼거리듯 말을 했다.

“아노…, 그 이유가 도고 헤이하치로의 타고난 사주四柱가 워낙 좋고 꼭 전쟁에서 이겨 일본을 구할 사주를 타고났기 때문이라고 말씀하셨소이다. 메이지 덴노께서는 일본 해군 장교들의 사주를 한 사람도 빠짐없이 조사했답니다. 일본의 국운을 인간의 사주로 막은 것입니다.”

사주四柱!

처음 장관들은 숨죽이고 귀를 기울였지만 무슨 말인지 단번에 덴노의 하교를 정확하게 알아듣지 못한 듯했고 사주란 말에도 긴가민가했다.

좌중을 둘러본 덴노는 용기를 얻었는지 이제 정확한 발음으로 힘 있게 제안했다.

“이번 천재지변도 사람의 힘으론 어떻게 할 방법이 없는 것 아니오. 그럼 하늘의 뜻에 따라 일본에서 가장 좋은 사주와 천재지변에서 나라를 구할 수 있는 사주를 타고난 사람을 찾아 그 사람에게 한번 맡겨봅시다.”

도고 헤이하치로의 전설 같은 무용담은 일본 사람이면 어린 아이도 누구나 다 아는 내용이 아닌가.

잔뜩 긴장했던 요코야마 총리는 좋은 사주, 나라를 구할 사주를 타고난 사람이란 말에 어안이 벙벙했다. 아니 덴노께서 혹 정신이…? 하는 말이 입 밖으로 나올 뻔했다.

요코야마 총리는 갑자기 온몸이 확 달아오르는 것처럼 열기를 느껴 등에서 식은땀이 주르륵 흘러내렸다. 웃을 수도 울 수도 없는 표정이었다. 다른 장관들도 머리를 조아린 채 땀만 뻘뻘 흘리며 같은 표정을 지었다. 한참 일로전쟁의 영웅 도고 헤이하치로의 무용담을 얘기한 덴노는 눈을 감은 채 말이 없었다.

에어컨도 켜지 않은 좁은 방안은 무척 더웠고 일분일초가 무척 긴 시간이었다. 요코야마 총리와 옆에 무릎을 꿇은 사토 총무상의 눈이 마주쳤다. 팔에 깁스를 한 총무상의 눈빛이 그만 자리를 뜨자는 뜻이 역력했다. 아무래도 그만 돌아가야 할 것 같다는 판단을 한 요코야마 총리는 좌중을 한번 둘러본 뒤 아뢨다.

"폐하, 심려를 끼쳐 드려서 송구하옵니다. 폐하께서 내리신 하교 신들이 심사숙고하겠습니다. 지금 후지산 해저드 맵 검토 위원회와, 과학자들과 국회, 우방인 미국과 유엔 등 각지에서도 적극 방안을 모색하고 있사오니 심기를 편안히 하십시오. 밤이 깊었습니다. 그만 신들은 물러가겠습니다. 폐하."

이마에 반창고를 붙인 요코야마 총리는 좀처럼 잠을 이루지 못하고 엎치락뒤치락거렸다. 왼쪽으로 돌아누워 생각하면 텐노의 말씀이 어이가 없었기 때문이었다. 혹 떼러 갔다 혹 붙인 꼴이 되었다고 생각했지만 돌아누워 일로전쟁의 영웅 도고 헤이하지로의 비하인드 스토리를 생각하면 말이 안 되는 소리는 아니라는 생각이 들기도 했다.

세상만사 마음먹기 달렸다고 했나? 한참 생각하고 또 생각하니 그 방법도 나쁘고 황당무계하다고 말할 수 없다는 생각이 자꾸 들기 시작했다. 하지만 21세기 국민들의 눈높이에서 생각하면 아니지 않은가? 하지만 그렇다고 달리 방법이 없는 것도 사실 아닌가? 황당무계하지만 좋은 사주. 위기에서 나라를 구할 사주를 한번 믿어봐…?

그래, 사주도 학문이야!

많은 지식인들이 연구하고 수많은 사람들이 태어나면 사주를 보고 미래를 점치며 희망을 갖지 않은가?

요코야마 총리는 신문에서 가장 인기 있는 면이 오늘의 운수란 말을 들은 기억이 났다. 겉으로 말은 안 해도 자신도 가끔 오늘의 운수를 보고 믿는 것은 사실 아닌가.

그렇게 생각하니 이 방법이야말로 기상천외한 방법이라는 생각이 들었다. 하지만 21세기 세계 경제 대국 일본이 재난 극복을 위해 점을 친다는 것은 어떻게 생각하면 소가 웃을 일이란 생각이 들기도 했다. 하지만, 점. 점이 아니지 사주는 학문이라고. 학문. 고사에도 어려운 시기에 점을 쳐 위기를 극복했다는 말이 있지 않은가?

요코야마 총리도 살아오면서 자신도 점집을 찾거나 사주를 본 일이 몇 번 있었다. 자신이 국회의원에 처음 출마했을 때 사주풀이를 해준 당달봉사 점쟁이의 말이 생각났다.

아주 좋은 시와 좋은 사주를 타고났습니다. 또 조상의 음덕으로 관운이 만화방창으로 발복할 운입니다. 그런데 이것만 피하면 분명히 당선됩니다. 삼수변 성씨를 피하시고, 화목토를 가까이하면 당선될 뿐 아니라 재상에 오를 수 있는 사주입니다.

지금 생각해도 그때 그 당달봉사 점쟁이가 용하다는 생각을 가끔 하고 있다. 사별한 아내가 죽기 전까지 그 점집을 자주 들락거린다는 소리를 들었고 딸아이도 그 점집을 찾는다는 소리를 들었다. 딸아이 결혼 때 궁합을 그 집에서 봤고 손녀딸 이름을 그 집에서 짓지 않았나.

아니지, 전 국민이 매일 수시로 참배하는 신사神社도 있지 않은가.

신사를 참배하는 것이나, 좋은 사주를 믿는 것이나 다를 바 없지 않은가.

좋은 사주라?

위기에서 나라를 구할 사주라?

그렇게 생각하니 이상하게 가슴이 뛰기 시작했다. 마치 엄청난 것을 깨달은 양 마구 흥분되었다.

그래, 세상만사 마음먹기 달렸어, 마음먹기!

그렇게 생각하니 요코야마 총리는 자리에서 벌떡 일어나 두 팔을 벌리고 만세 삼창을 부르고 싶었다. 만세. 만세. 만세! 하고.

생각하면 생각할수록 흥분되었다. 돌아누우며 자신이 알고 있는 사주를 머릿속으로 긍정적으로 정리하기 시작했다. 내일 아침 미팅에 국가위기관리센터 장관들에게 자신의 뜻을 일단 논리적으로 설명해야 하기 때문이다. 텐노의 하교라 장관들은 무턱대고 반대를 하지 않겠지만 국민과 언론이 문제다. 좋은 방안이 있다고 언론에 흘리고 극비리 진행해야 한다.

일본에서 제일 좋은 사주, 나라를 구할 수 있는 사주라!

천재지변 앞에서 나라를 구할 수 있는 사주를 타고 난 사람이 있을까? 있다면 그 사람이 나라를 구할 방도를 가지고 있을까?

엎치락뒤치락 거린 요코야마 총리는 날이 밝아오는지도 몰랐다. 총리는 다시 돌아누우며 아침 미팅에서 장관들을 설득할 방법을 몇 번이나 구상하고 머릿속으로 정리했다.

어젯밤 텐노의 안가에서 나올 때까지만 해도 장관들은 혹 떼러 왔다 혹을 붙인 꼴이 되었다고 볼멘소리를 했지만 모두 밤새 생각들이 달라져 있었다.

사토 총무상은 출근하자마자 입에 침을 튀기며 장관들을 설득하고 있었다.

"역시 덴노 헤이카이십니다. 아노, 이것은 인간으로서는 생각해낼 수 없는 기상천외한 발상 아닙니까? 어차피 화산 폭발은 첨단 과학으로는 해결할 수 없는 천재지변 아닙니까? 천재지변."

총무상은 출근하는 요코야마 총리를 보자마자 달려왔다.

"각하, 아무리 생각해도 어젯밤 덴노 헤이카께서 내린 방안이 탁월합니다. 신 만이 해결할 수 있는 묘책이라고 생각합니다. 그래서 사람의 힘으로는 불가항력이라고 하지 않습니까? 때문에 덴노께서 제안한 방법대로 적극 추진해야 합니다. 시간이 없습니다. 어서 일본에서 가장 사주가 좋은 사람을 찾아냅시다."

요코야마 총리는 자리에 앉기 전에 일단 다른 장관들의 표정을 살폈다.

다른 장관들도 모두 말은 안 하지만 고개를 끄떡이는 듯했다. 일단 묵시적이지만 중론이 모아졌다. 뜻밖이었다. 요코야마 총리는 자신의 의견을 말할 틈도 없었다. 총리는 환한 얼굴로 엄지를 치켜들어 사토 총무상에게 엄지척 내밀었다.

뜻이 있으면 길이 있는 법. 용기를 얻은 요코야마 총리는 일본의 최첨단 정보력을 갖춘 내각정보실CIRO, 공안조사청PSIA, 정보본부DIH를 총동원했다. 1945년 8월 15일 종전 이후 전 국민의 개인 자료가 데이터베이스화된 슈퍼컴퓨터의 도움으로 당장 일본에서 가장 좋은 사주와 나라를 구할 수 있는 사주를 타고난 사람을 찾아냈다.

을미년乙未年 9월 28일 신申시 생으로 이름은 히라야마 기오고쿠平山救國란 62세의 남자였다. 그는 지금 가가와현香川縣 일월사日月寺 장로長老로 법명은 혜민惠民이라는 승려라고 나왔다.

가가와현 일월사日月寺 승려란 말에 요코야마 총리는 속으로 놀라지 않을 수 없었고 단번에 뭔가 짚이는 것이 있는지 눈빛이 번쩍였다.

가가와현 일월사는 고토꼬 할머니와 요코야마 야스타케橫山安武 고조할아버지의 위패가 모셔져 있는 사찰이다. 하지만 짚이는 것은 자신이 존경하는 요코야마 야스타케 고조할아버지와 의기투합한 친구 히라노 게이스이平野惠粹 대통大通 대승정大僧正께서 머물다 입적하신 고찰이란 사실이다.

가가와현 일월사 대통大通 대승정大僧正…!

고토꼬 할머니를 따라 몇 번 가본 적이 있는 사찰일 뿐만 아니라, 집에 고조할아버지와 히라노 대통 대승정의 사진이 아직 많이 남아있다.

그럼 분명 일월사 승려 혜민惠民은 히라노 대통 대승정과 연관된 인물일 것이란 직감이 화살처럼 뇌리에 꽂혀 깊숙이 파고들었다. 입적한 지 팔십 년이 다 되어 가는 히라노 대통 대승정은 미래를 예견하고 감여사상의 대가로 알려진 도인에 가까운 분이 아닌가. 또 한편으로 세상을 어지럽힌 요승으로 일본 열도가 한때나마 시끄러웠던 적이 있었다는 것을 기억한다. 하지만 지금은 좋은 기억만 되살리고 싶다.

순간 총리는 만감이 교차했다.

그래도…, 설마!

요코야마 총리는 자신이 헬기를 타고 당장 가가와현 일월사로 날아가 혜민을 만나보고 싶었지만 비상시국에 국가위기관리센터 최고책임자로 그렇게는 할 수 없는 것이 무척 아쉬웠다. 극비리 가가와현 정보요원에게 급히 승려 혜민을 덴노의 명이라 하고 모시고 올 것을 지시했다.

창밖으로 분화하는 후지산을 바라보았다. 후지산은 담배를 피우듯 하얀 연기를 쉬지 않고 품어내고 있었고 어디선가 유황 냄새가 코끝을 스쳤다.

가가와현 일월사 장로 승려 혜민惠民을 기다리는 요코야마 총리의 애타는 마음은 일각이 여삼추였다.

고토꼬 할머니에게 전해 들은 히라노 대통大通 대승정大僧正과 요코야마 야스타케横山安武 고조할아버지 그리고 조선의 승

려 무불無不 탁정식卓挺植의 지난 얘기가 불현듯 토씨 하나 빼놓
지 않고 마치 아이맥스 영화를 보듯 눈앞에 펼쳐졌다.

간토 조선인 대학살

1923년 9월 15일, 가가와현香川県 일월사日月寺

세상은 속죄라도 하듯 밤새 꼼짝하지 않고 고요했다. 만물을 깨우는 도량석 소리에 동쪽 바다에서 서서히 여명이 밝아오고 두 손을 모은 채 힘겹게 일월사를 돌고 또 도는 등 굽은 노인의 실루엣이 희미하게 드러나기 시작했다.

노인은 두 손을 모으고 안간힘을 다해 한 발 두 발 세 발을 옮긴 뒤 오체투지로 땅바닥에 엎드린 다음 이마를 조아렸다. 곧 스러질 것 같은 움직임이지만 지극한 참회의 목소리는 호기롭고 엄숙했다.

"지극한 마음으로 석가모니 부처님께 참회합니다."

칠순 고령의 노인은 두 손을 모으고 안간힘을 다해 다시 일어섰다. 그는 일월사를 돌며 오체투지 삼보일배로 밤새 삼천 배 참회를 하는 중이다.

"지극한 마음으로 부처님 법에 참회합니다."

다시 삼보를 걸은 뒤 손을 모으고 이마를 땅바닥에 조아렸다. 이마는 밤새 핏방울이 맺히고 굳기를 반복했다.

"지극한 마음으로 승가에 참회합니다."

삼천 배 참회 오체투지는 밤새 계속되었다. 한 발 두 발 세발, 무릎과 팔꿈치 이마는 온통 땀과 피로 범벅이 되어 있었다.

"일본이 스승의 나라 조선을 침략한 죄를 지극한 마음으로 참회합니다."

이마를 땅바닥에 대고 다시 머리를 조아리자 이마에선 굳었던 핏방울이 다시 흘러내렸다. 무릎은 아무 감각이 없고 허리는 끊어지는 듯했다.

"간토 조선인 대학살의 만행을 막지 못한 죄를 지극한 마음으로 참회합니다."

아침마다 멋모르고 새벽을 여는 산새와 풀벌레들도 노인의 오체투지 참회에 동참한 듯 오늘은 죽은 듯 고요했다. 노인의 지극한 삼천 배 참회의 외침이 멀리 바다로 퍼져나가자 이제 동쪽 하늘이 으스름 밝아오기 시작했다.

온몸은 땀으로 범벅이 되었고 무릎과 팔꿈치 이마는 핏방울이 굳기를 반복했다. 허리와 무릎은 아무 감각이 없다. 오늘은 몸만큼 마음도 무겁다. 참 오래간만에 오체투지 삼천 배를 했다. 젊었을 때는 몸과 마음이 일치가 되지 않고 번뇌에 빠지면 자주 삼천 배를 해 마음을 다잡았었는데. 밤새 땀을 흘리고 용맹정진하고 나면 마음은 환희심으로 날아갈 듯 시원했는데, 오늘은 아니다. 너무 오래 살아 못 볼 것을 많이 본 탓일까? 괜히 나이 탓을 해본다. 오늘은 나이만큼이나 마음도 몸도 무겁다.

인과응보라고 했는데, 간토 조선인 대학살의 만행으로 언젠가 받을 응보를 생각하니 눈앞이 캄캄하다. 어찌 오체투지 삼천 배로 죄를 참회할 수 있겠는가.

마음을 다잡으려고 수없이 다짐을 하건만 눈앞에 공화가 어른거리고 귀에 이명이 들리는 게 꼭 지옥 속을 헤매는 것 같다.

자신도 모르게 다시 참회를 해본다.

"간토 조선인 대학살의 만행을 막지 못한 죄를 지극한 마음으로 참회합니다."

일월사는 요코야마 야스타케橫山安武가 사무라이 출신 승려 히라노 게이스이平野惠粹와 화和와 정의를 위하여 메이지 유신에 동참하자고 의기투합한 곳이다.

1923년 9월 1일 오전 11시 50분 도쿄.

팔월이 가고 구월이 왔지만 몇백 년마다 한 번씩 온다는 이상 기온이었다. 연일 계속되는 폭염은 도시를 금방이라도 끓일 듯

이글거렸다.

　바람 한 점 없는 한낮이었다. 사람들은 모두 전쟁 준비 노역에 동원되었고 노인이나 아이들만 한낮 무더위를 피해 나무 그늘에서 시간을 보내고 있었다. 따라 나온 개와 고양이들은 한가하게 낮잠을 즐길 수 있었다.

　일곱 살 고토꼬는 요코야마 야스타케橫山安武 할아버지와 함께 더위를 피해 집 뒤뜰 대나무 그늘 평상에 앉아 할머니가 차려올 맛있는 점심을 기다리고 있었다. 대나무 숲에서는 항상 시원한 바람이 불어왔고 동네에서 가장 시원한 곳이기도 했다.

　고토꼬를 졸졸 따르던 고양이 네꼬와 잠꾸러기 사바가 낮잠을 자다 말고 깨어났다. 사바는 무서운 꿈이라도 꾸었는지 꼬리를 다리 사이에 감추고 대나무 숲을 향하여 마구 짖어대기 시작했다. 네꼬는 대나무 숲에서 마치 귀신이라도 본 것처럼 무서워하며 고토꼬의 치마 속으로 파고들었다.

　고토꼬는 부채를 들고 가부좌를 튼 채 깊은 명상에 잠겨있던 할아버지에게 네꼬와 사바의 이상 행동을 물었다.

　"할아버지, 할아버지. 네꼬와 사바가 이상해졌어요."

　고토꼬의 말에 하얀 수염을 쓰다듬으며 눈을 뜬 할아버지는 일순간 눈에서 강력한 뭔가가 번쩍이더니 하늘을 쳐다봤다. 언제 뒤덮었는지 알 수 없지만 가늘고 기다란 모양의 구름이 줄지어 하늘을 뒤덮고 있었다. 네꼬와 사바는 누가 목이라도 죄는 듯 계속 발악을 했다. 하늘의 지진운과 네꼬와 사바의 이상행동을 본 할아버지의 얼굴이 백지장 모양 하얗게 변하더니 이마에서 땀방울을 흘리면서 다급하게 말했다.

"아, 큰일 났구나! 지금 빨리 부엌으로 들어가, 할머니 곤로 불을 끄고 빨리 나오라 해라. 반드시 곤로 불을 끄라고 해야 한다. 다른 데 가지 말고, 곧장 이곳으로 빨리 오라고 해라. 착하지 우리 고토꼬, 잘할 수 있지? 얼른."

"예. 할아버지."

어린 고토코는 할아버지의 다급한 표정을 읽고 뭔가 심각하다는 듯 눈을 깜박이며 부엌으로 뛰어 들어갔다.

부엌에서 점심준비를 하던 할머니에게 할아버지의 말씀을 그대로 전했다. 그 시간 아버지와 어머니 일할 수 있는 사람들은 모두 전쟁 준비 노역에 가고 없었다. 할아버지의 말씀대로 부엌에서 점심준비를 하던 할머니가 영문도 모르고 앞치마를 걸친 채 집 밖으로 나오자마자, 천지가 요동치기 시작하더니 연이어 마른하늘에 벼락이라도 치듯 천둥소리가 났다.

"우르르 꽝!"

야스타케 할아버지의 선견지명으로 부엌에서 급히 밖으로 나온 할머니는 지진의 흔들림에 마당에 쓰러졌지만 다친 곳은 없었다.

땅이 몇 번 좌우로 아래위로 마구 흔들렸고 집집마다 대들보나 기왓장들이 와르르 쏟아져 내렸다. 뒤늦게 밖으로 대피하던 사람들은 대들보에 깔리거나 쏟아지는 기와 조각에 머리를 맞아 현장에서 즉사하고 말았다.

지진이 잠시 잠잠해지더니 이번엔 아래위로 땅바닥이 파도를 타듯 흔들렸다. 여기저기서 땅이 쩍 쩍 갈라졌고 어떤 곳은 집채만큼 솟아오르기도 했다. 땅의 요동에 중심을 잡지 못한 사람들은 갈라진 틈 속으로 마구 밀려들어 갔다. 사람들은 갈라진 틈 사이로 빨려 들어가지 않으려고 안간힘을 다했고 도시는 순식간에 아비규환이 되고 말았다.

간토 대지진의 참상은 계속되었다.

도쿄 혼조 육군 병기창의 화재는 엉뚱하게 지진을 피해 대피한 사람들이 화마에 타 죽는 어처구니없는 일이 벌어지고 말았다. 작은 불씨는 때마침 불어온 세찬 바람을 타고 피난민들이 쌓아 둔 피난 보따리에 옮겨붙었다. 또다시 찾아온 여진으로 사람들이 우왕좌왕하며 입구로 몰려 깔려 죽는 참사가 일어났다. 불은 금방 천장과 기둥으로 옮겨붙었고 입구가 막혀 사람들은 꼼짝없이 타 죽는 참상이 발생했다.

설상가상 바로 옆 병기창 화약창고까지 불이 옮겨붙으면서 대폭발로 이어졌다. 도쿄 혼조엔 사람 타는 냄새가 코를 찔렀고 뿌연 연기가 앞을 막았다.

집집마다 상수도는 끊어졌고, 우물은 붕괴되어 마실 물도 없어졌다. 사람들은 도시를 탈출하기 시작했다. 그 과정에 힘센 사람들은 먹을 것을 약탈했다. 전쟁 준비 노역에 시달린 사람들은 물 한 모금 때문에 사람을 죽이는 일을 스스럼없이 자행했고 순식간에 도쿄는 통제 불능의 무법천지로 변해버렸다.

대지진에 이은 끔찍한 화마는 밤이 되자 더욱 기승을 부려 온 도시를 뒤덮었다. 폭삭 주저앉은 목조건물 잔해 속의 작은 불씨들은 다시 불어온 서풍을 타고 여기저기서 활화산처럼 타올랐다. 그야말로 도쿄 시내는 불구덩이의 지옥으로 변해가고 있었다.

메이지유신 이후 승승장구하던 덴노와 내각은 안팎으로 위기에 직면했다.

일로전쟁 승리 후 동아신질서東亞新秩序를 천명하며 세계의 이목을 집중시킨 일본이 계속되는 조선 중국의 반일 해방운동으로 국제 여론이 매우 안 좋은 상황이 되었다. 일본은 연합국의 일원으로 시베리아에 7만5천 육군을 무리하게 출병시켰다. 사할린·연해주·만주 등을 쉽게 점령한 일본은 과욕을 부려 시베리아 동부 바이칼까지 깊숙이 진격해 들어갔던 것이 패배의 원인이었다. 결국은 러시아의 붉은 군대에 포위되어 엄청난 사상자만 내고 철수하고 말았다.

동아신질서를 천명하며 전쟁 준비에 온갖 노역을 참아왔던 일본 국민에게 패전은 엄청난 충격이었다. 동아신질서를 주장한 하라 다카시 총리는 도쿄역에서 암살을 당하는 사건이 벌어졌다. 내각의 불신과 덴노 제도에 대한 불만의 목소리가 높아가고 있을 때 간토 지방에 대지진이 발생한 것이다.

정부는 도쿄 지역에 계엄령을 선포하기에 앞서, 전 조선총독부 정무총감을 지낸 내무대신 미즈노 렌타로水野錬太郎와 전 조선총독부 경무국장을 지낸 경시총감 아카이케 아쓰赤池濃 두 사람을 도쿄 시내 지진피해 지역에 급파해 순시토록 했다.

대지진보다 자연 발화한 연쇄 화재는 더 큰 문제로 부각되었다. 지진으로 도쿄 대부분의 목조건물들은 폭삭 쓰러졌고 때마침 불어온 강풍으로 불씨는 되살아나 곳곳에 화재로 이어졌다. 밤이 되자 화마는 여기저기서 더욱 기승을 부렸다. 마치 전쟁 노역에 시달린 국민이 불을 지르듯 타올랐다. 도쿄 시내 곳곳은 숨이 막혀 다닐 수가 없었고 사람 타는 냄새가 코를 찔렀다.

돌아오는 길에 두 사람은 말을 잊은 듯 아무 말을 할 수가 없었다. 말로만 듣던 대지진의 재앙이 대화재로 번져 이렇게 처참해질 줄 몰랐던 것이다. 경시총감 아카이케는 자신의 상사 내무대신 미즈노의 심기를 염려하지 않을 수 없었다. 침묵을 깨고 경시총감 아카이케가 입을 열었다.

"각하, 민심이 많이 이반 될 것 같습니다. 내우외환으로 안 그래도 민심이 안 좋은데, 내일 야마모토 곤노효 각하의 출범인데…. 국가적 대위기입니다. 심기를 편하게 하소서."

말 위에서 허리를 꼿꼿하게 세운 내무대신 미즈노 렌타로는 중절모를 벗어 열기를 가리며 말했다.

"심기…? 그럼, 좋은 방법이라도 있는가? 민심 이반이야 시간이 지나면 해결될 일이지만, 전 세계에서 대일본을 재난 복구도 제대로 못 하는 후진국으로 우습게 볼 것 아닌가. 중국과 조선에서 이번 혼란을 틈타, 우릴 만만하게 보고 혹 다시 독립이니, 민족자결주의니 하는 말이 나올까 염려되네. 자넨 벌써 그들의 집단 폭동을 잊었나? 어떻게 전국에서 그렇게 동시다발적으로 일제히….

난 그때 조선을 다시 봤어. 우리가 조선을 너무 쉽게 생각했던 거야. 아니 그러한가? 경시총감."

경시총감 아카이케는 말고삐를 바싹 당기며 대답했다.

"하. 각하, 미처 거기까지는 생각하지 못했습니다."

중절모를 다시 쓴 내무대신 미즈노는 나지막한 목소리로 다시 말했다. 그의 두 눈동자엔 새로운 불길이 이글거리며 타오르기 시작했다.

"총감. 나는 말이야 항상 위기를 기회로 만들었지. 지진이야 인력으로도 안 되는 천재지변 아닌가. 어찌 보면 이번 기회에 대일본을 세계에서 명실상부한 제국으로 우뚝 세울 기회로 만들어야 하네, 내 말 무슨 뜻인지 알아듣겠는가?"

"예, 대일본을 세계에서 명실상부한 제국으로 우뚝 세울 기회라고 말씀하셨습니까. 각하."

"그러하다네."

"각하. 아둔한 저는 아직 그 뜻을…."

"총감, 지금은 안팎으로 어려울 때야. 난세에 영웅이 나오는 법이지. 난 야마모토 곤노효 내각의 내무대신으로 안으로 대일본의 정신을 바로 세우고 밖으로 대동아신질서大東亞新秩序를 바로 세울 기회로 삼아야 한다고 생각하네. 전화위복 말이야."

"각하. 대동아신질서라고 말씀하셨습니까?"

이것은 하라 다카시 총리가 주창한 동아신질서에 박차를 가해 큰 대자 하나를 더 붙인 것이었다.

"그러하다네. 난 아까부터 저 타오르는 불길을 보며, 평소 내가 구상하고 있던 동아시아의 새로운 질서를 다시 바로 세워야겠다고 생각하고 있었지. 대일본의 정신으로 말이야. 이제부터 슬슬 본격적으로 시작할 때가 되었어. 이번 기회로 우리는 대동단결하여 하나가 되고 대동아의 신질서를 세우는 기회로 삼아야 해. 고삐를 더욱 당기고 오로지 앞만 보고 국민을 한쪽으로 몰아야 해. 생각하기에 따라서는 하늘이 우리에게 준 기회가 될 수 있지."

수그러들 줄 모르는 화마는 더욱 기승을 부렸다. 시간이 지나자 도쿄의 밤거리는 음모의 불구덩이로 활활 타올랐다.

일본 기상청 기록에 의하면 대정大正12년 9월 1일 도쿄 밤 기온은 46도였다고 기록되어있다.

1923년 9월 2일 오전 09시 00분

아침부터 무더웠고 매캐한 냄새는 코를 찔렀다. 도시는 밤새 폭탄을 맞은 듯 여기저기서 연기가 피어올랐다. 움직일 수 있는 사람들은 잔해 속을 뒤적이며 무언가를 찾고 있었다. 부상을 당한 사람들은 길거리에 쓰러진 채 신음하고 있었고 아무도 그들을 돌보지 않았다. 비상급수차라도 오면 사람들은 달려가 아비규환이 되었고 물 한 모금 때문에 목숨을 걸고 싸웠다. 일본이 자랑하던 화和와 선진 국민의식은 어디에도 찾아볼 수 없었다.

신문팔이 소년은 호외를 외치며 잿더미가 된 도시를 누비고 돌아다녔다.

"호외요. 호외!"

호외를 받아 든 사람들은 주먹만 한 활자에 놀라지 않을 수 없었다.

『대정 12년 9월 2일 오전 09시 00 부로 도쿄·지바·요코하마 전 지역에 비상계엄령 선포』

같은 시간 시내 곳곳에는 글을 모르는 사람을 위하여 도쿄니치니치신문東京日日新聞에서 발행하는 니시키에錦絵판화가 나붙었다. 그림의 반은 조선인 복장을 한 불령한 사람들이 약탈하거나 불을 지르고 우물에 독을 타는 모습이 사실인 듯 묘사되어 있었고, 나머지 반은 용감한 일본 자경단 청년들이 불령한 조선인 복장을 한 사람들을 타도하는 장면이 원색적으로 묘사되어 있었다. 조선인들은 굶주린 거지나 늑대 혹은 쥐 같은 얼굴을 하고 한복을 입고 있었고 일본 자경단 청년은 우람한 근육질의 젊은이들이었다. 누가 봐도 불령한 사람들의 복장으로 조선인임을 짐작할 수 있었다.

그 시간 전국 경찰서에 내무성 정보국장 명의의 전문이 도착했다.

수신: 전국 경찰서장
발신: 일본국 내무성 정보국장   미우라 지타   00230902001
날짜: 대정 12년 9월 2일
내용: 다음과 같음

-다　음-
1) 도쿄 부근의 진재를 이용하여 조선인이 각지에서 방화하는 등 불령한 목적을 이루려 하고 있다.

2) 도쿄에서 폭탄을 소지하고 석유를 뿌린 자가 있어 이미 일부 계엄령을 실시하고 있으니 각지에서도 충분히 시찰을 하고 조선인들의 행동을 엄밀히 단속하기를 바란다.

 3) 조선인의 폭행 혐의를 적극 수사하여 이를 사실화하는 데 노력하라.

4) 사회주의자, 아나키스트, 인권운동가, 반정부 행위자 등 요주인물을 철저히 감시하라.

-이상-

내무성 정보국장 미우라 지타가 보낸 전문을 두 번 세 번 읽은 스미다 경찰서 고바야시 정보과장은 도리우찌를 고쳐 쓰자 얼굴에 회심의 미소가 절로 지어졌다.

이번 기회에 스미다 강가에 거주하는 조선인 빈민들을 몽땅 몰아내야겠다고 생각했던 것이다. 언제부턴가 조선에서 건너온 빈민들이 하나둘 모여들어 살면서 강가 모래톱을 개간해 농사를 짓기 시작하더니, 이제 제법 대단위로 경작을 해 시장에 내다 팔기도 하는 것이 영 눈에 걸렸다. 일단 조선인들이 자신의 담당 구역 내에 모여 산다는 것부터가 큰 우환거리라고 생각하고 있었던 참이다.

지금은 자취를 감춘 동경조선유학생학우회 최팔용崔八鏞이 거주하던 곳이다. 최용팔은 2·8 사건 때 내란죄 주동자로 고바야시 과장을 무척 피곤하게 만들었다.

고바야시 과장은 조선 통감부와 한성 종로 경찰서에 근무하면서, 조선 을미년 폭동과 동학란의 동비 토벌에 직접 가담했고 3·1폭동의 시위를 진압한 적이 있었다. 잘 뭉쳐질 것 같지 않지만 한번 뭉치면 목숨을 초개같이 버리고 불꽃같이 일어나는 조선인의 저력을 보았다. 고바야시 과장은 휴화산 같은 조선인의 단결된 의식을 두려워했고, 늘 스미다 강가 조선인 빈민촌을 눈에 가시처럼 생각하고 있었던 참이었다.

"요시!"

마음을 다잡은 고바야시는 비상 출동을 명했다.

"비상. 비상. 출동이다."

고바야시는 세 대의 경찰 트럭을 동원하여 스미다강 빈민촌으로 향했다.

스미다 빈민촌은 지진으로 강이 범람하여 집들은 흔적도 없이 떠내려가고 없었다. 겨우 목숨을 건진 사람들이 뙤약볕 아래 모래밭에서 원숭이 모양 맨손으로 땅콩을 캐고 있었다.

뿌얀 먼지를 일으키며 경찰 트럭 세 대가 달려오자 조선 사람들은 무슨 일인가 하고 어리둥절하며 꽁무니를 빼기 시작했다. 일단 경찰이 온다는 것은 안 좋은 일이 있을 것이라 짐작하고 있었기 때문이다. 조선이나 중국 등에서 반일 사건만 일어나면 경찰은 늘 이곳을 들쑤셔 놓았기 때문이다.

슬슬 사방으로 흩어지는 사람들을 보며 경찰이 호각을 불며 소리쳤다.

"모여라. 모여, 배급이오. 배급."

배급이란 소리에 조선 사람들은 두 귀가 번쩍했다. 대지진으로 정부에서 정말 먹을 것을 배급해 주는 줄 알았다. 진짜 배급이 아니면 세 대의 트럭이 올 리가 없다고 생각했다. 일본인이 거주하는 지역은 긴급 급수차가 오고 식량 배급을 준다는 소문이 돌았기 때문이다.

어린아이 노인들까지 바가지나 자루를 들고 모여들었지만 배급이 아닌 연행이란 것을 알고 모두 다 강력하게 항의하지 않을 수 없었다. 경찰은 총을 겨누며 사람들을 포위했고 고바야시 과장은 경찰을 다그치며 지시했다.

"일단 젊은 남자부터 줄을 세우고 호주머니 검사를 해서 성냥을 소지한 놈들이나 흉기 의심 가는 물건을 소지한 사람은 모두 연행해. 도항증이 없는 놈들도."

"하이."

총검을 든 경찰들은 젊은 남자들을 강제로 따로 줄을 세우고 주머니 검사를 하기 시작했다. 대부분의 남자들은 담배를 피우므로 성냥을 소지하는 것은 당연했고 바로 연행되었다. 조선 사람들은 항의를 해보았지만 무장 경찰은 막무가내였다. 몇몇 청년들이 목소리를 높였다.

"배급을 준다고 속이고 왜 사람들을 연행하는 거요. 먹을 것을 주시오."

"일본인에게는 비상급수도 지원해주면서, 왜 조선 사람들은 연행하는 거요."

"물을 주시오. 물, 배급을 달라 말이오."

"왜, 연행을 하는 거요? 성냥을 가졌다는 게 죄란 말이요. 담배를 피우는 게 무슨 죄요?"

사람들이 웅성거리며 반항을 하자, 무장 경찰들은 다짜고짜 총부리로 반항하는 청년의 가슴을 찔렀다. 또 한 명의 경찰이 개머리판으로 청년의 얼굴을 사정없이 쳤다. 청년은 피를 토하고 그 자리에서 쓰러졌고 강제로 끌려 트럭에 실렸다.

"말이 많다. 일단 타. 혐의가 있는지 없는지는 경찰서로 가서 조사를 해 봐야 알지. 죄가 없으면 순순히 풀어 줄 것이다."

얼굴이 피범벅이 된 청년을 본 사람들은 아무 말 없이 연행될 수밖에 없었다.

대부분의 조선 남자들은 성냥을 가지고 있다는 이유로 연행되었다. 그들은 경찰서에서 방화범이란 죄로 수감되고 말았다. 강가 빈민촌에는 쥐가 많았다. 쥐약을 소지한 사람은 일본인 거주 지역의 우물에 쥐약을 풀었다는 자술서를 강제로 써 줄 수밖에 없었다. 그날 스미다 경찰서에 연행된 사람은 남자 68명, 여자 21명이었다.

다음날 조간 요미우리, 아사히, 도쿄니치니치신문은 간토대지진의 피해 상황을 대서특필하면서 "朝鮮人조선인 조직적 방화범 68명 검거" "不逞鮮人불령선인 혼조 병기창 방화범 긴급체포" "不逞鮮女불령선녀 우물에 쥐약 투척 21명 자백" 이란 기사를 더 크게 보도했다.

『大正12年 9月1日 午前 11:59 関東大地震 震度 7.9 不逞鮮人 放火』

카나가와현 사가미하라·스호반도 일대를 진원지로 한 대지진이 간토 지방에 발생했다. 지진의 강도는 최대 진도 7.9이었고, 여진이 936회나 계속되어 전화는 불통되었다. 혼란한 뜸을 타 불령선인들이 사회주의자들의 협조를 받아 조직적으로 방화를 했다.

도쿄 스미다 빈민촌 거주 불령선인 김 모씨(35)는 당일 오후 도쿄 혼조 육군 병기창에 공범 4명과 잠복 침투해 건물에 석유를 뿌리고 불을 붙였다고 자백했다. 경찰은 증거로 2리터 석유통과 성냥을 압수했다. 또한 불령선녀 박 모씨(41)등 6명은 단수가 되자, 긴좌 도쿄역 등 중심가를 돌며 공동우물에 쥐약을 투척하는 등 대지진의 혼란한 틈을 타 사회 폭동을 야기했다고 경시청은 덧붙였다.

경시청은 이번 대지진을 틈타 불순분자·사회주의자·거동 수상한 조선인 중국인 등을 가까운 경찰서에 즉시 신고해 주기를 당부했다.

이번 대지진은 14만여 명이 사망·실종되었으며, 70만여 가구가 파괴되고, 340만여 명의 이재민이 생겨났다. 경시청은 이재민 일 인당 쌀 한 되와 옥수수 두 되를 우선 배급하고 각 보건소에선 이질·콜레라 등 전염병 예방 주사를 실시한

다고 발표했다. 당분간 공동우물을 마시지 말고 급수차에
서 배급해주는 물만 마실 것을 당부했다.

도쿄니치니치신문東京日日新聞

글을 모르는 다수의 국민을 위하여 신문사에서는 시내 곳곳
에 폭력적 니시키에錦絵판화를 붙여 여론몰이를 했다. 니시키에
의 그림은 매우 자극적이었다. 대지진으로 파괴된 건물 더미를
돌아다니며 한복을 입은 쥐들과 조선인들이 물건을 훔치거나
불을 지르는 장면이 아주 원색적으로 묘사되어 있었다. 우람한
근육질의 일본 청년들이 한복을 입은 쥐와 조선 사람들을 일본
도로 잡아 죽이는 장면이 묘사되어 매우 선동적이었다. 심지어
대지진과 화재의 원인을 쥐와 조선인들 때문인 듯 묘사했고 다
수의 무지한 국민들은 니시키에 그림을 사실로 믿기 시작했다.

*

다음날 오전, 경시청 경시총감 집무실에 몬츠키를 갖추어 입
고 흰 부채를 든 백발의 요코야마 야스타케橫山安武가 들어섰다.
놀란 경시총감 아카이케 아쓰赤池濃는 허리를 구십도 굽혀 깍듯
이 예를 갖추었다.

"각하, 대지진에 별고 없었습니까? 어쩐 일로 여기까지…."

한때 사무라이 출신 메이지 유신의 공신 요코야마橫山가 현
직에 있을 때 내각대신들 그 누구도 그의 말을 무시하지 못했

다. 그는 청백리로 항상 약자를 우선으로 생각했고 자신의 이익보다 남을 먼저 생각했기 때문이다. 억울한 일을 당해도 밝히려고 하지 않을 만큼 대범스러움에 모두 다 그를 존경했고 어려워할 수밖에 없었다. 그는 메이지 덴노에게 정한론征韓論을 반대하는 열 가지 이유와 대안으로 일조중日朝中 극동 삼국의 동맹안을 상소로 올렸다. 상소가 받아들여지지 않자, 덴노 독대 후화족 작위를 반납하고 평민으로 돌아갈 정도로 정의로운 사람이었다.

경시 총감 아카이케 아쓰는 연신 허리를 굽혀 그를 상석에 앉을 것을 권했지만 백발의 요코야마는 앉기 전에 단도직입적으로 물었다.

"이 사건 자네가 꾸민 것인가? 아니면 미즈노의 짓인가?"

미즈노는 한때 요코야마의 후임이었다.

아카이케는 대답을 피하는 눈치였다.

"각하, 무슨 말씀인지…? 일단 좌정하시고 말씀하시죠."

요코야마는 부채로 아카이케를 가리키며 꾸짖듯 말했다. 아직 정의의 사무라이 기백은 살아있었다.

"이 사람 총감. 나라를 어디로 몰고 가려고 이러는가? 자넨인과응보란 말도 들어보지 못했나? 인과응보는 사람이나 나라나 다 똑같이 적용되는 법이야. 지금 조선이 우리 일본의 통치를 받고 있지만 언젠가는 스스로 일어설 수 있는 저력이 있는 나라야.

우리 속담에 역사는 오늘의 거울이라는 속담이 있지. 자네도 잘 알고 있을 줄 아네. 훌륭한 역사가는 어느 시대 어느 나라에도 속하지 않는다. 라는 말처럼 거울은 누구 편도 들지 않고 있는 그대로 모습을 비춰주지. 무서운 말이야."

경시 총감 아카이케는 대답을 못 하고 우물쭈물했다. 잠시 흥분을 가라앉힌 요코야마는 자리에 앉아 아카이케에게 타이르듯 말했다.

"총감, 왜 가만히 있는 조선인을 희생양으로 삼는가. 꼭 이렇게 해야 대지진의 피해 복구가 되는가? 하늘을 속일 수 있다고 생각하는가? 눈과 귀가 있는데. 조선은 피해자야, 피해자. 왜 그들에게 이렇게까지 해서 우리가 얻는 것이 무엇인가? 난 자네가 이렇게까지는 음모를 꾸미지 않았다고 생각하네. 미즈노의 짓이지. 미즈노 말이야."

경시 총감 아카이케는 머리를 구십도 숙이며 말했다.

"각하, 진정하십시오."

"당장 정정 보도를 내게. 신문사에 지시를 내리고 경찰서에 공문을 다시 돌려. 내가 직접 나설 수도 있지만, 그러게 되면 내가 내각 전체와 아니 덴노 헤이카에게 반기를 들고 싸우는 꼴이 된다 말이야. 나라의 녹을 먹는 관리란 것들이 덴노 헤이카를 바로 보필해야지."

요코야마의 목소리는 경시청에 쩌렁쩌렁 울렸다.

"각하, 감히 아카이케 한 말씀 올리겠습니다. 지금 세계열강의 정세는 무서울 정도로 살벌합니다. 약육강식 글자 그대로입니다. 틈만 보이면 강대국이 약소국을 침략하여 식민지로 만들어 오직 자국의 이익만 생각합니다. 공존이니 동맹이니 민족자결주의는 허울 좋은 헛소리에 불과합니다.

영길리와 구라파 국가들을 보십시오. 세계적인 대공황 속에 우리는 영길리와 동맹이란 명목으로 시베리아에 파병했지만 많은 피해를 입었습니다. 저들은 황색인종이라고 우리를 무시하고, 누구 하나 우리 일본을 도와주는 나라는 없었습니다. 이번 대지진으로 일본은 내우외환을 겪고 있습니다. 첩보에 의하면 사회주의자들이 테러 모의와 대지진의 혼란한 틈을 타 조선인들에게 다시 독립이니 자주니 하고 폭동을 일으키게 부추기고 있답니다. 상해 대한민국 임시정부에서도 호시탐탐 우리의 허술한 틈만 노리고 있습니다."

입을 한번 악다문 요코야마는 눈을 뜨고 쏘았다.

"그래, 세계만방에 조선을 흉악무도한 방화범 폭력집단으로 매도하여, 보다 강하게 일본의 통치하에 두는 것을 합리화시키자는 목적이었군. 어리석은 것들⋯. 쯔쯔."

아케이케는 본색을 드러내며 열변을 토했다.

"각하, 우리로서는 두 가지 목적을 달성해야 합니다. 하나는 조선인들의 폭동을 미연에 방지하는 것입니다. 각하께서도 저들의 3·1 폭동을 보셨지 않습니까? 이건 세계적인 유례가 없는 집단 폭동이었습니다. 우리가 조선의 근대화를 위해서 얼마나 많은 돈을 투자했습니까? 조선인들의 의식을 일깨워주었고 눈을 뜨게 해주었습니다. 우리 일본이 아니었으면 조선은 야만적인 북쪽 노서아露西亞의 식민지가 되었을 것입니다. 조선인은 은혜를 모르는 민족입니다.

조선의 3·1폭동은 중국까지 큰 영양을 주지 않았습니까. 각하께서도 잘 아시다시피, 중국의 신문화 지식인이라고 하는 천두슈는 조선의 3·1폭동을 세계 혁명 사상 신기원을 열었다고 격찬했고, 조선 민중의 단합된 힘이 대일본을 이겼다고 자평했습니다. 그리고 결국 천두슈의 선동으로 베이징 대학생들과 중국의 불순분자들이 5·4사건이 일어난 것을 잘 알지 않습니까. 결국 그들이 중국공산당의 태동이 되었고 심지어 노서아의 공산정권도 조선의 3·1폭동을 배우자고 했습니다.

미국이 공산정권의 확장을 막겠다는 평계로 태평양으로 점점 세력을 확장하고 있습니다. 무엇보다 지금은 국민의 대동단결이 절실합니다."

아케이케는 숨도 안 쉬고 웅변하듯 쏘아붙였다. 참다못한 요코야마가 눈에 쌍심지를 켜며 말했다.

"이 사람아. 그걸 말이라고 하나. 국민의 대동단결이 무고한 조선 사람들을 때려죽이는 거야?

그래, 자네가 말한 조선의 3·1운동을 봐. 남녀노소 귀천에
관계없이 전 국민이 한마음 일심으로 염원하며 스스로 일어나
는 게 대동단결이야. 자넨 한성에서 조선민중의 3·1운동을 직
접 보고서도 느낀 게 없었던가? 그 이전에 일어난 동학농민 봉
기 때도 자넨 참전했었지. 3·1운동이나 동학농민봉기가 조선민
중의 진정한 대동단결인 한마음 일심이야. 단결은 반드시 정의
와 진리 공존인 화和를 바탕으로 해야 가능하다는 것을 왜 모르
는가. 우린 우리의 전통 화和를 살려 동아시아의 화이부동和而不
同에 힘써야 해. 내가 늘 주장한 일조중日朝中 극동 삼국동맹이
야. 그래야 서양열강들이 우리 일본과 동아시아를 넘보지 못하
는 거야.

조선은 우리 일본의 옛 스승이야. 그 옛날 우리 일본에 문화
를 전해주었듯이 언젠가 우리에게 큰 힘이 될 거야.”

요코야마는 숨도 쉬지 않고 열변을 토했다. 평소 자신의 지
론을 말한 것이다. 아카이케는 벽을 바라보며 눈길을 피했다.
한때 모시고 존경하는 상관으로 몇 번 들은 말이다. 하지만 이
제는 그의 말을 듣지 않겠다는 표정이 역력했다. 잠시 흥분을
가라앉힌 요코야마는 타이르듯 말을 이었다.

“이 사람 총감, 모두들은 내가 조선 편을 든다고 하는데, 이것
은 편 이전에 인간의 도리요, 이웃 국가 간의 도리요 진리야.

총감, 인과응보를 잊지 말게. 무서운 말이야. 어찌 일본의 관리라는 것들의 생각이 이것밖에 안 되나? 내가 사람을 잘못 봤네. 쯔쯔."

요코야마가 잠시 숨을 돌리는 사이 아카이케는 두 눈을 부릅뜨고 물러서지 않았다.

"각하, 노서아의 공산정권은 호시탐탐 태평양으로 진출을 노리고 있습니다. 그들에게 만주와 조선은 손쉬운 먹잇감입니다. 노서아가 바다로 진출하기에는 구라파에는 강대국들이 너무 많습니다. 우리 일본은 노서아의 태평양 진출을 막아야 합니다. 그러기 위해서 불가피하게 만주와 조선이 필요하고, 어차피 조선은 옛날부터 일본의 은혜를 입은 식민지였습니다."

"이 사람이, 어디서 해괴한 논리를 갖다 붙이는가? 노서아의 태평양 진출을 막으려면 조선과 만주를 동맹국으로 서로 힘을 합쳐 막아야지. 왜, 조선과 만주를 희생양으로 삼아야 한다고 생각하나. 자넨 강대국의 참뜻을 아직 모르구먼."

아카이케는 틈을 주지 않고 자신의 주장을 마구 토했다.

"각하, 조선은 우리가 통치하기 전에는 청나라, 그전에는 명나라, 자신들이 주장하는 고조선 때부터 중국의 통치를 받았습니다. 스스로 국가를 이끌어갈 능력이 없는 나라입니다. 이것은 노서아에겐 너무나 손쉬운 먹잇감입니다. 아니, 한때 우리 대일본이 200년간 통치한 적도 있습니다. 각하께서도 알고 계시지 않습니까? 임나일본부 말입니다. 이것은 우리 대일본의 기록이 아니고 조선, 아니 고구려의 기록입니다. 조선의 조상인 자신들이 자랑하는 고구려 광개토왕의 기록입니다."

"이 사람이 창피하게, 그건 조작이야. 포병 중위 사카와 카게노브가 조작이라고 증언했어. 사카와 카게노브가 직접 내게 실토를 했단 말이야. 광개토대왕 비문을 조작하라고 지시한 자를 나는 알고 있지."

백발의 요코야마 옹이 일침을 가했지만 아카이케는 물러설 수 없다는 듯 거품을 물고 입맛에 맞게 역사를 왜곡시켰다.

"각하, 저가 오늘 각하와 역사논쟁을 하고 싶지는 않습니다만, 신라의 왕이 진구황후神功皇后에게 신하로서 예를 다하고 천세만세 조공을 바치는 속국이 되겠다고 하였습니다. 곧이어 백제왕과 고구려왕까지 달려와 무릎을 꿇었습니다. 진구황후께서 삼국을 모두 정벌하여 일본의 속국으로 삼았고, 이를 계기로 일본이 지금의 김해지역에 임나일본부라는 통치기관을 설치하여 한반도 남부를 200년간 지배했다는 역사 말입니다. 그것뿐입니까? 우리가 명나라를 치기 위해서 조선에 길을 빌려 달라한 征明假道 분로쿠노 에키文禄の役 임진왜란를 보십시오. 어떻게 보름 만에 한양을 내줍니까? 나라를 통치하는 왕이나 대신 장군들이 짚으로 만든 허수아비가 아니고서는 있을 수 없는 일 아닙니까? 만약 노서아가 치고 내려오면 일주일이면 부산까지 내줄 조선입니다. 그럼 노서아는 우리 코앞까지 내려옵니다.

각하! 이것은 역사고 현실입니다."

*

1923년 9월 4일

오늘도 아침부터 습하고 무더웠다. 거리마다 매캐한 연기와 안개가 범벅이 되어 눈이 맵고 코가 따가웠다. 연막탄을 터트린 듯 코앞도 분간할 수 없었고 무너진 집더미 속에서는 아직 뿌연 연기가 꾸역꾸역 타올랐다. 도쿄의 하늘은 금방이라도 떠질 듯 흐렸으나 비는 오지 않았고 일본 열도 전체가 점점 찜통이 되어 가고 있었다.

그동안 전쟁 준비 노역에 시달린 사람들의 불쾌지수는 폭발 직전이었다. 사람들은 둘만 모이면 이번 간토대지진의 안부를 물었고 불조심 물조심을 당부했다.

"朝鮮人조선인 조직적 방화범 68명 검거" "不逞鮮人불령선인 혼조 병기창 방화범 긴급체포" "不逞鮮女불령선녀 웃물에 쥐약 투척 21명 자백"

신문마다 사설과 기사로 조선인의 행동을 질타했고 글을 모르는 국민을 위하여 니시키에錦絵판화는 더욱 자극적이고 원색적인 그림으로 사실인 양 국민을 선동했다. 사람들은 신문 사설을 거론하거나 그림을 보며 조선인의 행동에 분괴했고 열변을

토했다. 두 눈엔 분노와 복수가 이글거렸고 쉽게 이성을 잃었
다.

도쿄 역전 광장에서, 역전을 자신의 구역으로 하는 야쿠자 야
마모도山本는 니시키에錦絵판화를 흔들며 군중들을 향해 소리쳤
다. 거지들과 손님을 기다리던 훈도시 차림의 인력거꾼들이 대
거 몰려왔다.

"조선인들은 덴노 헤이카를 부정하며 따르지 않습니다. 이
니시키에 그림을 보십시오. 저들은 덴노 헤이카의 은총을 모르
는 무지몽매한 미개인들입니다. 덴노 헤이카께서 서양 오랑캐
들을 막아 주었는데도 독립이니 자주니 외치며 배은망덕으로
곳곳에서 테러를 자행하고 있습니다. 정부가 조선인들에게 온
정으로 대하기 때문입니다. 자경단을 조직하여 정부가 못하는
조선인들의 미개한 버릇을 고쳐 놓아야 합니다. 조선인들은 대
지진의 혼란한 틈을 타 사회 폭동을 야기시키고 있습니다. 곳곳
에서 조직적으로 불을 지르며, 우물에 독을 뿌려 폭동을 일으키
고 있습니다. 우리가 나서야 합니다."

야쿠자 야마모도는 무더위에 아침부터 끓어오르는 울분을
토하고 싶었는데, 마침 조간신문의 니시키에錦絵판화를 본 것이
다. 판화와 신문 사설에서는 경시 국장 아카이케보다 더 심하게
조선을 비난했고 일본인의 대동 단결된 행동을 선동했다.

손님을 기다리던 하찌마끼를 머리에 동여맨 훈도시 차림의

인력거꾼들이 대거 동조했다.

"조선인을 타도하자, 조선인이 방화범이다."

"옳소!"

"죽이자, 죽이자. 조선인들이 우물에 독을 탔다."

순식간에 사람들은 모여들었다. 그들은 구호를 외치며 쉽게 패거리가 되었다.

영웅심에 누군가가 소리쳤다.

"저기 조선인이 있다."

초라한 보따리를 머리에 인 중년 여인이었다. 중년 여인은 검은 치마에 하얀 저고리를 입었고 쪽 머리를 해 누가 보아도 조선인임을 한눈에 알아볼 수 있었다. 중년 여인은 아들로 보이는 예닐곱 살 정도의 까까머리 사내아이와 식수대에서 하얀 가루를 물에 타 마시려다 실수로 아이가 쏟고 말았다.

그 광경을 목격한 야마모도는 영웅심에 이성을 잃었다. 손가락으로 조선인 복장을 한 중년 여인을 가리키며 달려가 여인의 어깨를 낚아챘다. 그리고 소리쳤다.

"잡았다. 불령선녀를 잡았다. 독을 가지고 있다."

순식간에 사람들은 조선인 복장을 한 중년 여인과 사내아이를 사방으로 둘러쌌다. 영문을 모른 여인과 사내아이는 사람들의 눈빛을 보며 겁을 먹었고 그 자리에 주저앉고 말았다. 야마모도는 여인의 보따리를 빼앗아 풀어 보았다. 반 됫박이 될까 말까 하는 하얀 미숫가루가 쏟아졌다. 순간 움찔한 야마모도는 군중들을 향해 진짜 독약을 발견한 듯 소리쳤다.

"독약이다. 이 년이 식수대에 독을 타려 했다."

여인은 살려달라고 소리쳤다.

"독약이 아니에요. 미숫가루입니다. 미숫가루."

어디선가 돌멩이가 날아와 여인의 머리에 정통으로 맞았다. 순간 퍽하고 이마에서 피가 쏟아졌다. 그 모습을 본 사내아이가 발악을 하듯 울음을 터뜨렸고 여기저기서 돌멩이가 날아왔다. 여인은 피투성이가 된 채 바닥에 쓰러졌다. 이성을 잃은 사람들은 주먹과 발길로 쓰러진 여인을 집단 구타하기 시작했다. 사람들은 모두 미쳐있었다. 사내아이는 피투성이가 된 엄마를 끌어안고 발악을 하며 울어댔다.

지나가는 사람이 흥분한 사람들에게 물었다.

"무슨 일이오?"

흥분한 야마모도가 의기양양하게 대답했다.

"조선 년이 식수대에 몰래 독을 풀었는데, 네가 잡았소."

야마모도와 인력거꾼들은 구호를 외치며 어디론가 사라졌다. 까까머리 사내아이는 피투성이가 된 채 죽어있는 엄마의 시체를 끌어안고 발악을 했다. 누군가가 가마니 조각을 가지고 와 피투성이가 된 채 죽은 여인의 시체 위에 덮어주며 안 떨어지려는 사내아이를 어디론가 끌고 가버렸다.

세계에서 제일 치안이 잘되었다고 자타가 인정하는 일본의 경찰은 결코 나타나지 않았다.

역전 비둘기 한 마리가 날아와 하얀 미숫가루를 쪼아 먹기 시작했다. 곧이어 굶주린 수십 마리의 비둘기 떼가 몰려와 하얀 미숫가루를 남김없이 쪼아 먹어치웠다.

그러나 이것은 시작에 불과했다.

도쿄역 식수대에 독약을 타려 했던 불령선녀가 현장에서 일본 자경단 청년에게 잡혀 맞아 죽었다는 소문은 일파만파로 퍼져나갔다. 모두 다 반신반의하던 신문의 기사와 니시키에 판화를 사실로 믿기 시작했다.

역전 야쿠자 야마모도는 자신이 태어나서 국가를 위해서 가장 자랑스러운 일을 했다는 자부심에 고무되어 패거리들에게 자랑했다. 인력거꾼들에게 보다 조직적으로 조선인들을 징벌하자고 선동했다. 야쿠자 패거리들은 자경단이란 완장을 팔에 두르고 죽창과 곤봉을 들고 거리로 나왔다. 그들은 구호를 외치며 불에 타 폐허가 된 거리를 돌아다녔다.

"조선인을 죽이자. 조선인이 방화범이다."

"대일본은 뭉치자. 대일본 만세."

대지진과 화재로 잿더미가 된 시민들은 자경단에 박수를 보냈다. 조선인들은 바깥 활동을 할 수 없었다. 절대로 한복을 입지 않았고 쪽머리를 하지 않았다. 조선인들은 말도 조심할 수밖에 없었다.

도쿄 시내 사거리마다 자경단이 내건 현수막에는 조선인 타도를 내걸었다. 완장을 찬 자경단은 죽창과 곤봉을 들고 의심이 가는 사람들은 검문했다.

"어이, 이리와. 신분증 봅시다."

"신분증 안 가지고 왔는데요."

"너, 조선인이지?"

"아니오. 일본 사람이오. 일본 사람."

"그럼, 15원 50전 쥬고엔고짓센 한번 말해 보시오."

"쥬고엔고짓센."

"일본 사람이 맞소, 가시오."

죽창과 니뽄도를 들고 완장을 찬 자경단들은 인간 사냥꾼이었다. 그들의 눈은 살기와 광기만 시렸다. 조금이라도 행동이 이상하면 검문을 했다.

"어이, 이리 좀 봅시다. 당신 조선인이지?"

"아니오, 난 도쿄 토박이오. 기모노를 보면 모르겠소?"

"좋소, 15원 50전 쥬고엔고짓센 한번 말해 보시오."

"주고엔고짇센."

"다시 한 번 더."

"주고엔고짇센."

"아무래도 이상한데? 파피푸페포. 가기구게고를 따라 해봐."

"파 피푸베포, 까기구개코."

"아무래도 이상한데? 기미가요를 한번 불러보시오.

"…기미가요 와 치요니… 야치요미…."

"너 조센진이지? 이놈 조선인이다. 죽여라."

기모노를 입고 있어도 소용없었다. 자경단은 이성을 잃었고 아무도 그들을 제재하지 않았다. 다수의 시민들도 자경단에 박수를 보냈다.

역전 야쿠자 야마모도 패거리들은 죽창과 곤봉 갈고리를 들고 스미다 경찰서로 몰려갔다. 야마모도는 경찰서장에게 소리쳤다.

"조선인 방화범과 독약을 투척한 범인들을 공개 처형하시오. 아니면 우리 자경단에게 인계하시오."

"조선인 방화범을 인계하시오."

치안을 유지해야 하는 경찰은 자경단이 몰려와 집단농성을 벌이자 슬그머니 자리를 피해버렸다. 자경단은 유치장까지 몰려가 조선 사람들을 한 명씩 끌고 나와 경찰서 뒷마당으로 데리고 갔다. 철삿줄로 두 손을 묶고 무릎을 꿇게 한 후 뒤에서 곤봉이나 일본도로 쳐 죽였다.

그들의 만행은 여기서 끝나지 않았다. 조선 여자들을 죽인

후 치마와 속속곳을 벗겨 음부에다 꼬챙이를 마구 쑤셔대며 희희낙락댔다. 그중 임산부가 한 명 있었는데, 그 여자의 배를 가를 때 뱃속에서 태아가 살아 꿈틀거리자 조선인의 씨라며 발로 밟아버렸다.

화이부동

"나무아미타불, 간토 조선인 대학살의 만행을 막지 못한 죄를 지극한 마음으로 참회합니다."

아미타불을 수없이 부르고 찾아보지만 며칠 전 시내 곳곳에서 자경단이 저지른 조선인 대학살 장면이 눈에 생생한 게 좀처럼 떠날 줄 모른다.

어찌 삼천 배 참회로 잊힐까!

일월사日月寺는 요코야마 야스타케橫山安武가 젊은 시절 사무라이 출신 승려 히라노 게이스이平野惠粹와 메이지 유신에 동참하자고 의기투합한 곳이다.

삼천 배 오체투지 참회를 마친 요코야마는 일월사 대웅전 마당에 가부좌를 틀고 동쪽 하늘을 바라보며 마음을 다잡았다. 일월사는 조선불교식으로 본당을 대웅전大雄殿이라 불렀다.

동쪽 수평선에서 붉은 홍시 같은 해가 서서히 떠오르고 있었다.

　고향에 돌아와 오체투지 삼천 배 참회를 하면 조금이나마 울분이 가실 줄 알았는데 뭔가가 가슴을 짓누르고 있는 것 같고 꼭 먹은 게 체한 듯 답답하다. 다시 심호흡을 하며 마음을 다잡아본다. 불현듯 살아온 지난 칠십오 년이 밝아오는 수평선 위에 무성영화를 보듯 눈앞에 펼쳐졌다.

　가난한 사무라이 집안에서 태어난 모리 야스타케森安武는 어릴 때 요코야마横山 집안으로 양자를 가 요코야마 야스타케横山安武가 되었다. 일본 사람들 모두가 화和를 제일의 덕목으로 내세우지만 요코야마 집안의 화和는 남달랐다. 집단의 질서를 중요시하는 맹목적인 화和가 아니었다. 작은 것을 먼저 배려하고 인정하는 자리이타 공존의 화和를 실천해나갔다. 화이부동을 덕목으로 삼고 약자를 괴롭히는 것은 사무라이의 수치라고 생각했다. 전통 사무라이로서 자부심이 대단했을 뿐만 아니라 억울한 일을 당해도 밝히려 하지 않을 만큼 대범하여 일찍이 주위 사람들의 존경을 받았다.

　조상 대대로 조선의 선불교를 숭상한 요코야마 집안은 홍익인간弘益人間 이념인 인간뿐만 아니고 온 누리의 만물을 이롭게 하는 신라 선지식 원효元曉의 일심一心과 화쟁和諍사상을 신봉했다. 따라서 화엄사상인 존재와 현상들이 서로 끊임없이 연관되어 인과에 의하여 천태만상으로 변해간다고 굳게 믿고 있었다. 그에게 약자란 인간뿐만 아니라 만물 모두를 지칭했다.

남쪽지방 가고시마 사무라이들은 일찍 서양 제국주의에 눈을 떴다. 그들은 구라파 유학을 다녀온 사무라이들을 중심으로 메이지 유신이란 구국운동으로 막번 체제를 무너뜨리고 왕정복고를 이루었다. 그들은 부국강병과 오직 국민을 위해 일본의 봉건제도를 해체하고 근대로 나가는 새로운 나라를 만들어나가자고 큰 뜻을 같이했다. 요코야마 야스타케와 친구이자 승려인 히라노 게이스이도 국민의 보다 나은 삶과 동아시아를 지키고 평화를 위한다는 대의로 메이지 유신에 적극 가담했다.

메이지 유신으로 정권을 잡은 후쿠자와 유키치의 제자들 중 이토 히로부미伊藤博文 다나카 미추야키田中光顯 등은 유신의 핵심 세력으로 부상했다. 그들은 개화에 눈을 뜨자마자 서양 오랑캐의 침략을 막고 조선을 개화시킨다는 명분으로 탈아론脫亞論 과 정한론征韓論을 들고나와 조선과 동아시아 국가의 침략 야욕을 드러내기 시작했다. 또한 덴노의 깃발 아래 일사불란하게 뭉치는 일등 국민이란 대동大同의 명분을 내세워 국민을 하나로 통치하기 시작했다. 그들은 일본의 전통 화和를 왜곡시켜 집단의 질서를 위한다는 명분으로 개인의 희생을 강요했고 국민을 전쟁터로 몰아넣었다.

요코야마와 승려 히라노는 정한론征韓論이 300년 전 도요토미 히데요시豊臣秀吉가 실패한 망국의 길이라고 적극 반대하고 나섰다. 대안으로 극동 일조중日朝中 삼국의 연합동맹과 화이부동을 주장했다. 그러나 제국주의 탈아론과 정한론에 눈먼 이토 히로부미와 다나카 미추야키를 따르는 무리들에게 막혀 뜻을 이룰 수 없었다.

결국 두 사람은 정한론을 반대하는 10가지 이유의 상소문을 메이지 덴노에게 올렸고 상소가 받아들여지지 않자 유신의 공신으로 자신에게 화족 작위를 하사한 덴노에게 작위를 반납하며 독대를 청했다.

1870년(메이지 18년) 10월 도쿄 황궁

요코야마 야스타케와 히라노 게이스이는 황금색 십육변팔중표국문十六弁八重表菊紋을 배경으로 하고 서양식 소파에 앉은 메이지 덴노에게 문안부터 올렸다. 관복이 아닌 검은 몬즈키와 승복을 단정하게 입은 두 사람은 소파에 앉으라는 덴노의 권유에도 일본식으로 바닥에 무릎을 꿇고 머리를 조아렸다.

"덴노 헤이카, 신 요코야마 야스타케, 신 히라노 게이스이 문안 올리옵니다."

덴노는 떨리는 목소리로 말했다.

"경들은 고개를 드시오."

"덴노 헤이카 황공무지 하옵니다."

한 번 더 머리를 조아린 두 사람은 고개를 들어 가만히 덴노와 눈을 맞추었다. 얼굴이 험상궂게 생긴 메이지明治 덴노는 한동안 두 사람의 눈길을 피하는 듯 초점을 잡지 못했다. 자신이 일본 국민이 숭상하는 신이자 덴노이지만 두 사람의 주청을 받아들일 힘이 없었기 때문이었다. 또한 정한론은 내각에서 내세우는 당면과제이며 제국의회에서도 통과되어 이제 덴노가 나설 수 없는 문제이기도 했다. 하지만 덴노도 처음엔 정한론에 찬성하지 않았기 때문에 두 사람은 마지막 설득으로 신神인 덴노께서 거부권을 행사해달라는 주청이기도 했다.

덴노는 더듬거리며 말문을 열었다.

"아노…, 경들이 올린 상주를 몇 번이나 읽고 심사숙고 또 숙고했소. 또한 경들의 우국충정과 대의명분을 모르는 바가 아니오. 하지만 아노, 지금 세계정세는 오로지 힘의 논리로만 존재하는 듯하오. 서양 열강들이 아시아를 호시탐탐 노리고 있지 않소. 경들은 누구보다 잘 알 것이라 믿소.

세계의 중심이라고 자부한 중국을 보시오. 거대 중국이 영길리의 불법 아편무역과 군함 몇 대에 홍콩을 내주는 수모를 당하지 않았소. 또한 인도를 보시오.

우리 일본은 부국강병이 되어 스스로 나라를 지키고 더 나아가 동아세아뿐만 아니라 약소국인 이웃 조선을 개화시켜 노서아의 남침을 막아야 하지 않겠소. 요코야마 그리고 히라노 경."

덴노는 원론적인 말을 하소연하듯 조용히 말했다. 두 사람은 머리를 바닥에 다시 조아린 후 요코야마가 먼저 아뢨다.

"덴노 헤이카, 황공하옵니다. 지당하신 말씀이오나, 우리 일본은 18세기 이후, 국학이 발전하였고 화란의 난학을 받아들여 백성의 삶이 많이 선진화되고 근대화되었습니다. 근자에 들어 덴노 헤이카의 크나큰 성은을 입어 나라가 더욱 부국강병으로 아세아뿐만 아니라 세계의 모범국가로 나아가고 있습니다. 그 바탕엔 우리의 오랜 전통인 화和가 있었기 때문이라고 사료되옵니다. 또한 우리 일본엔 화 못지않게 예로부터 자랑스럽게 지켜온 것이 은恩이지 않습니까? 은恩. 우리는 예로부터 은혜를 모르는 이는 사람 취급을 하지 않았습니다. 지금도 화와 은을 자식들에게 최고의 덕목으로 가르치고 있습니다.

덴노 헤이카, 君子和而不同군자화이부동 小人同而不和소인동이불화라 하였습니다. 공자孔子께서 화동론和同論에서 말씀하셨다시피 화和는 배려 인정 공존 상생의 논리이고 동同은 지배 흡수 합병의 논리 아닙니까? 결코 화和는 남을 지배하거나 자기와 동일한 것으로 흡수하려 하지 않는다는 의미라고 알고 있습니다. 반대로 소인동이불화의 의미는 소인은 남을 용납하지 않고 지배하며 흡수하고 합병으로 동화시킨다는 것 아니겠습니까. 우리 일본이 내세우는 화和는 남을 배려하고 인정하고 존중하며,

공존이라고 배웠습니다.

덴노 헤이카, 각 나라는 나라마다 고유의 문화가 있고 전통이란 게 있습니다. 모든 만물이 각각의 특징이 있고 쓰임이 있듯이. 또한 한때 문명국가였지만 시대의 흐름에 따라 잠시 뒤처질 때가 있기도 합니다. 중국이나 조선은 반만년의 역사를 이어온 우리의 우방이며 우리에게 많은 문화를 전해준 스승의 나라입니다. 따라서 일조중日朝中 삼국 연합동맹으로 동아시아의 평화를 지키는 게 순리고 도리인 줄 아옵니다."

양미간을 찌푸린 덴노는 두 사람의 눈을 피해 고개를 돌렸다. 방안 공기는 서리라도 내릴 만큼 차가웠지만 두 사람의 정의는 살아있었다. 다시 한번 머리를 조아린 승려 히라노 게이스이가 힘주어 아뢨다.

"덴노 헤이카. 먼저 전쟁을 하려면 국제사회가 이해할 수 있는 정의가 있어야 합니다. 이웃나라 조선을 약소국이라고 우습게 보고 총칼로 침략하는 것은 도적이나 하는 짓입니다. 2개 연대만 있으면 조선을 정복할 수 있다며 처음 정한론을 주창한 사다 하쿠보佐田白茅는 자신이 조선에서 받은 개인적 감정에 따른 것인 줄 아옵니다.

덴노 헤이카, 옛 성현이 말씀하시길 우리 일본이 자연재해로 곤경에 빠지면 가까운 이웃으로 제일 먼저 도움을 요청할 나라가 조선이라고 말씀하였습니다. 재해가 일어나면 우리는 조선으로 몸을 피할 수밖에 없는 지리적 위치에 있지 않습니까? 옛날부터 이 땅에 화산이 폭발하면 서풍을 타고 태평양 쪽으로만 날아갔습니다. 일본 열도 전체를 화산재가 뒤덮어 엄청난 국가적 재앙에 시달렸습니다. 그때마다 우리는 서쪽 땅 조선을 부러워했습니다. 가까운 조선으로 많은 사람들이 알게 모르게 몸을 피했던 것은 사실이옵니다. 조선은 안전하고 평화로운 나라입니다. 중국에 천재지변이 발생했다는 소리를 들은 적은 있어도 조선에 천재지변으로 많은 사람이 죽었다는 소리를 들은 적은 없사옵니다. 그만큼 조선은 안전한 축복받은 땅이옵니다. 이른 까닭에 무지한 무리들이 조선을 시기하고 공격한 적은 있습니다만 조선은 언제나 온정으로 우릴 대해주었고 앞서가는 문화를 전해주었습니다. 조선을 무력으로 침략하는 것은 은혜를 저버리는 일입니다. 통촉하여 주시옵소서."

덴노는 눈을 감고 히라노 게이스이의 진언을 들었다. 다시 요코야마 야스타케의 충언이 계속되었다.

"덴노 헤이카, 삼백 년 전 도요토미 히데요시豊臣秀吉 태합께서 정권을 잡은 후, 중국을 치고 인도까지 점령하겠다는 망상으로 문록의 역文禄の役 임진왜란을 일으켜, 7년 동안 조선이나 일본에 얼마나 많은 피해를 입혔습니까. 조선은 말할 것도 없고 일본 백성도 엄청난 전쟁 후유증에 시달렸던 과거를 되풀이해서는 안 된다고 사료되옵니다. 그 결과 명나라도 멸망하지 않았

습니까. 승자도 없는 극동아시아의 비극이었습니다. 역사를 반면교사로 삼고 직시하시옵소서. 텐노 헤이카.

지금 위정자들은 또다시 일본의 장정들을 전쟁터로 몰고 있습니다. 온 국민을 전쟁의 노역에 끌어들이고 있습니다. 이들은 우리의 전통 화和를 왜곡하고 빙자하여 개인의 인권은 무시한 채 오직 집단의 화和만 강조하고 있습니다. 이것은 화和가 아닌 동同입니다.

신 요코야마 목숨을 걸고 감히 텐노 헤이카께 진언을 올립니다. 우리 일본은 조선과 중국을 동맹국으로 존중하며 삼국이 힘을 합쳐 서양 제국주의를 막아내는 게 대의명분이라고 사료되옵니다.

텐노 헤이카, 우리 속담에 역사는 오늘의 거울이라는 말이 있지 않습니까? 훌륭한 역사가는 어느 시대 어느 나라에도 속하지 않는다, 라는 말처럼 거울은 누구 편도 들지 않고 있는 우리 모습을 그대로 비춰줍니다."

요코야마와 승려 히라노는 작심한 듯 숨도 쉬지 않고 텐노 앞에서 진언을 토해냈다.

두 사람은 정한론을 반대하는 열 가지 이유와 메이지 유신정부의 모순점을 지적했다. 그래도 자신들의 주청이 받아들여지지 않자, 화족 작위를 반납하고 모든 관직에 물러났다. 나라에서 주는 녹을 받으며 국가의 정책을 반대할 수 없는 것 아닌가.

두 사람은 뜻을 굽히지 않았고 재야인사로 끊임없이 탈아론과 정한론을 반대하며 극동아시아 삼국동맹을 주장하며 위정자들을 설득해나갔다.

1876년 일본이 병자수호조약丙子修好條約으로 부산에 본원사本願寺를 짓고 일본 정토진종 포교를 핑계로 조선에 발을 디디기 시작하자, 승려 히라노 게이스이는 부산으로 건너 가 조선의 개화에 앞장섰다. 그는 개화파 조선 승려 이동인李東仁과 무불無不탁정식卓挺植을 만나 단번에 의기투합했고 조선의 김옥균金玉均 박영효朴泳孝 서재필徐載弼에게 개화의 불씨를 댕겼다.

그는 어릴 때부터 늘 동경해오던 조선 선불교를 공부하면서 더욱 깊이 조선에 빠지고 말았다.

1895년 8월 20일 일본 궁내 대신 다나카 미추야키田中光顯의 명을 받은 일본공사 미우라 고로三浦梧樓가 일본 야쿠자를 데리고 와 조선의 명성황후明成皇后를 시해하자, 승려 히라노 게이스이는 조선에 참회한다며 가야산伽倻山 해인사海印寺로 들어가 대통大通이란 조선식 법명을 받았다.

벌써 삼십 년 전 일이다. 지금은 일본 최고의 대승정大僧正에 올라 사람들은 그를 일본 성에 조선식 법명을 붙여 히라노 대통大通 생불로 부른다.

얼마나 시간이 지났을까. 한참 지난 과거에 빠져있던 요코야마는 인기척을 느꼈다. 반쯤 내려 감았던 눈을 살며시 뜨자, 으스름하던 앞산 마루금이 파란 하늘에 선명하게 뚜렷한 금을 그어 참으로 아름다운 경치를 만들어 놓았다. 하늘과 땅이 맞닿은 금을 따라 파란 가을 하늘에 기암괴석과 어우러진 등 굽은 소나무, 끝없이 이어진 초록의 숲 그리고 더 넓은 바다. 한가로이 날고 있는 백로들.

아니…!

순간 요코야마 야스타케는 깜짝 놀랄 수밖에 없었다. 눈을 뜨니 이렇게 아름다운 세상도 있다는 사실을 새삼 느꼈던 것이다. 어제까지는 분명 대학살의 무간지옥이었는데, 눈을 뜨니 극락이 눈에 들어온 것이다. 이제 앞산에서 길게 울어대는 꾀꼬리 소리까지 들리기 시작한다. 산들바람이 불어와 몸과 마음이 점점 하나가 되어가고 있었다.

그래, 마음 가는데 극락이 있었구나!

고개를 돌리자 오랜 벗 히라노 대통 대승정이 미소를 지으며 옆에 가부좌를 틀고 앉는다. 누덕누덕 기운 장삼을 입은 오랜 벗 대통이 한마디 한다.

"이 사람 야스타케, 어제까지는 세상 번뇌를 혼자 다 짊어졌던가 했더니. 이제 미소를 짓는 걸 보니 극락이라도 본 거야? 기력도 장하지, 아직 짊어질 힘이라도 남아있으니 말일세."

요코야마 야스타케는 앞산의 아름다운 경치에 시선을 둔 채 말했다.

"고마우이, 대통 자네가 저렇게 아름다운 극락을 몰고 왔으니. 부처님께서 말씀하셨지. 향을 싼 종이에서는 향내가 나고 생선을 싼 종이에서는 비린내가 난다고, 자넬 가까이만 해도 향내가 나고 극락이 보이는구먼."

대통이 손사래를 치며 말했다.

"아니야. 아니야. 내가 몰고 오다니, 아니야. 자네가 이제 눈을 뜨고 본 거야. 이 사람 어떤가? 앞산을 보니 일시에 극락이 눈에 들어오는가? 무간지옥만 보지 말고 여기서 극락도 보고 살게나."

"그러게 말이야. 자네가 부러우이. 세상에 진 빚이 없으니 말이야. 자넨 여전하구먼. 누더기 옷도 여전하고."

대통은 자신의 누더기 장삼 소매를 들어보며 말했다.

"이 옷 말인가? 아직 몇 년은 입을 만하지. 자네답지 않네. 난 무간지옥을 피해 삼십 년 전에 도망쳐 왔으니, 저승에 가면 그 죄를 받을 것이고, 자넨 삼십 년 동안 지옥에서 중생구제를 했으니, 극락에 갈 것이고…."

요코야마 야스타케는 빙그레 웃으며 답했다.

"난 삼십 년 동안 헛소리만 했지. 아무것도 한 일이 없어. 중생을 구하다니 말이 되는가? 자네처럼 머리를 깎은 것도 아닌데.”

대통은 염주를 돌리며 말했다.

“아니야, 자네의 그 수고는 모두 공덕으로 돌아올 거야. 나야 정말 한 일이 아무것도 없어. 머리만 깎았지.”

대통은 자신의 깎은 머리를 어루만지며 어색한 표정을 지었다.

“자넨, 일본 불교의 대승정까지 오르지 않았나. 대승정이 아무나 오를 수 있는 자리가 아니잖아. 사람들은 자네와 티베트 달라이 라마 토등가조土登嘉措를 두고 생불이라고 칭송이 대단하던 걸, 그야말로 출세를 했어. 그러니 중생을 위해서 법어라도 하나 남겨야 하지 않겠나. 눈멀고 귀먹은 중생을 구하고 앞을 내다볼 줄 모르는 위정자들을 위해서 말이야.”

대통은 몸을 좌우로 흔들며 말했다.

“저들은 말로는 날 생불이라고 치켜세우지만, 내가 바른말을 하면 요승妖僧이라고 몰아붙이지. 날 요승이 아니라 귀신이라고 몰아붙여도 상관없다만, 저러다가 일순간 사라진다는 것을 알아야 하는데 참 큰일이야. 조선을 식민지로 만들어 재미를 본 저들은 이제 눈에 보이는 게 없어. 머지않아 중국을 칠 것이고 그러다 태평양을 두고 미국과 객기로 크게 한판 붙을 수도 있어. 미국은 일본에 개화의 눈을 뜨게 해 준 나라가 아닌가. 문제는 몇몇 위정자들의 잘못된 판단으로 선량한 백성까지 전쟁터로 내몬다는 거야. 꼭 300년 전 도요토미 히데요시豊臣秀吉를 연상케 해. 조선 중국과 인도를 치겠다고 얼마나 많은 조선 사람을 죽이고 문화를 말살하였나. 승자도 없는 극동아시아의 비극이었고 인류 역사를 바꾸어 놓았지."

놀란 요코야마 야스타케가 눈을 부릅뜨며 말했다.

"자네가 보기에 그러한가?"

"그러하다네, 그럼 수많은 사람들이 죽게 될 뿐만 아니라 엄청난 죄를 짓게 되고 인과응보를 받게 된다 말이야. 참 무서운 짓이야. 나무아미타불."

"감여사상의 대가인 자네가 그렇게 예언을 했으니, 그럼 비켜 가는 방편도 있지 않겠나? 그 비결을 알려주어야지. 그게 하화중생下化衆生이고 대승정으로 마땅히 할 일이 아닌가?"

대통은 눈을 감으며 말했다.

"그건 미륵불이 환생하기 전에는 어려운 일이야. 하지만 방법이 없는 건 아니지. 세상만사 결정되고 영구불변한 것은 하나도 없기 때문이지. 일심一心으로 단박에 깨우치든지, 아니면 一心의 진리로 염원하면 얼마든지 가능하지. 다 하기 나름이다 말이야."

"미륵불은 석가모니 부처님이 열반하신 뒤 56억7천만 년 뒤에 오신다고 했는데, 아이고, 엄청 먼 무한대의 시간이 아닌가? 위정자들이 一心으로 단박에 깨우치는 것도 지금으로는 어렵고, 一心의 진리로 염원하는 게 빠를듯한데, 그 一心의 진리란 게 무엇인가?"

요코야마는 앞산을 바라보며 대통에게 一心의 진리를 캐물었다.

"원효元曉 스님께서 일체유심조一切唯心造를 깨달으시고 삼계유심三界唯心이라했는데 一心이면 우주의 흐름을 바꿀 수 있는가…?"

대통은 염주를 돌리며 단호히 말했다.

"암, 바꿀 수 있지. 일시에 바꿀 수 있고말고. 부처의 一心과 대중의 한마음이 모이면 가능하지."

"오늘 이렇게 자네와 앉아 극락을 바라보고 있으니, 우리에게 一心을 깨우쳐준 무불無不이 보고 싶구면."

무불이란 소리에 대통도 감회에 젖은 듯 앞산을 바라보며 무불을 찾았다.

"무불…! 나도 보고 싶어, 죽었는지? 살았는지? 소식이 없어…. 늘 자신의 소임을 다하면 흔적도 없이 사라진다고 하더니, 정말 흔적도 없이 사라져 버렸어. 풍운아였는데."

두 사람은 一心이란 말에 흔적도 없이 사라진 사십 년 지기지우 조선의 벗 무불無不 탁정식卓挺埴을 떠올렸다.

무불無不 탁정식卓挺埴은 강원도 백담사百潭寺 승려 출신으로 부산 범어사 승려 이동인李東仁과, 박영효朴泳孝 서재필徐載弼 김옥균金玉均을 만나 개화 운동에 앞장섰다.

일본에서 조선 불교를 배우기 위해 부산 본원사本願寺(1876년 강화도조약으로 일본이 지은 정토종의 사찰)에 온 승려 히라노 게이스이는 부산 범어사梵魚寺에서 이동인李東仁의 소개로 무불無不을 처음 만났다. 그는 단번에 무불의 경지를 알아보았고 동갑이지만 사형으로 받들었다. 도사는 한눈에 도사를 알아본다고 했나. 두 사람의 만남은 필연이었으며 종교뿐만 아니라 서로 조선과 일본의 화이부동을 위하여 단번에 의기투합했다.

1880년 5월 무불은 부산 본원사 히라노 게이스이의 도움으로 일본으로 밀항하여 도쿄 본원사本願寺에 머물면서 메이지 일본의 발전상을 낱낱이 관찰하였다. 귀국 후 김옥균의 주선으로 비밀리 고종 임금을 알현했고 고종은 단번에 무불의 총명함과 지혜를 알아보았다. 고종은 조선의 개화를 위해 김옥균 못지않게 승려 무불 탁정식에게 많은 기대를 했었다.

*

1883년 김옥균金玉均이 조선의 특사로 차관을 협의하기 위해 일본을 방문했을 때, 고종의 밀명으로 승려 무불無不 탁정식卓挺植은 김옥균을 비공식적으로 수행해 일본에 왔다. 김옥균이 일본에서 조선의 별기군 양성자금 300만 원 차관을 빌리는 일은 예상보다 복잡하고 어려웠다. 일본 정부는 빌려줄 듯하면서 차일피일 답을 주지 않았고 김옥균 일행은 애를 태우며 일본에 길게 머물 수 없는 상황이었다. 김옥균이 조선 별기군 양성 차관의 답을 얻지 못하고 먼저 조선으로 돌아가고 난 후 무불 탁정식은 혹시나 하는 마음에 도쿄의 본원사本願寺에서 일본 정부의 답을 기다리고 있었다. 그때 무불은 요코야마 야스타케를 처음 만났다. 요코야마는 뒤늦게 부산 본원사에 머물던 히라노 게이스이가 보낸 편지를 받고 도쿄 본원사로 무불을 찾아온 것이다. 두 사람의 첫 만남이었다.

처음엔 무불도 일본의 화족 출신인 요코야마가 조선의 관리도 아닌 일개 승려를 만나러 왔다는 말에 깜짝 놀라지 않을 수 없었다. 당시 일본에서는 조선은 억불 정책으로 승려를 천민 취급하고 도성 출입도 못 한다는 헛소문이 나 있었기 때문이다. 어떻게 보면 무불을 김옥균의 개인 집사에 불과하지 않다고 생각할 수도 있었다.

사실 일본이 메이지 유신 이전까지만 해도 조선을 만만히 대하지는 않았다. 반면 조선은 일본 사람을 섬나라 씨가 작은 왜인이라며 풍습이나 문화를 하찮은 것으로 얕잡아보았다. 일본은 도쿠가와 이에야스德川家康가 정권을 잡은 에도시대부터 국학과 서양의 난학을 받아들이며 정신적으로 문화적으로 많은 변화와 성장을 해나갔다. 메이지 유신 후 개방정책으로 급속도로 서구화되고 부국강병이 된 것이다.

　요코야마 야스타케는 두 손을 합장하고 방 안으로 들어섰다. 무불은 첫눈에 요코야마 야스타케의 인품을 알아보았다.

　우선 요코야마 야스타케의 복장에 놀라지 않을 수 없었다. 전통 검정 기모노에 하카마와 하오리를 입었는데 낡고 닳았을 뿐만 아니라 여기저기 천을 덧대어 기운 곳이 많았다. 단번에 청백리임을 알아보았고 행동이나 풍채에서 남을 배려하는 습관이 몸에 밴 대인인 듯했다. 보통 일본 사람들의 겉으로 드러난 행동이 아닌듯했다.

　먼저 요코야마 야스타케가 조선 불교식으로 예를 다했다.

　"스님, 좌정하시죠. 삼 배를 올리겠습니다."

　무불은 몸 둘 바를 몰랐다. 양손을 흔들며 사양했으나 요코야마 야스타케는 예를 다하겠다고 거듭 자신의 의사를 굽히지 않았다.

　"아, 아닙니다. 먼저 좌정하시죠."

　"스님, 좌정하세요. 승보에 귀의하는 것이니 사양하지 마시고 삼 배를 받으십시오."

　무불은 사양해서 될 일이 아니란 것을 알고 같이 일 배를 하기로 제안했다.

　"빈도는 삼 배를 받을 자격이 없습니다. 정 그러하시면 같이 절을 하시죠.”

무불의 권유로 두 사람은 동시에 조선식으로 절을 했다.

두 사람은 서로 인사를 나누고 호지차를 앞에 놓고 앉았다.

요코야마 야스타케는 무불에게 먼저 타향에서 고생이 많다는 인사말과 동아시아 조선과 중국 일본 그리고 급변하는 세계 정세에 대하여 운을 떼며 조선의 빠른 개화와 앞날을 염려해주었다. 말없이 듣고 있던 무불은 나무아미타불을 염불하며 감사의 뜻을 전했다.

“나무아미타불, 이렇게 걱정해주시는데, 부처님의 가피가 있지 않겠습니까? 그리고 선생께서 이렇게 도와주시고 계시지 않습니까.”

무불의 칭찬에도 요코야마는 걱정스러운 표정을 지으며 본론으로 들어갔다.

“스님, 잘 아시다시피. 일본은 작년 조선에서 발생한 임오군란壬午軍亂 때 조선군이 일본공사관을 습격한 것을 빌미로 조선에 300명의 병력과 군함 4척을 상주시켰습니다. 일본은 조선과 불평등하게 강제로 맺은 병자수호조약丙子修好條約 이후 정한론에 따라 앞으로 더욱 조선을 간섭할 명분을 찾아가고 있습니다.

중요한 것은 지금 조선은 일본에 속고 있다는 것입니다. 겉으로는 조선 개화를 도와주겠다고 말하지만 개화를 빌미로 조선을 합방하겠다는 속셈입니다. 그런데 일본이 조선의 신식 군대인 별기군 양성자금 300만 원 차관을 해주겠습니까? 절대 안해줍니다. 지금 고종 임금님과 김옥균 대감께서 이토 히로부미에게 속고 있는 것입니다."

무불은 깜짝 놀라며 반문했다.

"지금 조선에선, 아니 고종 임금님을 비롯한 김옥균 대감도 일본이 조선의 개화에 적극 도와줄 것을 믿고 있습니다만⋯."

요코야마는 호지차를 단번에 마시며 신중하게 말했다.

"어제 부산 본원사에 있는 히라노의 편지를 받았습니다. 히라노는 저와 죽마고우입니다. 메이지 유신 때는 같이 목숨을 걸고 싸웠고, 한때 정한론을 반대하며 극동 일조중日朝中 삼국의 연합동맹을 주장하며 무단히 노력을 하였습니다.

저가 무불 스님과 김옥균 대감의 조선 별기군 차관 문제를 도와 드려야 하는데, 저나 히라노는 이제 야인으로 아무 힘이 없습니다. 저가 알아본 결과 이토 히로부미를 비롯해서 내각에서 거짓정보를 조선에 흘린 것 같습니다. 일본 공사 다케조에 신이치로는 아마 조선 조정이 아닌 민씨 가문과 접촉하고 있는 듯합니다. 조선 조정을 더욱 혼란하게 만들고 조선의 자중지란을 꾀하는 정책입니다. 일본 사람으로 죄송한 마음입니다만 조선은 일본을 믿어서는 안 됩니다. 특히 이토 히로부미伊藤博文를 절대 믿지 마십시오.

스님, 저와 히라노 게이스이는 한때 일본의 지식인으로 화和

를 덕목으로 삼고 조선과 일본의 화이부동을 위하여 모든 것을
내려놓은 사람으로서 감히 한 말씀 드립니다. 하루빨리 조선의
내정을 안정시키고 개화를 서둘러야 합니다. 지금 조선은 세계
열강들이 가장 노리는 약소국입니다."

조선의 개화를 위해 일개 승려로 일본을 오가며 비밀리 궂은
일을 도맡아 하던 무불은 억장이 무너지고 눈앞이 캄캄했다.

대승정의 예언

대지진 발생 삼일째, 후지산 분화 이틀 후. 10월 3일 오후

요코야마 총리와 국가위기관리센터 장관들은 자리에 앉지 못하고 창밖만 주시하고 있었다. 바로 눈앞 후지산에서 분화하는 연기는 일단 뒷전이 되어 버렸다. 모두 눈이 빠져라 구세주를 기다리듯 일월사 승려 혜민을 기다리고 있었다.

그날 해거름 희끗희끗한 장삼에 작은 바랑을 멘 늙지도 않고 젊지도 않은 승려 한 사람이 차에서 내리는데 작은 키에 깡마른 얼굴이 범상치 않았다.

모두 다 현관까지 나가 혜민을 맞이하고 싶었지만 24시간 국가위기관리센터의 일거수일투족을 취재하는 기자들의 등쌀에 애를 태우며 일각이 여삼추로 기다릴 수밖에 없었다.

혜민을 처음 보는 순간, 요즘 일본의 보통 승려들과는 확연히 달라 보였다. 처음 고찰 일월사 장로라고 해서 화려한 금색 장

삼에 붉은 가사를 두른 풍채 좋은 스님을 연상했는데 아니었다. 가까이서 자세히 보니 장삼이 희끗희끗한 이유가 작은 천 조각을 모아 일일이 손으로 꿰매어 기웠다. 가끔 일부러 모양이나 멋을 내기 위해 승복을 조작 조각 붙여 입는 승려들도 있었지만, 혜민이 입은 장삼은 그런 것이 아니었다. 소매나 목 부분은 낡고 닳은 부분에 천을 여러 겹으로 덧붙였는데, 두꺼운 것도 있고 얇은 천으로 기운 것도 있었다. 사시사철 다 떨어진 장삼 한 벌로 버티는 듯했다. 신발은 어디서 구했는지 요즘 보기 힘든 검정 고무신을 신고 있었다. 그것도 낡은 것을 실로 꿰맨 자국이 뚜렷이 보였다. 작은 바랑도 누가 백 년 정도 메던 것을 물려받았는지 멜빵 부분은 무척 낡았다. 작은 키에 깡마른 얼굴은 범상치 않았고 눈엔 호기가 넘쳤다. 누가 보아도 평범한 승려는 아닌듯했다.

아무리 그래도 덴노께서 자신을 찾는다고 하면 깨끗하게 삭발과 면도라도 하고 오든지, 아니면 아예 수염을 길러 도사 같이 보이든지, 듬성듬성 반백의 수염과 깎은 지 보름은 지난 듯한 머리카락이 꼭 부러진 성게의 가시 같았다. 어찌 보면 무소유를 실천하는 진정한 구도자의 모습 같기도 했고 단번에 속세와는 전혀 상관없는 깊은 산속의 도인을 연상케 했다.

요코야마 총리와 장관들은 모두 어색하게 합장을 하고 허리를 숙여 혜민을 맞이했다.

찻잔을 앞에 놓고 허리를 꼿꼿이 세운 혜민에게 요코야마 총리가 먼저 조심스럽게 입을 열며 눈치를 살폈다.

"스님, 지금 나라가 백척간두에 서 있습니다. 혹 스님께서 혜안이라도 있으시면 좀 알려주십사 하고…."

가만히 찻잔을 들고 한 모금 입을 댄 혜민은 나지막하게 대답했다.

"총리께서 빈도를 이렇게 불러주시니 황공하옵니다만, 어찌 혜안으로 천재지변을 벗어날 수 있겠습니까? 一心으로 회통會通시키면 모를까?"

장관들은 귀를 곤두세우고 혜민의 말뜻을 이해하기 위해 애를 썼다. 혜안으로는 안 되고 一心으로 회통시키면 된다는 얘기다. 그럼 방법은 있다는 얘기가 아닌가?

그럼 一心이 무엇인가?

들어본 말 같으나 아리송하다. 불교의 전문용어 같은데, 혜안으로는 안 되고 一心으로는 된다면, 그럼 一心으로 회통시켜 이 위기를 슬기롭게 넘기면 된다는 희망이 생기기 시작했다. 요코야마 총리를 비롯한 장관들은 속으로 혜안과 一心이란 단어를 재빨리 풀이하기 시작했다.

혜안이란 현실을 직시하고 꿰뚫어 보는 지혜의 안목과 식견을 말하지 않는가. 그런데 혜안으로는 안 된다면, 뭔가 종교적인 형이상학적인 방법이 필요하다는 이야기인데? 그게 一心이란 말인가?

一心이라!

글자 그대로 풀이하면 한마음인데, 이 한마음으로 어떻게 회통시켜 천재지변인 대지진과 화산폭발을 잠재운다 말인가?

전 국민이 한마음으로 기도를 하라는 말 같기도 하고…?

아, 쉽고도 어려운 문제였다.

정보요원들이 이미 덴노께서 자신을 찾는다고 설명을 했을 것이고, 따라왔다는 것은 방법이 있다는 말인데, 혹 엉뚱하고 속세 사람들이 이해하기 어려운 논리를 내세우면 어쩌지 하는 것에 대해서는 혜민이 오기 전에 장관들이 갑론을박하며 여러 번 논의된 사항이다.

혜민의 말, 어찌 혜안으로 천재지변을 벗어날 수 있겠습니까? 一心이면 모를까? 이 한마디에 총리를 비롯한 장관들은 수많은 경우의 수를 생각하며 다음 말을 잇지 못했다. 용기를 내어 사토 총무상이 조심스럽게 독촉하며 혜민의 눈치를 다시 살폈다.

"스님, 그럼 방법이 있다는 말씀입니까? 지금 잘 아시다시피 국민이 모두 불안해하고 모두 일본을 떠나려고만 해서, 스님을 모셨습니다. 그 방법을 빨리 좀 알려주십사…."

허리를 꼿꼿하게 세운 혜민은 흐트림이 없는 자세로 말했다.

"소승, 그런 혜안이나 지혜는 없습니다. 천재지변은 인간의 지혜로 될 일도 아니라고 생각합니다. 다만 소승의 스님의 스님이신 대통大通 대승정大僧正께서 입적하시면서 남긴 말씀이 있었습니다. 저는 오늘 그 말씀을 전해드리려고 왔습니다."

아니, 대통大通 대승정大僧正이라!

요코야마 총리는 깜짝 놀라지 않을 수 없었다. 대통 대승정이란 말을 듣는 순간 온몸이 감전이라도 되듯 소름이 끼쳤다. 그래도 설마 설마 했는데.

슈퍼컴퓨터의 점괘대로 가가와현香川県 일월사日月寺의 장로란 소리에 요코야마 야스타케 고조할아버지와 절친한 친구 히라노 대통 대승정과 관계가 될 것이라고 예상을 했는데 맞아떨어졌다.

요코야마 총리는 마치 요코야마 야스타케 고조할아버지가 살아온 듯 반가웠다.

사토 총무상을 비롯한 국가위기관리센터 장관들은 대통大通 대승정이란 말에 얼른 알아듣지 못했지만 기억을 되살려 그를 아는 사람들은 모두 놀라지 않을 수 없었다. 장관들의 표정은 기쁨 반 우려 반이었다.

장관들은 모두 자신들이 태어나기도 전 일이지만 티베트 달라이 라마 토등가조土쯍嘉措와 일본의 생불로 칭송을 받던 대통大通 대승정께서 입적하기 전, 일본 열도의 침몰설을 유포해 단번에 세상을 시끄럽게 만든 요승이란 소문이 퍼졌던 사건을 기억했다. 한 세기 전쯤인가? 일본 위정자와 지식인 모두가 대동아공영권을 주장할 때다. 태평양 전쟁으로 온 국민이 덴노의 말한마디에 일치단결하여 옥쇄를 외치며 태평양에 뛰어들 듯 각오를 다질 때였다.

일본 근대사에 관심이 많은 사토 총무상은 단번에 기억을 되살렸다.

그래, 그때. 일본 열도의 침몰설을 유포해 세상을 시끄럽게 만든 요승이다. 대승정大僧正이란 일본 불교의 최고 선지식으로 존경을 받더니, 입적하기 전에 노망이 들었는지 함부로 입을 놀렸다. "언젠가 일본열도가 태평양에 침몰하는데 일본인은 이웃 조선으로 피난을 가야 살 수 있다"고 망언을 유포해 일본 열도를 떠들썩하게 만든 장본인이 아닌가. 기억 못 하는 장관도 있었지만 당시로는 엄청난 발언이라 일본 근대사에 조금만 관심을 기울이면 기억할 수 있는 인물이었다.

아니, 이 자의 스승이 대통大通 대승정이란 말인가. 그런데 대통이 입적한 지 한 세기가 가까워지는 지금 그의 유언이 기정사실화되어가고 있지 않은가. 다만 후지산의 대분화가 아니라, 일본 열도 태평양 침몰설이었다. 이 말이나 그 말이나 같은 말인데. 당시는 일본이 태평양전쟁에서 승승장구할 때이었다. 대동아공영권을 주장하며 하와이 진주만 공격을 준비하며 미국과 태평양전쟁을 불사하고 있을 때였다. 당시는 사회를 혼란하게 만드는 불순분자니 골통 요승이니 하며 시끄러웠다.

요코야마 총리를 비롯한 장관들은 등골이 오싹해지는 느낌이었다. 그럼 대통이 입적하면서 한 유언은 무엇이란 말인가. 분명 문제를 제시했으니 답도 있다는 말이다. 앞줄에 앉은 요코야마 총리와 사토 총무상이 동시에 다른 표정으로 질문했다.

"스님, 그 유언이 무엇입니까?"

순간 방안은 정적만 감돌았고 누군가 침 삼키는 소리만 크게 났다. 담담한 표정의 혜민은 허리를 꼿꼿이 세운 채 다 식은 찻잔을 들었다 놓으며 말했다.

"빈도도 그 내용은 전혀 모르옵니다. 그리고 대통 스님을 빈도는 직접 뵌 적도 없습니다. 빈도가 태어나기 전 일이니까요. 하지만 스님께서 열반에 드시면서 상좌 스님께 언젠가 덴노께서 찾으시면 전해라고 하는 비밀 편지가 한 통 있었습니다. 비밀편지는 상좌 스님에서 상좌 스님에게로 전해졌고 편지가 있다는 사실도 비밀로 전해졌습니다."

혜민은 낡은 바랑에서 편지 한 통을 꺼냈다. 와시和紙로 만든 봉투였다. 겉봉엔 한자로 상주上奏라고 쓰여 있었고 봉해져 있었다.

"이 편지가 대통 스님께서 덴노께 상주하시라는 비밀 편지입니다."

혜민은 대통 스님을 대하듯 합장을 한 후 손바닥으로 편지를 한번 문지르며 말했다.

"스님께서는 언젠가 덴노께서 찾을 것을 예견하시고 여기에 그 해답을 전한 것 같습니다만 이 속에 무엇이라고 쓰여 있는지는 빈도도 전혀 모릅니다. 다만 빈도는 스님의 스님께서 비밀리 전해오는 편지를 전할 뿐입니다. 오늘 빈도의 손으로 스님의 말씀을 전하게 되어 소승도 무척 환희심납니다. 정말 그동안 이 편지 때문에 여러 스님들께서 입적하실 때까지 그 비밀을 지키느라 엄청난 번뇌에 시달렸습니다. 다행히 소승의 손으로 전하게 되어서 대통 스님의 가피를 입은 듯해 영광입니다. 그럼, 어서 이 편지를 덴노께 상주하시지요. 나무아미타불."

혜민은 이제야 자신의 임무를 다했다는 듯 편안한 얼굴로 남은 차를 마저 마셨다. 그런 혜민의 머리에 두광 광배가 서리는 듯했다.

뭔가에 홀린 듯 흥분한 요코야마 총리와 장관들은 그 길로 혜민이 건네준 봉투를 들고 부랴부랴 덴노를 찾아갔다. 이제 언론 기자들이 따라오든 말든 신경 쓸 겨를이 없었다.

총리와 장관들은 한 세기 전 입적한 대통 대승정과 신神인 덴노가 시공을 초월해 소통을 한다는 확신을 가졌다. 그러자 일본 열도를 지키고 국민의 생명을 구하는 일에 자신들이 동참한다는데 자부심이 끓어올랐다.

덴노는 혜민과 요코야마 총리를 비롯한 장관들이 보는 앞에서 상주라고 쓰인 봉투를 개봉하기 시작했다. 긴장한 듯 덴노의 손은 미세하게 흔들렸고 모두들 시선을 고정한 채 숨도 쉬지 않았다.

봉투 안에는 반으로 접힌 편지가 나왔다. 덴노는 떨리는 손으로 편지를 펼치자.

"高麗大藏經板"

단 여섯 글자, 高麗大藏經板고려대장경판이라고만 쓰여 있었다.

순간 모두 놀라지 않을 수 없었다.

아니! 먼저 고려라면 이웃 한국의 옛 국호를 말하지 않는가. 그리고 대장경판이라면 석가모니 부처님의 말씀을 집성한 경전을 판각한 목판으로 알고 있는데,

이게 무슨 뜻이란 말인고…?

왜 하필 고려대장경판인가…?

에도시대 이전에는 대지진이나 화산이 폭발하면 고려대장경을 덴노와 고승대덕들이 밤낮으로 독송했다는 기록은 남아있다. 하지만 근대에 만든 증보판 일본의 대정신수대장경大正新脩大藏経(1924~1934)이라는 세계 최고로 우수하다고 자타가 인정하는 일본의 대장경이 있는데. 왜 고려인가? 그리고 고려대장경 영인본은 일본에도 수두룩한데, 뒤에 판板자가 붙었다. 판이 붙

었다고 하면 대장경을 판각한 목판을 말하는 것이 아닌가.

순간 덴노를 비롯한 요코야마 총리·장관들은 망치로 머리를 맞은 듯 멍했다.

덴노께서 사주가 좋은 사람을 찾았다. 국가위기관리센터에서는 일본의 최첨단 정보력을 갖춘 내각정보실CIRO, 공안조사청PSIA, 정보본부DIH 슈퍼컴퓨터를 총동원해서 가장 좋은 사주, 국가적 대위기에서 나라를 구할 수 있는 사람으로 일월사 승려 혜민을 지목했다. 일본에서 가장 사주가 좋은 사람의 스승이 덴노께서 찾아오면 전해주라는 편지가 있을 때까지는 세상을 다 가진 듯, 당장 절체절명의 위기에서 일본을 구할 듯 신이 났으나 도저히 해석할 수 없는 답안지, 高麗大藏經板고려대장경판 여섯 글자를 받고 모두들 순간 멘붕 상태에 빠지고 말았다. 그리고 더 이상 덴노와 대통大通 대승정의 시공을 초월한 소통은 없는 듯했다.

모두들 일시에 혜민에게 고개를 돌릴 수밖에 없었다.

그러나 혜민은 이미 알고 있었다는 듯 크게 놀라지도 않은 표정이었다. 오히려 알 듯 모를 듯한 미소를 지은 채 말이 없었다.

염화미소拈華微笑 이심전심以心傳心이라 했던가.

2500년 전 인도 왕사성 영취산, 석가모니께서 대중 앞에서 말없이 꽃을 들자 가부좌를 튼 채 눈을 아래로 반쯤 내려 감고 의미심장한 미소를 머금은 가섭迦葉존자 모양 혜민惠民은 아무 말이 없었다.

염화미소拈華微笑

대범천왕문불결의경大梵天王問佛決疑經의 기록에 의하면,

석가모니 부처님께서는 왕사성 밖 영취산靈鷲山에서 대중에게 자주 설법을 하셨다. 하루는 범천왕梵天王께서 금색의 바라화波羅花를 바치면서 설법을 청하였다. 그때 석가모니께서는 꽃을 손에 드시고 대중 앞에 보여 주시고는 아무 말씀도 하시지 않았다. 대중이 영문을 알지 못해 어리둥절한 얼굴을 하고 있을 때 오직 가섭迦葉만이 그 뜻을 알고 빙그레 미소를 지었다.

일심

1907년 1월 20일 새벽 관부연락선 이키마루호 갑판

새벽 조선해玄海灘는 얼은 듯 잠연했고 관부연락선 이키마루호는 미끄러지듯 검푸른 물살을 갈랐다. 세상은 잠들고 살을 에는 듯한 고국의 삭풍만 무불無不을 맞이해주었다. 무불은 담담한 마음으로 조선해를 바라보며 어서 대한제국이 눈에 들어오기만 기다리고 있었다. 꿈에도 잊지 않은 고국 대한제국이 아니던가.

어스름 동해에서 붉은 홍시 같은 해가 서서히 머리를 내밀자 대한제국의 끝자락 부산 절영도絶影島가 희미하게 눈에 들어오기 시작했다. 고국을 떠나 훗날을 기약한 지가 어제 같은데 벌써 23년이 바람같이 지나가 버렸다. 의기투합한 개화파들의 얼굴이 대한제국의 산마루에 하나하나 그려졌다. 먼저 26년 전 수구파에게 한성에서 암살된 천호淺湖 이동인이 눈앞에 나타났다

113

사라진다. 유달리 김옥균 대감의 얼굴이 밝아오는 산마루 위에서 떠날 줄 모른다. 무불은 김옥균에게 조용히 입을 열었다.

"대감, 23년 전 우리는 백성의 한마음인 일심을 얻지 못했소이다. 난 한 번도 조선과 대감을 잊은 적이 없소이다. 이제 우리에게 필요한 것은 대한제국의 한마음인 일심이오다.… 일심!"

무불은 점점 가까워오는 대한제국 땅을 바라보며 어금니를 깨물었다. 그리고 김옥균 대감과 의기투합한 동지들의 얼굴을 다시 하나하나 떠올렸다.

일본은 조선의 갑신정변甲申政變을 적극 도와주기로 했지만 사태가 불리해지자 발을 빼고 말았다. 일본으로 망명한 김옥균金玉均은 일본 정부로부터 갖은 수모와 천대를 받았다. 천신만고 끝에 중국으로 건너갔지만 결국은 수구파가 보낸 자객 홍종우洪鐘宇에게 상하이에서 암살당했다. 그는 시신이 되어 고국으로 돌아갔지만 능지처참을 당하고 또 효시형이란 극형을 받고 말았다. 같이 일본으로 몸을 피한 박영효朴泳孝 신응희申應熙 이규완李圭完, 정란교鄭蘭敎는 친일 개화파로 변신하여 일본에 협조했고 임은명林殷明은 일본에서 병사했다. 서재필徐載弼과 서광범徐光範은 다시 미국으로 망명했다. 십 년 뒤 1894년 갑신정변 주역들에게 특사령이 내려지고 서광범은 고국으로 돌아와 법무대신으로 개혁을 적극 추진했지만 지병인 폐병으로 죽고 말았다. 몇몇 개화파들만의 희생으로 조선을 개화시키기는 중과부

적이었다.

그동안 일본에서 내가 한 일이 무엇이었던가?

과연 나는 동지들의 죽음을 헛되이 하지는 않았는가…?

지금 대한제국은 풍전등화다. 이 위기를 극복하기 위해서는 백성의 한마음인 일심이 간절히 필요할 때인데, 반만년을, 아니 만 년을 이어온 조선의 일심은 어디로 갔단 말인가? 다시 한번, 다시 한번!

나무아미타불, 나무아미타불, 나무아미타불!

무불은 어스름 밝아오는 대한제국 땅을 바라보며 두 팔을 벌린 채 소리쳤다.

"대한제국이여 일어나라. 대한제국이여 깨어나라. 대한제국이여 동해에 떠오르는 저 태양처럼 다시 한번 한마음 일심一心으로 일어나라!"

대답이라도 하듯 연이어 이키마루호는 부산 오류도를 지나면서 길게 뱃고동을 울렸다.

"부앙, 부앙, 부앙!"

무불은 두 주먹을 쥐고 결의를 다졌다.

가야산 해인사 고려대장경판의 一心이 그 옛날 몽골을 몰아낸 한마음 一心의 불씨가 되었듯이 다시 한번…!

지난 23년이 무성영화를 보듯 무불의 눈앞에 스쳐 지나간다.

승려 히라노 대통·요코야마 야스타케·조선의 무불 탁정식 동갑내기 세 사람이 교류를 넘어 의기투합 친분을 쌓아가기 시작한 것은, 1884년 조선의 갑신정변甲申政變이 사흘 만에 실패하고 일본으로 망명한 무불이 도쿄의 본원사本願寺에 머물고 있을 때부터였다.

어둠 속 겨울비는 부슬부슬 내리고 있었다. 무불이 인천항을 출발할 때부터 때아닌 겨울비는 무불 일행을 따라오듯 줄기차게 따라다녔다.

무불은 비 오는 창밖을 내다보며 지난 며칠을 되돌아보았다. 마치 지난 조선에서의 사흘이 극락과 지옥을 오가며 긴 악몽을 꾸고 있는 듯했다.

소식을 전해 들은 요코야마는 비를 맞으며 본원사로 단숨에 달려왔다. 구면인 두 사람은 서로를 공경하며 절친한 친구사이가 되어 있었다.

요코야마는 무불의 두 손을 잡고 위로의 말부터 전했다.

"무불 스님, 이번에 나라를 위해 큰일을 하셨다고 들었습니다만, 정말 애석하게 되었습니다…. 우선 몸을 피해 일본으로 잘 오셨습니다. 여기서 저와 같이 조선의 훗날을 기약합시다. 미력하오나 저도 힘껏 도우겠습니다."

무불은 머리를 숙이고 낙담한 듯 말했다.

"요코야마 선생, 고맙습니다. 한편으로 부끄럽기도 하고…."

두 사람은 창밖으로 내리는 비를 바라보면서 찻잔을 들었다.

"스님, 작년에 저가 일본을 믿지 말라고 하지 않았습니까. 특히 이토 히로부미를 믿어서는 안 된다고 누차 말씀드렸지 않았습니까?"

찻잔을 내린 무불은 아쉬운 듯 크게 한숨을 내쉬었다.

"머리 깎은 중으로 조선의 개화를 위해 일한 것은 사실이오나, 빈도는 일개 심부름꾼에 불과하였습니다. 변명 같습니다만 적극적으로 거사를 막았어야 했는데… 돌이켜 생각하니 아쉽고 아쉬울 뿐입니다.

김옥균 대감을 비롯하여 박영효·홍영식·서재필·서광범 영감들이 안 되었소이다. 조선의 인재들인데 말이오.

선생 면목 없습니다. 요코야마 선생의 조언을 무시한 것이 아니라 급변하게 돌아가는 조선 조정의 정세와 개화파들의 입지가 좁아지자 마음이 급했던 개화파들이 일본 공사 다케조에 신이치로竹添進一郎를 너무 쉽게 믿었던 것이 화근인 듯합니다."

요코야마는 찻잔을 들다 말고 말했다.

"들리는 말로는 조선에 엄청난 사화가 일어났다고 합니다. 갑신정변에 연루되는 일가친척들까지 연좌제로 모두 처형을 당한 모양입니다. 조선 건국 이래 두 번째로 큰 사화랍니다."

사화란 말에 일순간 무불의 얼굴에 어두운 그림자가 스쳤다. 곧 안정을 찾은 무불은 두 눈을 감고 연신 나무아미타불을 찾았고 요코야마도 두 손을 합장하며 사화로 죽은 영령들의 영면을 빌었다.

"나무아미타불, 나무아미타불, 나무아미타불!"

잠시 침묵이 흘렀고 다시 요코야마가 침묵을 깼다.

"일전 스님께 저가 일본을 믿지 말고 특히 이토 히로부미를 믿지 말라고 하지 않았습니까. 공사 다케조에는 이토 히로부미의 특명을 받았을 것입니다. 어떻게 보면 사악한 이토 히로부미의 계략에 김옥균 대감과 개화파들이 말려들었다고 할 수 있습니다. 이제부터 조선은 더욱 일본의 내정간섭을 받아야 할 것입니다."

"요코야마 선생, 저는 실패 원인을 일본으로 돌리고 싶지는 않습니다. 다 조선이 못난 탓입니다. 개화파가 조급한 마음에 궁여지책으로 일본을 믿고 혁명을 일으킨 것이 잘못입니다. 혁명은 자국의 백성을 위해 백성을 믿고 백성의 마음을 모아 백성의 지지를 받았어야 하는데 말입니다.

예로부터 우리 조선은 위기 때마다 백성이 나섰습니다. 조선은 백성의 한마음 일심으로 만년을 이어왔다고 말할 수 있습니다. 먼 고조선 때도 그랬고, 고구려도 일심으로 수나라를 물려쳤고, 신라도 백성의 일심으로 당나라를 쫓아냈습니다. 고려도 백성의 한마음 일심으로 달단몽골의 침략을 막아냈고요. 300년 전 조선도 마찬가지입니다. 바다에 이순신 장군이 있었습니다만 조선 의병과 승병의 한마음 일심이 임진왜란을 막아냈던 것입니다. 이 일심은 태곳적 나라의 건국이념인 홍익인간弘益人間 사상에서 비롯되었습니다. 홍익인간이란 온 누리에 인간뿐만 아니라 모든 존재 즉, 만물을 이롭게 한다는 뜻 아닙니까. 너와 나의 경계를 벗어난 한마음 일심을 바탕으로 말입니다."

요코야마는 눈도 깜짝하지 않고 무불의 말에 고개를 끄덕이다 질문했다.

"조선의 一心은 원효 대사께서 주창하셨다고 저도 들었습니다만."

무불은 조용히 염주를 돌리며 나무아미타불로 답했다.

"나무아미타불."

요코야마가 다가앉으며 말했다.

"스님께서 원효 대사의 일심과 화쟁사상에 조예가 깊다고 들었습니다. 저는 늘 원효대사의 一心을 배우고자 갈망했습니다. 이제 스님께서 일본에 一心을 깨우치게 해주시고 원융회통圓融會通으로 두 나라가 화이부동 하게 해주십시오. 스님."

무불은 합장하고 말했다.

"과찬이십니다. 일본에도 선지식이 많았는데, 특히 묘에明惠 스님은 소승이 존경하는 선지식입니다."

"스님, 묘에 스님께서 가장 존경했던 분이 신라의 원효 대사 아닙니까?"

"아, 그러합니까. 전 일본의 잇큐一休 스님을 존경합니다. 워낙 불법을 쉽게 설명하기로 유명하지 않습니까?"

"잇큐 스님도 원효 대사의 무애사상에 영양을 많이 받았다고 들었습니다."

"아, 그렇습니까."

겸손도 지나치면 무뢰가 되는 법. 무불은 한 손을 받치고 빈 잔에 호지차를 따르며 자신이 생각하는 一心을 설명하기 시작했다.

"요코야마 선생, 잘 아시다시피 원효 스님께서는…. 참, 저는 원효 스님을 호칭하실 때는 반드시 대사란 호칭보다는 스님으로 호칭을 합니다. 왜냐하면 원효 스님께서 살아생전 자신을 대사라고 호칭하시지 말라고 하셨습니다. 부처님의 제자는 다 같은 스님이란 뜻이죠. 그리고 스님께서는 요석궁에서 삼 일을 머문 후, 스스로 머리를 길러 복성거사卜性居士라 칭하며 하심下心으로 거지들과 어울려 무애무無碍舞를 추며 무애가無碍歌를 지어 불렀습니다. 그리고 나무아미타불 단 여섯 글자를 백성들에게 쉽게 가르치며 하화중생을 몸소 실천하셨습니다. 당시만 하더라도 불교는 귀족을 위한 종교이었습니다. 그래서 빈도 원효 스님을 호칭할 때는, 큰스님이니, 대사니 하는 호칭을 하지 않습니다. 하지만 당나라에서는 원효 스님을 해동원효海東元曉라고 호칭했고, 나중엔 분황지진나芬皇之陳那라고 보살로 명호 하시기도 했습니다.

선생, 모두 다 일심을 원효 스님께서 주창하셨다고 알고 있습니다만 일심은 조선 민족의 건국이념인 홍익인간 사상에서 비롯됩니다.

홍익인간!

온 누리의 인간뿐만 아니고 모든 존재 즉 만물을 이롭게 한다는 뜻으로 너와 나의 경계를 벗어난 한마음, 즉 일심에서 비롯된 것입니다."

요코야마는 고개를 끄덕였고 무불은 한 손으로 염주를 돌리며 원효 스님의 일화를 꼭 눈으로 본 듯 계속했다.

어둠이 내린 밖은 겨울비가 부슬부슬 내렸고 두 사람은 원효元曉와 의상義湘의 1300년 전 그림자를 바싹 따랐다.

그날도 밤비가 내리고 있었다. 진리를 찾아 당나라로 향하던 원효와 의상은 비를 맞고 당항성黨項城에 도착했다. 우선 비 피할 곳부터 찾아야 했다.

"새밝이 형님, 오늘 밤은 여기서 비를 피하고 갑시다. 아마 당항성인 모양인데 내일 아침 바다로 나가 당나라 가는 배편을 알아봅시다."

"그러세. 의상 아우."

원효와 의상은 서로 외사촌지간으로 원효가 8살 많은 형이다. 의상은 유달리 새벽잠이 없는 원효를 늘 새밝이 형님이라 불렀고 원효도 그 호칭이 싫지 않았다.

피로에 지친 원효는 눕자마자 코를 드르렁드르렁 골았다. 새벽녘, 악몽에 시달리던 원효는 어렴풋이 잠에서 깨어났다.

아, 여기가 어디지…? 목이 타는구나.

밤길에 의상과 비를 맞고 토굴까지 들어온 것이 생각났다.

눈을 뜨고 누운 채 고개를 돌려 주위를 둘러보았다. 캄캄한 토굴 속은 보이는 것이라고 아무것도 없었다. 정말 칠흑같이 어두웠다. 코끝으로 들고 나는 찬 공기 속에 습한 물비린내가 풍기더니, 토굴 천장에서 떨어지는 것 같은 물방울 소리가 귓가에 공명을 일으켰다.

텅…!

순간 바닷물을 마신 듯 목이 타고 갈증을 유발했다. 꿈인지 생시인지 분간이 안 갔다. 자신도 모르게 침을 삼켜 보았으나 갈증이 가시질 않았다.

아, 저 물방울 소리. 어디 고인물이 있구나.

마음속엔 온통 시원한 물밖에 없었다. 비몽사몽 간에 더욱 갈증을 느낀 원효는 누운 채 손을 뻗어 더듬거렸다. 뭔가 손끝에 잡히는 것이 있었다. 직감으로 작은 바가지라는 느낌이 들었다. 순간 천정에서 물방울이 또 떨어져 다시 공명이 일어났다.

텅…!

작은 물방울이 손에 튀었다. 목이 타고 갈증이 더욱 물을 찾았다. 직감으로 작은 바가지 속에는 천장에서 떨어진 물이 가득 차 있을 것으로 상상되었다.

아, 여기 바가지에 물이 있었구나. 다행이다.

몸을 일으켜 눈을 떴지만 어두워 아무것도 보이질 않았다. 코끝에서 물비린내가 더욱 갈증을 유발했다. 정신없이 바가지의 물을 꿀꺽꿀꺽 마셨다. 정말 시원했다. 토굴에서 늘 마시던 석간수보다 시원했고 갈증이 찰나에 사라져 버렸다.

아, 참 달고 시원하구나!

물바가지를 내팽개친 채, 감로수를 마신 듯 모로 누워 팔베개를 하고 다시 깊은 잠에 빠져들었다.

원효가 아침에 눈을 떴을 때는 토굴 입구가 희미하게 밝아오고 있었다. 오늘은 늦게 일어난 편이다. 자리에서 일어나 평소처럼 마른 얼굴을 비비고는 가부좌를 틀었다. 직감으로 옆에 의상 아우가 먼저 일어나 참선을 하고 있다고 생각했다.

숨을 들이마시고 호흡을 가다듬으면서 가만히 눈을 내리떴다. 동굴 바닥은 아직 어두 껌껌해 앞을 분간할 수 없었다. 하지만 뭔가 얼핏 눈에 들어오는 게 있었다. 잠결에 마신 물바가지구나 생각했다. 그런데 이상하다는 느낌이 다시 들었다. 평소 잠에서 깨어나 늘 하는 아침 참선인데, 뭔가가 눈앞에서 아롱대며 방해하는 듯했다.

머리를 흔들어 다시 정신을 집중시켰다. 그런데 또 뭔가가 자신의 주위를 맴돌고 있는 듯했다. 눈을 뜬 순간 원효는 몸에 소름이 돋고 정신이 번쩍 들었다.

아니!

눈에 들어온 것은 감로수 바가지가 아니고 해골바가지가 아 닌가.

아니, 이를 수가, 내가 어젯밤 해골에 고인 물을……!

순간, 오장이 뒤틀리더니 속에서 욱하고 토사물이 마구 올라 왔다.

"웩, 웩."

입을 벌리고 어제 먹은 것을 다 토했다. 토하고 나니 속은 좀 시원해졌지만 맥이 빠져 힘이 하나도 없었다.

원효는 가쁜 숨을 몰아쉬며 자신의 입에서 나온 토사물을 물 끄러미 바라보았다.

그런데 아무리 생각해보아도 이해가 되지 않았다.

어젯밤 마신 것은 분명 달고 시원한 감로수였다. 그 감로수 를 마시고 갈증은 사라졌고 깊은 잠에 들지 않았던가? 그 감로 수 바가지가 연기처럼 나타났다 사라졌다. 그 위에 해골에 고인 썩은 물이 다시 겹쳤다. 순간 어떤 것이 허상이고 어떤 것이 실상인지 구분이 안 갔다. 머리를 흔들어 정신을 차리려고 애를 썼다. 다시 감로수 바가지와 해골바가지가 서로 겹쳤다.

지금 눈앞에는 분명 해골바가지뿐이다. 그런데 분명 어젯밤에는 감로수 바가지였다. 다시 해골바가지 위에 감로수 바가지가 겹쳤다.

분명, 눈앞에 있는 것은 해골바가지다. 그럼 감로수 바가지는 어디 있단 말인가?

찰나에 마음속에서 감로수 바가지가 뚝 튀어나왔다.

아! 내 마음속에 있었구나.

감로수 바가지를 마음속에서 꺼내어, 해골바가지 위에 올려놓았다. 다시 감로수 바가지가 되었다.

'아! 내 마음에 따라 해골바가지가 되었다가, 감로수 바가지가 되었다가 하는구나. 내가 갈증을 느끼며 애타게 갈망할 때는 감로수 바가지가 되었다가, 갈증이 사라지니 해골바가지가 되는구나.'

순간 원효는 어처구니없다는 듯 쓴웃음을 지을 수밖에 없었다.

그래! 삼계유심三界唯心이라, 마음이 생기면 갖가지 법이 생기고, 마음이 없어지면 갖가지 법이 없어지는구나. 어제 마신 해골 물은 같은 물인데, 내 마음이 감로수도 만들고 해골 물도 만드는구나. 그래, 만법유식萬法唯識이고 일체유심조一切唯心造라.

모든 것은 마음에 달렸다. 만물 자체에는 깨끗함이나 더러움이 없다. 진리는 결코 밖에서 찾을 것이 아니라 자기 마음에서 찾아야 한다. 내가 늘 아미타불은 마음속에 있다고 말하지 않았는가.

마음, 참 마음! 한 마음!

어딜 간단 말인가? 진리는 내 마음속에 있는데.

아까부터 옆에서 원효의 모습을 지켜본 의상은 가부좌를 튼 채 미동도 없었다.

원효는 거지들이 모여 사는 불등을촌佛等乙村으로 발걸음을 돌렸고 의상은 혼자 유학길에 올라 당나라 종남산終南山 지상사至相寺에서 지엄智儼화상에게 화엄사상을 전수받았다.

부슬부슬 내리는 밤비는 거칠 줄 몰랐고 무불의 법문은 밤새 계속되었다.

"스님께서는 一心은 만유의 본체이고 화쟁和諍은 만유의 공존이라 말씀하셨습니다. 만유의 본체라 함은 원래 청정하며 아미타阿彌陀를 말합니다. 一心의 진리는 무량수無量壽, 아미타불입니다. 또한 대중의 입장에서 쉽게 말씀드리면 일심은 민심이요 천심입니다. 정의며 진리이고 대승적인 모두의 마음인 한마음입니다. 하지만 이렇게 쉽게 말씀드리면 가슴에 와 닿지 않을 수도 있습니다."

요코야마는 일심이란 단어가 쉽게 이해가 되는 듯하였으나 알 수 없는 표정을 지었다. 무불은 요코야마의 속마음을 읽은 듯 법문은 계속되었다.

"중생들의 육식을 낳는 여섯 가지 근본인 눈眼, 귀耳, 코鼻, 입舌, 몸身, 뜻意이 원래는 一心에서부터 일어난다고 말씀하셨습니다.

참된 마음을 더럽히는 희喜, 노怒, 애哀, 낙樂, 애愛, 오惡를 모아 그 본래의 근원으로 돌이키고자 합니다. 그래서 귀명입니다.

이 귀명의 대상은 一心이며 一心은 곧 삼보를 말합니다. 삼보는 우리의 마음속에 누구나 가지고 있는 세 가지입니다. 다시 말씀드리면 우리의 마음속에 원래부터 존재하는 밝고 청정한 본각자성이 불佛이고, 오묘한 도리가 법法이며, 밖으로 드러남이 승僧입니다.

사람의 마음이란 원래는 청정한 것 아닙니까? 무명으로 번뇌심이 일어나고 나쁜 행동을 하게 됩니다. 一心의 본각자성에 의지하여 자기 마음을 닦게 되면 무명에 의해 오염된 참마음을 찾는 것입니다. 본래의 청정한 상태로 돌아가게 되며 진리를 깨닫게 되는 것이라 말씀하셨습니다."

요코야마는 고개를 끄떡이며 질문했다.

"스님, 저도 그렇게 알고 있습니다. 그런데 왜 중생들이 이

一心의 근원으로 바로 들어가지 못하는 것입니까?"

무불은 기다렸다는 듯 대답했다.

"빈도 생각에는 의혹과 사집 때문이라고 생각합니다. 법을 의심하는 것으로 발심에 장애가 되고 둘째는 교문을 의심하는 것으로 이것은 수행에 장애가 됩니다."

"그럼, 사집은 어떻게 제거합니까?"

"예, 사집에는 아집과 법집 두 종류가 있는데, 아집은 색色 수受 상想 행行 식識의 오온五蘊으로 구성된 우리 몸이 항상 실재한다고 믿는 사견을 말합니다. 법집이란 객관적인 물物이 항상 실재한다고 믿는 사견을 말합니다. 하지만 잘못된 집착에서 벗어나 사물의 진상을 정견 하기만 하면 이러한 사집도 바로 벗어나 一心으로 들어가게 됩니다."

요코야마가 다시 질문했다.

"그럼 자기가 하는 일은 모두 옳고 다른 사람이 하는 것은 모두 틀린다고 생각하면 그것이 사집이군요."

"그렇습니다. 역시 현명하신 선생께서는 이해가 빠르십니다. 중생은 자기 눈에 보이지 않으면 없다고 하고 이해가 안 되면 틀렸다고 합니다. 얼마나 자기중심적입니까?

자기중심적인 아집은 엄청난 차이를 불러옵니다. 삼라만상은 一心에 뿌리를 두고 생겨나 저마다의 근기에 따라 생주이멸을 거듭합니다. 그러나 궁극적인 목적은 이 삼라만상이 저마다의 독립적인 개성을 유지하면서 서로 원융회통하는데 있습니다. 요코야마 선생께서 늘 주장하신 화이부동이라고 말씀드릴 수 있습니다.

먼저 자신의 몸과 마음이 和를 이루고 이상과 현실이, 과거와 현재가 그리고 미래가 조화되고 나와 남이 和를 이룰 때 한마음 一心이 됩니다. 우리는 수행을 통하여 무명에서 비롯된 자기 집착을 버리고 원래의 순수한 본성자각으로 돌아가야 합니다.

저가 종교적으로 一心을 어렵게 설명했습니다만 일심은 민심이요 천심이며, 정의며 진리인 모두의 마음인 한마음입니다. 이 한마음은 우리 인간의 미래며 나아갈 바른길입니다."

요코야마의 눈에 무불의 머리에서 두광 광배가 서리는 듯했다.

고종의 개방정책을 반대하는 수구파에게 부산 범어사梵魚寺 승려 이동인李東仁이 암살당하자 무불은 승려로 자신의 정체를 감춘 채 더욱 비밀리 행동할 수밖에 없었다. 이 조직이 나중에 대한제국 고종 황제의 비밀정보기관 제국익문사帝國益聞社가 된다.

항간에 무불 탁정식이 일본으로 망명 후 객사했다는 말도 있으나, 사실 그는 아사노 카쿠지朝野覺治로 개명해 비승비속의 인물로 행동할 수밖에 없었다. 그는 원래 고려불교 문화재에 조예가 깊었고 폐사지 전문가였다. 주춧돌 심초석 당간지주 기왓조각 몇 개만으로 전체 폐사지의 규모와 당시 거주한 승려들의 숫자, 그리고 화재로 소실되었을 경우 땅속에 묻힌 불상과 범종의 위치까지 정확히 찾아냈다. 그는 일본으로 망명 후 고려불교 연구에 더욱 심취했고 일본에 있는 고려불교에 관한 책들을 대부분 찾아냈다. 조선은 오백 년 억불로 대부분의 고려불교 서적이나 문화재가 소실된 형편이었다. 소실된 고려불교 문화재는 대부분 일본으로 건너갔고 일본에서는 보물 취급을 받고 있었다. 무불의 눈에 일본은 고려 문화재 박물관이나 다름없었다.

특히 조선에서는 자료부족으로 연구할 수 없었던 고려대장경판高麗大藏經板 연구에 몰두했고 일본의 대정신수대장경大正新脩大藏經1934년을 입안한 다카쿠스 준지로高楠順次郎에게 많은 영향을 준 인물이다.

고려문화재

1907년 1월 20일 관부연락선 이키마루호 3층 VIP실

일본 궁내 대신 다나카 미추야키田中光顯 자작은 밝아오는 창밖을 보며 연신 상아 파이프를 빨아댔다. 창밖으로 눈 쌓인 대한제국의 풍경이 희끗희끗 보인다. 곧 이키마루호는 부산 초량 부두에 정박할 것이다. 그에게는 무엇보다 바라는 것은 모두 얻을 수 있을 것 같이 대한제국이 만만하게 보였다. 자신도 대일본제국 대신으로 대한제국을 식민지화하는데 누구보다 앞장섰고 공을 들었다. 그러니 이제 자신의 몫인 전리품을 당연히 챙겨야 한다고 생각하고 있었다. 그는 자신도 모르게 자꾸 벌어지는 입을 다물 줄 몰랐다.

대한제국 황태자 순종純宗의 두 번째 결혼식에, 궁내 대신 다나카 미추야키 자작은 대단위 사절단을 이끌고 왔다. 1905년 일본제국의 주한공사 하야시 곤스케林權助와 대한제국 외부대신

박제순朴齊純의 을사협약乙巳協約에 의해 대한제국은 외교권이 없어져 버렸다. 대한제국 황태자의 전통 가례는 조선식으로 거행하지만 외교사절단의 행사는 모두 일본 궁내청에서 주관하기로 다나카 자작이 직접 입안하여 대한제국에 일방적으로 통보했다. 특히 외교사절단의 칵테일 리셉션과 디너파티는 자신이 주빈 역할을 할 작정이었다.

그는 무척 용의주도했다. 참석자들의 테이블 배치도 직접 했고 고종 황제와 황태자 순종이 입을 서양식 대례복인 대원수복까지 준비를 해왔다. 메이지 텐노의 대례복과 유사하게 만들어 고종 황제에게 환심을 사자는 목적이었다. 칵테일 리셉션에 쓸 서양 주류와 만찬에 제공할 식재료와 각종 집기·조리사·보이와 현악 오케스트라·작업인부까지 모두를 대동하고 왔다. 조선에서는 듣도 보도 못한 서양식 만찬 파티였다. 그는 대한제국 고종 황제와 헤드테이블에 메이지 텐노의 특사로 자신이 나란히 앉을 생각을 하자 대한제국을 다 가진 듯했다.

이번 기회에 대한제국은 대일본제국의 식민지이고 메이지 텐노 헤이카의 은혜를 입고 있다는 사실을 세계만방에 알리고, 대한제국의 관리들과 백성들에게 선진화된 문화를 인지시키는 데 목적이 있다고 겉으로는 내세웠다. 하지만 다나카 자작의 개인적인 야욕은 다른 데 있었다. 대한제국이야 가만히 놓아두어도 일본의 뜻대로 될 것이고 시간문제다. 그는 무엇보다 조선의 문화재에 군침을 흘리고 있었다. 다른 대신들이나 병부성兵部省에서는 이 핑계 저 핑계를 대고 대한제국을 들락거리며 고려청자나 고미술품 불교 문화재를 싹쓸이했다. 이토 히로부미伊藤博文를 비롯한 정한론의 강경파 관리들은 고려청자에 미쳤다고 해도 과언이 아니었다. 분로쿠노 에키文禄の役 임진왜란를 도자기 전쟁이라고 부르는 사람들도 있다. 당시 조선 도자기 수탈에 정신없었던 도요토미 히데요시豊臣秀吉를 연상케 했다.

조일수호조규朝日修好條規 이후 일본은 조약 7관, 조선 해양 측량의 조항을 일방적으로 확대하여 조선 땅에 많은 밀정을 침투시켰다. 그들은 방방곡곡을 돌아다니며 근대식 지도를 만들었다. 이들이 캐낸 정보는 과히 엄청났다. 조선의 고미술품이나 불교 문화재 도자기들은 유럽시장에서 고가에 매매되었고 일본 관리들의 전리품으로 조선 문화재는 최고의 인기품목이 되어 있었다.

궁내 대신 다나카 미추야키는 도자기나 탐내는 관리들과는 차원이 달랐다. 그는 젊었을 때부터 고미술품에 조예가 깊었다. 영국과 프랑스를 유학하며 세계적 문화재에 일찍 눈을 떴고 수탈 방법도 과감했다. 특히 그는 조선 불교 문화재에 많은 관심을 가지고 있었다.

이번 방한에 다나카 자작은 역사학자이자 도굴꾼 사카와 카게노브酒勾景信와 무불無不 탁정식卓挺埴을 데리고 왔다. 도벌꾼 사카와 카게노브가 누군가, 역사학자이자 병부성 밀정으로 만주에서 조선인들도 몰랐던 광개토대왕비廣開土大王碑를 찾아낸 장본인이 아닌가. 지금은 대한제국을 제집 드나들 듯하는 도굴꾼들의 우상으로 과히 이 방면에 전설적인 인물이란 것은 자타가 공인하는 사실이다.

1906년 11월 5일, 도쿄 궁내 대신 사택

무불無不은 일본 궁내 대신 다나카 미쭈야키 자작이 자신을 부른다는 연락을 받고 단번에 짐작 가는 것이 있었다. 가끔 일본 고위 관리들이 본원사에 들러 조선 문화재 감정을 부탁한 적이 있었기 때문이다. 하지만 무불은 절대 조선 불교 문화재를 감정해주지 않았다. 그럴수록 일본 도굴꾼들 사이에는 이상하게 소문이 났다. 무불은 조선 불교 문화재 전문가가 되어 있었다.

예로부터 일본사람들은 고려시대 문화재로 가장 탐내는 것이 둘이 있는데, 그 하나는 개풍군의 경천사敬天寺에 있는 십층 석탑이고, 하나는 합천 가야산 해인사海印寺 고려대장경판高麗大藏經板(일명 팔만대장경)이다. 고려대장경판은 일본 왕실에서 조선 500년 동안 끊임없이 탐내던 법보였다.

도요토미 히데요시가 분로쿠노 에키文禄の役 임진왜란 때에 심복 가토 기오마사가에게, 경원사 십층석탑과 해인사 고려대장경판을 모두 일본으로 가져오라고 했는데, 조선의 의병 때문에 결국은 둘 다 가지고 가지 못했다. 그런데 지금은 이 탑이 개풍군 부소산 중턱 폐사지에 홀로 버려져 있다는 얘기가 도굴꾼들 사이에 돌고 있었다. 일본 도굴꾼들은 경천사 십층석탑은 주인이 없다고 생각했다. 주인이 없는 것은 먼저 가져가는 사람이 임자라고 그들은 생각하고 있었다. 일본의 불교 문화재 전문 도굴꾼들은 자신들의 도굴을 합리화시키기 위해 조선은 억불정책으로 불교 문화재를 등한시한다고 헛소문을 퍼뜨리고 돌아다녔다.

무불이 궁내 대신 다나카 자작의 정원을 들어서자 놀라지 않을 수 없었다. 어디서 구했는지 남방불교식 황금 탑들이 즐비했다. 한눈에 보기에도 조선에서 가져온 듯한 통일신라시대 탑들도 보였다.

"조센징 카쿠진까?"

아사노 카쿠지朝野覺治는 무불 탁정식을 일본 사람들이 부르는 이름이다. 무불은 침착해야겠다고 마음을 다잡았다. 첫눈에도 무례하기 짝이 없는 자였다. 일단 목례를 하고 고개를 숙여야 했다. 일본 평민들도 대신들 앞에서는 바닥에 머리를 조아리는 것이 상례화 되어있었기 때문이다. 일본 사람들은 조선의 승려를 천민 취급했다. 조선 오백 년 억불정책으로 승려는 사대문 출입도 못 한다고 헛소문이 나돌고 있었으니 어찌 보면 당연한 대우였을지도 모른다. 동행한 본원사 주지 나까무라가 다나카 자작에게 귓속말로 몇 마디 조언을 하자 다나카 자작의 말이 조금 부드러워졌다. 하지만 앉으라는 말도 없었다.

"스님, 본인이 이번에 덴노 헤이까의 특사로 조선에 가오. 동행을 좀 해주어야겠소. 스님에게 큰 임무를 하나 부여할 것이오. 이번 일만 잘 처리해주시면 스님의 모든 일을 내가 잘 돌봐드리오리다. 자세한 이야기는 부관이 설명해줄 것이오. 철저히 준비를 해 두시오."

부관 역시 무례하기 짝이 없었다.

"아노, 이번에 궁내 대신 각하께서 덴노 헤이까의 특사로 조선에 가서 고종 황제와 만난 후 합천 가야산 해인사에 있는 고려대장경판을 답례로 받아 올 예정이오. 그 총지휘를 스님께서 맡아야 할 것이오. 메이지 덴노 헤이카에게 봉납할 선물이기 때문에 한 치의 실수가 있어서는 아니 되오. 아무래도 조선 사람들은 믿을 수도 없고, 혹 해인사 중들이 거부하면 책임지고 처리해주시면 후하게 상을 내리시겠다는 약조를 하셨소. 스님, 알겠소? 그리고 해인사에는 따로 각하께서 금일만 원 시주를 하실 생각이오. 일만 원."

부관에게 세부계획을 전해 들은 무불은 앞이 캄캄했다.

부관은 아까부터 무불이 바닥에 무릎을 꿇지 않는 것을 탐탁지 않게 생각하고 있었다. 눈알을 부릅뜨고 무불을 노려보며 공갈 협박하듯 말을 했다. 동행한 본원사 주지는 안절부절 어쩔 줄을 몰라하며 말했다.

"고려대장경이라면 우리 본원사에도 있습니다만?"

부관은 말이 많다는 듯 단번에 잘라 말했다.

"누가 영인본을 말하오? 해인사의 목판본을 말하지."

그 소리를 들은 무불은 하늘이 무너지는 듯했다. 아무리 생각해도 벗어날 길이 없는 듯했다.

돌아오는 길, 본원사 주지 나까무라는 해결 방법을 귀띔해주었다.

"무불 스님, 궁내 대신 다나카는 사이온지西園寺公望 총리 다음가는 사람입니다. 추밀원 의장을 겸직해 일본 내에서는 덴노를 빼고 최고의 서열입니다. 성격이 포악하고 안하무인이라 관리들도 그 앞에서는 숨도 제대로 못 쉴 정도로 악명이 높습니다. 만약 스님께서 그의 명을 거부하면 당장 일본에서 추방은 말할 것도 없고 조선 첩자로 누명을 씌워 생명이 위태로울 수도 있습니다. 뿐만 아니고 정부의 지원을 받고 있는 본원사에도 상당한 악영향을 끼칠 것입니다."

"주지 스님, 좋은 방도가 없겠습니까? 말이 쉽지… 왜 하필 고려대장경판입니까? 다나카 자작이, 일본의 사찰에는, 아니 본

원사만 해도 고려대장경 영인본이 있는데. 왜 하필 그 많은 목
판본을 원한다는 것입니까?"

"짚이는 것이 있습니다. 무불 스님께서 더 잘 알다시피. 일본
왕실에서는 옛날부터 고려대장경판을 얻기 위해 수없이 노력을
해왔지 않습니까. 아마 해인사 조선 스님들이 알면 난리가 날
것입니다."

무불은 두 주먹을 쥐고 말했다.

"이것은 목숨을 걸고 막아야 합니다."

"무불 스님. 다나카 자작은 무모한 사람이라 반드시 행동에
옮길 것입니다. 참, 지금 일본에서 그의 무모함을 막을 수 있는
사람은 요코야마 야스타케橫山安武 선생뿐인 듯합니다."

그 말을 들은 무불은 죽다 살아난 듯 얼굴에 화색이 돌았다.

"주지 스님, 요코야마 야스타케 선생이라고 하셨습니까. 참
좋은 생각입니다. 저는 지금 바로 요코야마 선생의 집으로 가
도움을 청하겠습니다. 시간이 없습니다. 화급을 다투는 일입니
다."

요코야마 야스타케의 집은 도쿄 우에노 공원 옆 허름한 목조
가옥이었다. 일본 화족이면 모두 덴노가 하사한 고래등 같은 기
와집에서 사는데, 요코야마는 관직에서 물러날 때 덴노에게 받
은 작위와 집 그리고 모든 권한을 반납해 궁핍한 생활을 하고

있었다. 뜻있는 사람들이 알게 모르게 도움을 줘도 그는 모두 가난한 사람들에게 나누어주며 진정한 무소유의 삶을 살고 있었다.

뜻밖에 방문한 무불을 보고 요코야마는 깜짝 놀라며 반가이 맞이했다.

"아이고, 무불 스님. 이 누추한 곳까지 어떻게 발걸음을 하셨습니까? 어서 오세요. 어서."

서로 예를 갖춘 후 호지차를 앞에 놓고 두 사람은 한동안 말이 없었다. 긴 침묵을 깨고 요코야마가 입을 열었다.

"무불 스님, 다나카의 성품으로 충분히 그렇게 하고도 남을 위인입니다. 무불 스님만 낭패를 당할 것 같습니다. 그리고 만약 다나카의 야욕을 알고 조선의 스님들이 들고일어나면 많은 사상자가 발생할 것은 불을 보듯 뻔한 일입니다. 다나카는 평소 조선 민중을 강하게 다루어야 통치하기가 쉽다고 주장하는 자입니다. 을미년에 명성황후를 시해한 미우라 공사에게 뒤에서 모든 명령을 내리고 일본의 낭인들을 직접 뽑아 조선에 보낸 장본인입니다. 그뿐입니까, 조선의 동학농민운동과 을미년 의병 봉기를 진압할 당시 수많은 농민들을 몽둥이로 때려죽게 만든 자가 다나카입니다.

조선 민중은 일본이 러시아의 침략을 막아주고 철도 및 국가 기반시설을 조성해준 덴노 헤이카의 은혜에 대대로 영원히 감사해야 한다고 생각하고 있는 아주 단순 무지한 위정자입니다.

조선 해인사 스님들이 앉아서 대장경판을 내어 주겠습니까? 불을 보듯 뻔한 일입니다. 다나카는 헌병을 동원해 강제로 수탈할 것이 뻔합니다. 참 낭패 내요… 낭패."

무불은 다가앉으며 애원하듯 말했다.

"요코야마 선생께서 나서시면 안 되겠습니까?"

요코야마는 다 식은 호지차를 마시며 말했다.

"제가 나선다고 다나카는 눈도 깜짝 안 할 위인입니다. 저 생각으로는… 아노, 일본 내에서는 막을 방법이 없고, 국제 여론을 모으는 수밖에 방법이 없을 것 같습니다."

"국제 여론이라고 하셨습니까?"

"예, 지금 일본이 조선을 식민지화하는데 제일 눈치를 보는 것이 국제 여론입니다. 청일전쟁으로 중국에게 빼앗은 산둥반도를 독일 프랑스 러시아 삼국간섭에 반환하지 않았습니까.

을사늑약을 일본 측에서는 대한제국 고종 황제께서 스스로 외교권을 포기하고 주권을 일본에 위임했다고 떠들고 있습니다만, 조선과 외교를 맺었던 나라들이 을사늑약이 강제로 체결된 것을 다 알고 있지 않습니다. 그래서 국제 여론이 시끄러워지는 것을 제일 두려워합니다."

무불은 눈을 부릅뜨고 다가앉았다.

"그 방법이야 말할 것도 없지요. 하지만… 요코야마 선생, 어떻게 국제 여론을 모읍니까? 가재는 게 편이라고 영국과 미국 독일 프랑스 등 강대국들은 모두 일본 편인걸요. 아시아에서 미국이 필리핀을 점령하면서 일본이 조선을 식민지하는 것에 강대국들이 묵시적으로 동의를 했다고 하지 않습니까."

"예, 쉬운 일은 아닙니다만, 대한제국의 관리들과 백성들이 일제히 궐기를 하는 게 제일 좋은 방법입니다. 전 세계의 여론을 집중시킬 만큼 말입니다. 예를 들어 이것은 만약인데 말입니다. 만약에 다나카가 고려대장경판을 약탈한다면 서양 대사관과 서양 언론을 통해 대대적으로 사건화시키는 것입니다. 그때 대한제국의 관리는 말할 것도 없고 백성들이 일제히 전국적으로 봉기를 해야 합니다. 그럼 다나카도 일본 내에서 지탄을 받을 것이고, 대장경판을 포기할 수도 있습니다. 뿐만 아니라 한 발 더 나아가 을사늑약의 무효를 선언할 수 있는 좋은 기회라고 생각합니다. 왜 조선 속담에 우는 아이 젖 준다는 말이 있지 않습니까? 지나간 사건입니다만 을미년 의병 봉기와 동학혁명은 참으로 애석하게 생각합니다. 오히려 을사늑약을 앞당기는 계기가 되어버렸으니까요. 그때 더욱 밀어붙여야 했는데."

무불은 고개를 저으며 힘없이 말했다.

"다시 의병 봉기라…! 선생, 지금 조선은 너무 지쳐있습니다. 힘도 없고."

요코야마는 한동안 말이 없다가 다시 입을 열었다.

"여론을, 국제 여론을 모은다…. 그런데 국제 여론은 약탈하지도 않은 문화재를 정보만 가지고 언론에 사건화시킬 수 없다는 것입니다. 그러하니 일단 무불 스님께서는 다나카를 따라 조선으로 가십시오. 그리고 합천 해인사에 있는 대통大通 히라노 게이스이平野惠粹와 계속 대책을 협의하는 게 좋을 것 같습니다. 마침 저가 잘 아는 미국 선교사 호머 헐버트Homer Bezalee Hulbert가 한성에서 코리아 리뷰라는 월간지를 발행하고 있습니다. 또 세계평화를 주장하는 영국 특파원 어네스트 베셀Ernest Thomas Bethell에게 문화재 약탈 정보를 주면 대서특필할 수 있습니다. 일본 영자 신문 저팬 크로니콜도 움직일 수 있습니다. 세 군데서 국제적으로 여론화시키면 다나카도 어쩔 수 없을 것입니다. 외국 언론에 저가 세계평화에 관한 영문 사설을 자주 올렸기 때문에 그리 어려운 일이 아니라고 생각합니다. 아무래도, 저도 따라 조선에 가서 다나카의 행동을 예의 주시하며 발 빠르게 움직이겠습니다. 호머 헐버트와 영국 특파원 어네스트 베셀도 만나 도움을 요청하고요. 하지만 아까 말했다시피 계획만으로는 기사화가 안 된다는 것입니다. 사건이 터지면 조선 불교계가 제일 먼저 나서 주어야 합니다. 가능한 많은 국민들까지 거국적으로 동참하여 시간을 끌고 외국 언론의 주목을 받아야 합니다. 무불 스님."

"좋습니다. 한번 해봅시다. 고맙습니다. 요코야마 선생…! 이번 일이 불씨가 되어 동학혁명이나 을미년에도 못 한 조선 민중의 거국적인 한마음 일심의 기회가 되도록 부처님에게 기원합시다."

무불은 합장하고 요코야마에게 고개를 숙였다.

"나무아미타불, 나무아미타불, 나무아미타불!"

"무불 스님께서는 아무 내색하지 말고 일단 다나카를 따라 조선으로 가십시오. 저도 같은 배를 타고 가겠습니다. 다나카 몰래, 그리고 빨리 해인사 대통大通에게 편지를 보내십시오. 이것이야말로 화급을 다투는 일입니다."

*

1907년 1월 20일 오후 경부선 열차 VIP 룸

관부연락선 이키마루호에서 내린 역사학자이자 도굴꾼 사카와가와 궁내 대신 다나카 자작은 곧바로 부산 초량에서 경부선 열차에 몸을 실었다. 앞으로 하루하고 꼬박 여섯 시간을 더 달려야 한성에 도착한다. 얼마 전 같으면 도쿄에서 한성까지 두 달 걸리는 여정을 단 나흘로 줄인 것이다. 다나카 자작은 이 모든 것이 자신의 업적이란 생각에 아까부터 감격스러워했다. 조선인이면 누구나 대대로 덴노 헤이카와 자신에게 충성하고 그 은혜에 감사해야 한다고 생각하고 있었다.

두 사람은 차창에 앉아 경천사敬天寺 십층석탑의 사진을 보며 스카치위스키를 마시고 있었다.

과연 대어는 낚아 본 사람이 낚는다 했던가. 일본 최고의 역사학자이자 도굴꾼 사카와가 아니면 찾을 수 없는 보물 중의 보물이었다. 그들이 보고 있는 경천사 십층석탑 사진은 사카와가 개풍군開豊郡 부소산 폐사지에서 직접 찍어온 수십 장의 사진이다. 탑 전문가 다나카 자작도 경천사 십층석탑 사진을 처음 보고 놀라지 않을 수 없었다. 은색의 대리석으로 팔각 기와지붕을 올린 아자형 탑이 날렵하면서도 웅장했다. 10층 탑이 전체적으로 안정된 느낌이 들었다. 사진으로만 봐도 전 세계에 없는 웅장하면서 날렵한 아름다운 탑이었다.

"각하, 아깝게도 경천사 십층석탑은 오랫동안 벌판에 버려져 관리가 안 되었습니다. 무지한 조선 사람들이 석탑이 무선 만병통치의 명약이라도 되는 줄 알고 있었던 모양입니다. 마구잡이로 갈아 사람 손이 닿는 곳까지는 훼손이 많이 되었습니다."

위스키를 홀짝 마신 다나카는 창밖을 보며 말했다.

"미천한 것들, 조상의 문화재를 보존할 능력도 없는 것들이야. 그런데 말이야 나는 이해가 안 가, 그들의 조상들은 어떻게 저런 예술품을 만들어 냈는지?"

다나카는 가죽 가방 속에서 두루마리 종이 뭉치를 꺼냈다.

"이것이 고려대장경 영인본이야. 세계에서 두 번째로 판각한 것이지. 중국에 있는 북송판 보다 판각 기술이 우수해, 오자도 하나 없어. 보라고. 사람이 판각을 했다고는 믿을 수가 없어."

다나카는 자신이 보유하고 있는 고려대장경 영인본을 가방에서 꺼내어 보여주며 말했다. 가죽 가방에 신주를 모시듯 보관하고 있는 것이다.

"각하, 각하의 안목에 평생 역사 공부를 한 저도 깜짝 놀랐습니다. 어떻게 고려대장경판의 우수성을 알아보고 일본으로 가져오려고 계획을 하였습니까? 일본의 역사학자들이나 불교학자들도 감히 생각하지 못한 일입니다. 다만 전문가들 사이에 소문으로 조선의 보물로 경천사 십층석탑과 합천 해인사 고려대장경판高麗大藏經板 일명 팔만대장경판이라고만 알려져 있었습니다만."

다나카는 고려대장경 영인본을 손으로 쓰다듬으며 말했다.

"사카와 자네, 왜 우리 조상들이, 아니 일본 황실에서라고 말해야 정확하지, 고려대장경판을 그렇게 원했다고 생각하나?"

"각하…?"

"난 아직 조선이 이해가 안 돼. 하지만 분명한 것은 우리 조상들이 조선 500년 동안 끊임없이 고려대장경판을 얻기 위해 노력했다는 사실이야. 왜? 왜? 고려대장경판이 도대체 무엇이길에 그토록 원했단 말인가? 자네도 알지, 도요토미 히데요시 관백 전하께서 그토록 갖고 싶었던 것이 고려대장경판이란 사실을. 그런데, 왜 우리 일본의 조상들은 그렇게 고려대장경판 갖기를 원했을까? 과연 고려대장경판에 그럴 만한 석가모니 부처의 가피가 있었나? 고려대장경판에 목숨을 걸 만큼 가치가 있었나? 고려대장경판이 무엇인데? 우린 인구가 조선보다 많았고 질 좋은 나무가 많았는데, 왜 스스로 대장경판을 만들지 않았을까?

불심이 약해서?

기술이 없어서?

아니야…?

어떻게 보면 우리 일본이 더욱 단결이 잘되고 일사불란하게 조직적으로 만들 수 있는데?

아니야, 간절한 염원이 없었나? 아니지 혹자들이 말하는 것처럼, 우린 잦은 천재지변으로 더 간절히 필요했을 터인데…!

과연 고려대장경판에 석가모니가 말한 묘유의 힘이 있단 말인가…?

사실 난 고려대장경판에 대하여 별로 아는 게 없어. 그리고 석가모니의 가피니 하는 종교적인 힘을 난 믿지 않아. 다만 우리 조상들이 그렇게 원했기 때문에 지금 내가 그 원을 풀어주는 심정으로 고려대장경판을 일본으로 가져가려는 것이야. 어떻게 보면 일종의 오기라고 할 수 있지. 조선은 500년 동안 억불정책으로 자신들이 귀하게 여기지도 않으면서, 우리가 아무리 사정하고 부탁해도 주질 않았어, 우리 일본을 아주 얕본 거지. 그래두고 보자! 요오시!"

다나카 궁내 대신은 창밖을 보며 절치부심 자신의 감정을 토로했다.

"나도 문화재에 대해서는 박식하다고 자타가 공인하지만 고려대장경판에 대해서는 아무리 생각해도 이해가 가질 않아. 그래서 이번 조선 방문 기념으로 경천사 10층 석탑은 내가 소유하고, 고려대장경판은 일본 황실에 봉납할 생각이야."

사카와는 자세를 고쳐 앉아 고개를 숙이고 다나카에게 구십도 절을 했다.

"예, 각하의 충성심에 감동하였습니다. 아노, 도요토미 히데요시 관백 전하께서 그토록 가지고 싶어 했던 고려대장경판을 못 가지고 온 것은 조선의 의병과 승병 때문입니다. 기록에 의하면 당시 도요토미 히데요시風臣秀吉 관백 전하의 명을 받은 가토 기오마사加藤清正께서 정예부대로 몇 차례 합천 해인사를 공격했지만, 의병장 의령의 곽재우郭再祐, 합천의 손인갑孫仁甲, 정인홍鄭仁弘, 고령의 김면金沔, 진주의 조종도趙宗道 그리고 서산대사의 문하에 사명당四溟堂과 소암昭菴이 이끄는 승병 때문에 실패했다고 기록되어 있습니다."

"그래, 조선의 의병… 승병이지."

"각하, 이번에도 해인사의 중들이 봉기를 일으킬 수도 있습니다. 그럼 괜히 소란만 피우고 우리에게도 좋을 것이 없습니다."

"그래서 내가 무불인지, 일본 이름으로 아사노 카쿠지란 조선 중을 해인사에 보냈어. 들리는 말로는 그자의 법력이 높다고 하니 해인사 중들의 불만을 잘 처리하라고. 특별히 내가 금일만 원의 거금을 시주할 것이라고 언질을 주었지. 일만 원이면 해인사 같은 절을 두어 개는 새로 지을 수 있는 돈이 아닌가. 해인사 중들 눈이 휘둥그레져 두말없이 대장경판을 내줄 것이야."

"각하, 각하께서 아직 조선 백성을 잘 몰라서 하시는 말씀입니다. 조선 백성은 우리 일본 국민과는 다릅니다. 오야붕의 명령에 무조건 따라 하지 않는 게 조선 백성입니다. 우선 살살 달래며 작전을 좀 짜는 게 좋을 것 같습니다."

"그럼 어떻게 하는 게 좋겠나?"

"예, 각하. 이번 대한제국 황태자의 결혼식에서 고종 황제에게 먼저 슬쩍 언질을 주세요.

조선을 개국하신 태조께서도 고려대장경판을 일본에 건네주라 하셨고, 조선이 가장 자랑하는 세종대왕께서도 억불숭유 하는 조선에서 대장경판은 무용지물인데, 이웃나라 일본에서 수차례 사신을 보내어 달라고 하니 주도록 하라고 어명을 내렸는데, 대신들이 논의하여 말하기를, 대장경판은 이단의 물건이므로 비록 아낄 물건이 아니오나, 일본이 계속 청구하는 것을 지금 만약에 일일이 좇다가 뒤에 줄 수 없는 물건을 청구하는 것이 있게 된다면, 이는 먼 앞날을 염려하는 것이 되지 못하옵니다, 라고 주청을 드려 세종께서 일본의 청구에 응할 수 없다고 번복되었던 것입니다. 이 기록은 조선의 세종실록에 기록되어 있습니다. 이외도 우리 일본은 수없이 선물을 들고 가 조선에 고려대장경판을 요구했습니다.

일본뿐만 아니라 류큐琉球오키나와 왕국도 시시때때로 사신을 보내서 조공하고 고려대장경의 영인본을 받아갔습니다. 류큐에서도 여러 번 고려대장경의 영인본을 받아가다가 원판을 달라고 요구하기도 했었지만, 조선이 이를 거부했습니다. 그러나 영인본으로 만족하지 못한 우리는 고려대장경판을 노리고 별별 계책을 다 세웠습니다. 조선이 고려대장경판을 소중히 여기지도 않으면서 주지 않자, 나중엔 가짜 나라를 내세워 조선과 우애를 위하여 달라고 하였지요. 1484년에는 이천도국이라는 가짜 나라 사신을 내세워 요구했다가 거부당했고, 1741년에는 구변국이라는 또 가짜 나라를 내세워 요구하였으나 거부당했습니다. 급기야는 가야산 해인사로 사복을 한 무장 군대를 보내 약탈하려다가 무산된 적도 있습니다. 그 후, 일본 사신들은 대장경판을 가져가지 못한다면 할복하겠다고 공갈을 치기도 하고, 대장경판을 가져가지 못해 죽는 거나 여기서 굶어 죽는 거나 마찬가지니 차라리 여기서 죽겠습니다, 하고 생떼를 쓰다시피 하며 대장경판을 달라고 요구한 적도 있습니다."

가만히 듣고 있던 다나카는 얼굴에 실소를 머금었다.

"각하, 그러하니 이번에 고종 황제께 메이지 덴노 헤이카에게 봉납하는 것이라 하고 약조를 받아내십시오. 그게 제일 안전하고 빠른 길입니다. 만약 그래도 고종 황제가 거부하면… 해인사 중들 몇 명 본보기로 때려잡아도 늦지 않습니다."

"그래?"

스카치위스키를 홀짝 마신 다나카 자작은 달리는 기차 창밖을 내다보며 장고에 들어갔다.

조선의 나지막한 산과 강 옹기종기 모인 초가집 굴뚝에서 피어오르는 연기, 겨울이지만 잘 경작 정리된 논, 지게를 지고 바삐 걷는 사람, 추운 겨울에 아이들이 연날리기를 하는 모습들이 연속으로 다나카의 눈을 스치고 지나갔다. 일본의 농촌과 별반 다르지 않은 풍경이었다.

사카와가가 좋은 묘책이 떠올랐는지 창밖을 보고 있던 다나카에게 말을 걸었다.

"각하, 좋은 생각이 떠올랐습니다. 만약 고종 황제께서 거부하면 일단 도쿄에 고려대장경판을 전시해 일본 국민에게 조선의 불교문화를 전시 홍보하자고 제안하십시오. 그것은 싫다고 못 할 것 아닙니까. 나중에 안 돌려주면 우리 것이 되지 않습니까?"

고려대장경판

1885년 봄, 도쿄의 본원사本願寺

사꾸라가 온 천지에 만발하여 꽃비가 내리고 덴노가 신神이
되자 백성의 살림살이가 점점 풍요해졌다. 사람들은 손에 손을
잡고 산보하듯 가까운 신사神社를 찾았다.

이토 히로부미를 비롯한 메이지 유신의 주역들은 요시다 쇼
인吉田松陰의 가르침을 받은 국수 개화파들이었다. 그들은 국민
을 하나로 묶어 일사불란하게 부국강병을 목표로 앞만 보고 달
려가게 만들어야 한다고 교육받았다. 그들에게 개인이니 자율
이니 하는 것은 헛소리에 불과했다. 그들은 일본의 전통 화和와
은恩을 적극 이용했다. 집단의 和를 위해 개인은 용납될 수 없다
고 백성을 세뇌시켰다. 그것은 화和가 아닌 동同이었다. 그리고
덴노의 성은에 충성을 강요했다. 이제 국민은 탈아론과 정한론
을 신봉하며 아무 불만 없이 전쟁 준비에 동원되었다.

메이지 유신의 주역들은 덴노를 철저하게 신으로 만들었다. 천하는 덴노가 지배하고 그 아래 만민이 평등하다는 일군만민론一君萬民論을 주창했다. 덴노는 일본의 구심점이자 절대 권력으로 옹립되어 일본제국의 상징이 되어 버렸다. 일본국 헌법 제1조에 '덴노는 일본국의 상징이고 일본 국민 통합의 상징이다'라고 메이지 헌법을 만든 이토 히로부미는 분명하게 못을 박아 놓았다.

정권을 잡은 이들은 신에게 돈을 바치는 민간 신토神道의 전통을 그대로 덴노에게 우상화시켰다. 덴노의 행차가 지나가면 돈이나 춤 노래 음식을 바치게 만들었다. 국민들은 유신의 주역들이 신이라 만든 덴노에게 앞다투어 경의와 숭배를 나타냈다. 쇼군이 권력을 잡던 중세 시대, 덴노는 제사를 지내는 제사장 역할 그 이상도 그 이하도 아니었다.

사람들은 살림살이가 점점 나아지자 덴노를 더욱 전지전능한 신으로 믿었고 받들기 시작했다. 백성은 덴노의 은혜에 충성을 맹세했고 감사했다. 백성은 더욱 일사불란하게 덴노의 깃발 아래 하나로 뭉쳤다. 덴노의 명이면 죽음을 불사했다. 그러자 다른 종교나 사상은 점점 가슴속에서 밀려나거나 필요 없게 되어 버렸다. 그리고 왕실에서 그렇게 애타게 원했던 고려대장경판高麗大藏經板도 하나의 조선 문화재라고 여겼고 점점 관심에서 멀어져 버렸다.

갑신정변이 실패하고 일본으로 망명한 무불無不은 도쿄 본원사에서 한동안 식객으로 지냈다. 찾아오는 사람에게 반야심경 금강경을 사경 해주거나, 원효元曉 스님의 一心사상을 설법해 주기도 했다.

그러던 어느 날 무불은 본원사 수장고에 고려대장경 영인본이 있다는 것을 우연히 알게 되었다. 이것은 본원사 스님들도 몰랐던 발견이었다. 무불에게 엄청난 사건이었고 그의 인생에 획기적인 전환점이 되어 버렸다. 무불이 조선에 있을 때도 말로만 들었지 한 번도 보지 못한 고려대장경再雕大藏經(초조대장경·교장·재조대장경의 총칭 고려대장경) 영인본이었다. 재조대장경의 영인본 1,538종에 6,844권이 거짓말같이 보관되어 있었다. 아니 보관되었다기 보다 파묻혀 있었다. 뿐만 아니라 어떤 경로로 도쿄 본원사까지 왔는지 알 수 없지만 고려의 문장가 이규보李奎報의 동국이상국집東國李相國集 등 관련 서적이 수백 년간 수장고 깊숙한 곳에 파묻혀 있었던 것이다.

무불은 조선 승려로 대단한 발견이 아닐 수 없었다. 예로부터 일본이 많은 조선의 대장경을 모아 왔다는 이야기를 전해 들었지만 눈으로 보고도 믿기 어려울 정도였다.

당시만 해도 고려대장경 영인본도 조선에서는 오대산 월정사月精寺 양산 통도사通度寺 등 큰 사찰이 아니면 보관되어있지도 않았다. 또 일개 떠돌이 승려의 신분으로는 열람도 어려운 게 사실이었다. 가야산 해인사海印寺를 제외한 사찰에서는 관심을 보이는 승려도 없었고 억불이란 조선 500년 국가적 제도 아래 연구하는 학자도 없었다. 그저 사람들의 입에서 입으로 전해져 전설처럼 여겼던 것이다.

무불은 본격적으로 고려대장경을 연구하기 시작했다. 놀랄 일은 조선에는 한 권도 없다고 알려진 초조대장경初雕大藏經 영인본이 교토 남선사南禪寺와 일본의 변방 대마도의 작은 이키섬 안국사安國寺에는 완벽하게 보관되어 있다는 사실도 알아냈다.

무불은 석가모니 부처님을 직접 뵙는 듯 환희심이 솟아올랐다. 고려대장경 영인본에 손을 대는 순간 손끝을 타고 영기가 피워 올랐고 온몸이 따뜻해지면서 공중으로 붕 뜨는 느낌이 들었다. 마치 시공을 초월해 이천 사백 년 전 녹야원鹿野園에서 다섯 수행자의 한 사람으로 석가모니 부처님에게 직접 초전법륜初轉法輪을 듣는 듯했다. 무불은 마구 뛰는 가슴을 진정시키고 며칠 밤낮을 오체투지를 하기 시작했다.

지극한 마음으로 일체중생을 다 제도하겠습니다.
지극한 마음으로 다함이 없는 많은 번뇌를 끊겠습니다.
지극한 마음으로 무량한 불교의 가르침을 모두 배우겠습니다.

지극한 마음으로 불도를 닦아 성불하겠습니다.

다음날부터 무불은 도쿄 본원사에서 두문불출 고려대장경 연구에 본격적으로 몰두하기 시작했다. 그 모습을 본 본원사 승려들은 무불을 조선에서 온 불교 문화재 전문가로 추앙하기 시작했던 것이다.

무불은 먼저 이규보李奎報의 동국이상국집東國李相國集에 기록된 대장각판군신기고문大藏刻板君臣祈告文의 내용부터 연구해 내려갔다.

국왕 휘(諱)는 태자(太子)·공(公)·후(侯)·백(伯)·재추(宰樞), 문무백관 등과 함께 목욕재계하고 끝없는 허공계, 시방의 한량없는 제불보살과 천제석을 수반으로 하는 삼십삼천의 일체 호법영관에게 기고합니다. 심하도다. 달단이 환란을 일으킴이여, 그 잔인하고 흉폭한 성품은 이미 말로 다 할 수 없고 심지어 어리석고 혼암함도 또한 금수보다 심하니, 어찌 천하에서 공경하는 바를 알겠으며 이른바 불법이란 것이 있겠습니까? 이런 때문에 그들이 경유하는 곳에는 불상과 범서를 마구 불태워버렸습니다. 이에 부인사에 소장된 대장경 판본도 또한 남김없이 태워버렸습니다. 슬프다.…
… 큰 서원을 발하여 대장경 판본을 판각해 이룬 뒤에 거란 군사가 스스로 물러갔습니다. … 판각한 것도 한가지고 군신이 함께 서원한 것도 또한 한가지인데, 어찌 그때에만 거란 군사가 스스로 물러가고 지금의 달단은 그렇지 않겠습니까.

고려대장경은 한마디로, 29세에 출가한 고타마 싯다르타 왕자가 35세에 크게 깨닫고 부처가 되어 80세에 열반에 들기까지 설법한 내용이 기록되어있는 경전이다. 석가모니 부처님의 가르침이 처음에는 글로 남아있지 않았다. 제자 마하가섭摩訶迦葉은 부처님의 가르침을 옳게 정리해 놓지 않으면, 사이비 설법이 세상에 나돌아 결국에는 정법정률이 없어지게 될 것을 걱정했다.

여시아문如是我聞 '이와 같이 나는 들었다'로 시작하는 석가모니 부처님의 설법이 처음에는 여러 제자들의 입에서 입으로 전해졌다. 부처님께서 열반에 든 다음해, 왕사성 밖의 칠엽굴에서 500명의 비구들이 모였다. 다문제일 아난阿難이 경을 독송했고, 계율을 지키는데 으뜸인 우바리優婆離가 율을 일러주었다. 제자들은 석가모니 부처님의 설법에 대한 1차 오백결집을 단행했다.

부처님 열반 후 약 100년이 지나자 계율에 대해 새로운 설을 제창하는 사람들이 나타났다. 교단은 보수적인 상좌부와 진보적인 대중부로 분열되기 시작했다. 베샬리에서 700명의 상좌부 장로가 모여 주로 율장을 편집하였다. 이것을 2차 칠백결집이라고도 한다.

석가모니 부처님 열반 후 약 200년이 지난 아쇼카왕 시대에

1,000명의 비구들이 모여 경經·율律·논論의 삼장을 결집하였다. 이를 3차 천인결집이라고 부른다. 삼장은 패다라 나무껍질에 산스크리트어나 팔리어로 기록되었고 이것이 패엽경이다. 이 패엽경은 오랫동안 수행한 수도승이 아니면 읽을 수 없었다. 또 자연발생적으로 생긴 불교의 여러 종파들은 석가모니 부처님의 가르침을 다르게 해석 기록하기도 했다.

패엽경은 인도 북서쪽 간다라를 지나 히말라야를 넘었다. 또다시 타클라마칸 사막을 건너 실크로드를 따라 중국으로 들어왔다. 산스크리트어나 팔리어로 된 경전을 동진의 도안道安이 최초의 한역불경을 만들었다. 이후 당나라 지승智昇이 개원석교록 번역서를 집성했고, 삼장법사로 알려진 현장玄奘이 정리하여 널리 보급되었다. 대장경은 석가모니 부처님의 가르침인 경經, 율律, 논論을 한자로 집성한 큰 바구니(산스크리트어 트리피타카 Tripitaka)란 뜻이다.

손으로 일일이 사경하여 석가모니 부처님의 설법을 전달하는 데는 한계가 많았다. 승려들은 나무판으로 인쇄하는 획기적인 기술을 개발해냈다. 송나라는 972년에 판각을 시작하여 983년에 13만 매의 북송판대장경北宋版大藏經을 만들었다.

신라 때부터 경판을 판각하여 불경을 찍어내 당나라와 교류해오던 고려 백성은 큰 충격을 받았고 거국적으로 고려대장경 판각 불사를 준비하기 시작했다. 그러다 고려 현종 2년 1011년에 북방 거란이 침략해오자, 부처님의 가피를 염원한 고려 백성은 한마음 일심으로 대장경을 새겨 외적을 막아 내고자 했다.

부처님의 가피일까? 임금과 문무백관을 비롯한 백성이 한마음 일심으로 염원하고 대장경을 만들기 시작하자, 신기하게도 거란군이 스스로 물러가 버렸다. 이것이 세계에서 두 번째로 만든 고려대장경판初雕大藏經板이다. 이 고려초조대장경판은 77년간 고려 백성의 일심으로 만들어져 선종4년 1087년 완성되었다.

*

1907년 1월 21일

경부선 대구역에서 궁내 대신 다나카 자작과 헤어진 탁정식 무불無不은 대구를 거쳐 물어물어 낙동강 고령 개경포開經浦 나루터를 찾아가고 있었다. 한성까지 가는 궁내 대신 다나카 자작이 일본 헌병대의 말과 호위병을 붙여주겠다는 것을 극구 사양했다.

대한제국 황태자 결혼식에 일본 특사로 온 다나카 자작의 예상 경로를 한번 보자. 우선 한성에서 황태자의 결혼식에 참석할 것이다. 그날 저녁 일본국 메이지 덴노의 특사 자격으로 만찬에서 고종 황제와 사진을 찍는 것으로 공식 행사는 끝난다. 다음 날 기차를 타고 개성으로 이동한 후, 도굴꾼 사카가와와 경천사

敬天寺 십층석탑을 해체하여 경부선 기차에 실어 부산항 창고로 보낼 것이다. 다나카와 사카와는 대구 거주 영남헌병대의 지원을 받아 말을 타고 합천 가야산 해인사로 올 계획을 잡고 있다.

81,352 경판을 포장하면 총무게만 수백 톤이 넘는다. 이 수송을 영남헌병대가 대구역까지 옮겨와 경부선 기차에 실어 부산으로 보낸다. 부산 초량 부두에서 관부연락선 이키마루호에 실어 일본 시모노세키로 옮길 계획을 잡고 있다. 주도면밀한 다나카 자작은 한성에 있는 조선통감부에 미리 연락했다. 고려대장경판은 메이지 덴노에게 봉납할 선물로 한 치의 오차도 없이 진행해 나갈 것을 지시한 상태이다.

하늘은 시퍼렇게 날이 선 듯 예리했고 칼바람은 사정없이 뺨을 스쳤다. 삿갓에 죽장을 짚은 무불의 발걸음은 축지법을 쓰듯 빨랐고 금방 고개 하나를 넘어버렸다.

이십삼 년 만에 고국 땅을 밟아보니 산천은 낯설지 않았고 감회가 무척 새로웠다. 살을 에는 듯한 찬바람도 그에게는 고국의 바람이라 시원하게만 느껴졌고 헛헛한 겨울 산들은 고향집 뒷동산 같아 마냥 정겹기만 했다. 양지쪽 아담한 초가들의 굴뚝 연기와 냇내가 무불의 발걸음을 더디게 만들었다. 당장이라도 달려가 방문을 열고 뛰어들면 부모형제가 반겨줄 것만 같았기 때문이다. 고향집 뜨뜻한 아랫목 생각이 절로 났고 발을 뻗고 한숨 자고 싶은 마음이 간절했다. 하지만 무불은 마음을 다잡았고 발걸음을 재촉하지 않을 수 없었다.

마주치는 사람들은 추위에도 바쁘게 길을 가고 있었다. 어른들은 추수가 끝난 논바닥에서 짚단을 태우기도 하고 꽁꽁 얼은 개울에서 아이들이 팽이를 돌리거나 미끄럼을 타고 있었다.

한 무리 여자아이들이 추위에도 아랑곳하지 않고 입을 모아 곡을 하듯 구슬프게 만가輓歌를 부르고 있었다. 만가는 상여꾼들이 상여를 메고 가면서 부르는 구슬픈 소리가 아닌가. 발걸음을 멈추고 만가에 귀를 기울였다.

새야 새야 파랑새야
녹두밭에 앉지 마라
녹두꽃이 떨어지면
청포 장수 울고 간다

무불은 단번에 갑오년인 1894년 동학민군의 아내들이 전사한 남편의 영혼을 달래기 위해 울부짖으며 불렀던 노래 '새야 새야 파랑새야'인 것을 알았다. 동학혁명 당시 민중들은 지도자 전봉준全琫準을 '녹두장군'이라 불렀다. 전봉준은 어릴 때부터 키가 작아서 녹두라는 애칭이 붙었다. 만가에 나오는 녹두밭은 전봉준이 이끄는 농민군을 말하고 파랑새는 농민군의 적인 일본 군대, 청포 장수는 동학군이 이기기를 간절히 소망하는 당시 민중들을 말하지 않는가. 동학혁명은 무불이 1884년 갑신정변 실패로 일본으로 망명하고 10년 뒤 일어난 조선 민중의 혁명이었다.

가던 길을 멈추고 노래를 들은 무불은 뭔가 울컥하는 게 가슴이 찡했다. 한 손으로 죽장을 짚고 한 손으로 삿갓을 들어 아이들의 모습을 한동안 바라보고 서 있었다.

여자아이들의 구슬픈 소리에 이번에는 한 무리의 사내아이들이 하나둘 모여들기 시작했다. 짚신을 신고 꽁지머리를 한 사내아이들은 나무 작대기를 하나씩 들고 씩씩하게 모여들었다. 아이들은 병정놀이를 하듯 군인 모양 제식훈련을 했고 비록 코흘리개들이지만 기상은 하늘을 찔렀다.

가보세 가보세
을미적 을미적
병신 되면 못 가리

가보세는갑오년(1894년) 동학농민의 봉기를 외치는 외침이다. 미적이다가 때를 놓쳐 을미적을미년(1895년) 병신병신년(1896년)이 되면 혁명이 실패하고 말 것이라는 뜻이다.

을미년 이후 신식 무기로 무장한 일본군에 밀려 농민군이 패배한 것이 못내 안타까워 코흘리개 아이들까지 목이 터져라 "가보세·갑오세甲午歲 가보세"를 외쳐 댔다. 그 소리를 들은 어른들이 달려와 사내아이들에게 야단을 치기 시작했고 아이들은 도망가며 연신 "가보세·갑오세甲午歲 가보세"를 외쳐댔다.

무불은 자신도 모르게 가슴이 뭉클했고 뭔가 속에서 끓어오르는 것을 억제하지 않을 수 없었다.

그런데 왜? 어른들이 가보세 가보세 노래를 부르지 못하게 하는 것일까…? 의문이 들었다.

무불은 조선 하늘에 면목이 없어 삿갓을 쓰고 잿빛 두루마기를 걸쳤다.

아, 안타깝다. 갑신정변으로, 동학혁명으로 조선을 바꿀 수 있었는데…! 이번에는…?

자신도 모르게 입에서 탄식하듯 소리가 자꾸 나온다.

가보세 가보세!

어서 가보세!

조선을 떠나 일본에 망명 생활을 하면서 갑신정변의 실패 원인을 백성의 한마음 일심을 얻지 못했기 때문이라고 크게 깨달았다. 전국은 아니라도 한성에서라도 백성이 지지해주었더라면… 그러기에는 너무 시간이 촉박했다. 세상만사 마음먹은 대로 안 되고 다 시절인연이란 것이 있나 보다.

생각하면 할수록 모든 것이 아쉽고 아쉬울 뿐이다.

무불은 두루마기 자락을 휘날리며 가보세 가보세!를 외치며 더욱 길을 재촉했다. 가야산 해인사海印寺에서 수행 중인 히라노 대통大通을 만나기 위해서 약속한 시간까지 고령 개경포 나루에 도착해야 했기 때문이다.

히라노 게이스이平野惠粹 대통大通은 사무라이 출신의 승려로 요코야마 야스타케橫山安武와 정한론을 반대하고 일조중日朝中 삼국 동맹을 주장한 메이지 유신의 공신이었다. 뜻을 같이한 친구 요코야마 야스타케와 덴노에게 충언을 한 후 작위를 반납하고 공직에서 물러났다. 그는 어릴 때부터 조선 선불교를 동경해오다 정토진종 부산 본원사本願寺1876년 한일 수호조약 후, 일본이 부산에 세운 사찰로 건너왔다. 범어사 승려 이동인李東仁, 무불無不 탁정식을 만나 단번에 그들의 학식과 불심에 크게 감응했고 세 사람은 조선과 일본의 화이부동을 위하여 단번에 의기투합했다.

1895년 을미사변 때 일본 궁내 대신 다나카 미추야키가 보낸 일본의 야쿠자들이 새벽녘 경복궁에서도 가장 깊숙한 건청궁에 난입하여 명성왕후를 시해하자, 히라노 게이스이平野惠粹는 조선에 참회한다며 가야산 해인사로 들어가 대통大通이란 법명을 받고 조선 승려가 되고 말았다.

지금 대통大通은 합천 가야산 해인사海印寺에서 12년째 고려대장경판재조대장경 연구에 정진 중이고, 무불 탁정식은 도쿄 본원사에서 22년째 고려대장경판초조, 교장, 재조대장경을 연구해왔다. 두 사람은 자주 서신을 주고받으며 자신들의 연구 결과와 의문점을 토론해 왔다. 아무래도 이동이 자유로운 대통은 가야산 해인사와 도쿄 본원사를 오가며 좋은 도반으로 25년을 뜻을 같이하고 있다.

무불은 궁내 대신 다나카 자작이 해인사 고려대장경판을 강탈하기 위해 온다는 사실을 미리 대통大通에게 편지를 보냈다. 두 사람은 1월 21일 정오에 고령 개경포開經浦 나루에서 만나기로 약속을 했다.

무척 추운 한낮이었다. 귀가 떨어져 나가는 듯 추운 바람이 낙동강을 타고 몰아쳤다. 배는 강 건너편에 있었다. 개경포 나루터에는 빈 지게를 진 노인 한 사람이 하얀 강아지를 품에 안고 있었고, 함지박을 인 여인은 연신 발을 동동거리며 건너편 배를 기다리고 있었다.

무불이 나룻배를 타고 강을 건너자, 만나기로 한 도반 대통大通이 다 낡고 조각조각 덧붙인 장삼을 걸치고 얼굴에 함박웃음을 머금은 채 반겨주었다. 새파랗게 깎은 머리가 햇볕을 받아 빤짝였고 두 귀는 얼어 홍시 모양 빨갛다.

"반갑소이다. 대통."

"무불, 용케 잘 찾아왔소이다. 개경포 길 찾기가 쉽지 않았을 터인데? 그래 조선에 다시 오니 감회가 어떻소이까?"

무불은 대뜸 두 팔을 벌리고 시조를 한 수 읊었다.

"오백 년 도읍지를 필마로 돌아드니 산천은 의구한데 인걸은 간데없네. 어즈버 태평연월이 꿈이런가 하노라."

"어디서 많이 듣던 시조오이다."

"고려 말, 길재吉再 선생의 회고가올시다. 지금의 내 심정을 그대로 잘 표현한 것 같소이다."

두 사람은 포옹을 하며 반가워했다. 어찌 보면 몇 겹의 오랜 친구였을지도 모른다. 두 사람은 갑장으로 국적을 떠나 터놓고 지내는 허물없는 사이다. 삿갓에 잿빛 두루마기를 걸친 무불은 양손을 모아 잡고 말했다.

"대통, 보고 싶어 왔소이다. 부산에서 기차를 타고 대구에선 달구지를 얻어 타기도 하고 걷기도 했지요. 다행히 시간을 잘 맞추었소이다. 요코야마 선생은 우선 한성으로 갔소. 안부 전하라고 하더이다."

대통은 가야산 해인사로 가기 위해 낫질재로 길을 잡으며 말했다.

"그렇소이까. 나도 그렇게 예상하고 있었소. 잘 오셨소이다, 무불. 이번에 우리가 고려대장경판 一心의 하나 된 힘으로 조선을 지켜봅시다."

"고맙소이다, 대통. 그래 해인사에서는 어떤 대책을 세우고 있소이까?"

"다나카 그자가 조상들의 원을 풀려고 하는 모양인데. 누구 마음대로 대장경판을 가져간단 말이오. 대장경판을 빼앗는다는 것은 한 나라를 빼앗은 일보다 더 어렵다는 것을 모르고 하는 소리지. 총칼로 나라를 빼앗을 수는 있어도, 총칼로 문화를 아니 조선의 일심을 빼앗을 수는 없는 노릇이지요. 지금은 동안거로 스님들이 거처를 옮기지 않고 용맹정진하고 있소이다만 조선 스님들은 종단과 각 사찰마다 거미줄같이 연락망이 구축되어있지 않소. 본사에서 연통을 하면 하루 이틀이면 전국의 말사까지 봉화나 파발보다 빨리 정확히 전달할 수 있다오."

무불은 만족한 얼굴로 대답했다.

"이제 보니, 대통께서 조선 사람 아니, 조선 중이 다되었구먼. 특히 남도 스님들의 단결은 옛날부터 정평이 나 있었지요. 그럼, 고려대장경판은 지키는 일은 걱정하지 않아도 될 것 같소이다."

"다나카 그자가 조선의 중들을 얕잡아보고 있는 듯한데, 조선의 스님들은 위정자들과는 다르오이다."

"안심이구료. 이제 보니 대통께서 조선말도 아주 유창해졌어요. 한데 내가 오면서 보니 민심이 흉흉하더이다."

대통은 염주를 돌리며 걱정했다.

"잘 보셨소. 아니 나귀라도 한 마리 빌려 타고 올 것이지 걸어서 오시느라 고생이 많았소. 요즘 경상도 땅은 뜨내기 나그네에 대한 감정이 안 좋아 일본 밀정으로 오인을 받을 수도 있었을 터인데. 머리도 깎지 않은 무불 복장이 중도 아니고 속도 아닌데, 한겨울에 삿갓까지 썼으니 말이오.

일본은 점령군으로 횡포가 보통이 아니오, 일본군은 조선의 의병을 가장 두려워하지요. 동학이나 을미년 조선 의병의 봉기에 깜짝 놀랐으니까요. 민중들이 민란을 일으키지 않을까 노심초사지요. 아직 동학 잔당을…, 동비를 잡는다는 핑계로 마을을 쑤시고 다니는 일본 헌병들은, 혹 있을 조선 의병의 봉기를 방지하기 위해 혈안이 되어 있소이다. 뭔가 꼬투리라도 잡히며 사람들을 개 잡듯 때려 공포 분위기로 통치하는 중이오. 당꼬바지에 도리우찌를 쓴 밀정 도굴꾼들의 횡포에 시골 사람들은 진절머리를 친다오.

일본 사람들은 이제 살림살이가 조금 나아지자 조선 사람들은 비위생적이고 미개하다고 일방적으로 무시한다 말이요. 후쿠자와 유키치란 자는 얼마 전 조선 백성에게 막말을 했더군요. 조선 인민은 소와 말 돼지 개와 같다고. 또 조선인의 완고 무식함은 남양의 미개인에게도 뒤지지 않는다고 말이오. 이는 선량한 일본 백성에게 왜곡시켜 조선 합방의 당위성을 합리화하는 것이오다. 얼마 전까지 조선 사람들이 일본 사람들을 왜놈이라고 무시했는데, 이제 조선과 일본 서로에 대한 감정이 매우 안 좋은 상황이오. 만에 하나 안하무인인 다나카가 무력을 쓰면 해인사 스님들이 다칠까 그게 염려되오."

대통은 그동안 일본의 횡포를 무불에게 하소연하듯 숨도 안 쉬고 털어놓았다.

"오면서 아이들이 부르는 만가 파랑새와 가보세 노래를 들었소이다. 그 두 노래가 지금 조선을 잘 표현했다고 봅니다."

대통은 놀란 표정으로 말했다.

"일본 헌병이나 순사들은 파랑새 만가와 가보세 노래를 부르면 어른이든 아이든 당장 잡아가지요. 그래도 아이들은 끊임없이 가보세 가보세를 외치고 있소이다. 어찌 보면 우리 어른들이 아이들에게 배워야 할 것 같소이다."

"아, 이제야 어른들이 아이들에게 가보세 노래를 부르지 못하게 하는 이유를 알 것 같소이다. 대단한 조선의 아이들입니다. 솔직 담백하고 세파에 물들지 않았으니까요. 아이들이 조선의 기상이고 희망입니다."

무불은 아까 어른들이 아이들에게 가보세 노래를 못 부르게 한 이유를 알겠다는 듯 고개를 끄떡이며 말을 이었다.

"그러하더이다. 오면서 내가 실수로 일본 말을 했더니 보는 눈초리가 아주 살벌하더이다.

무슨 일이 있어도 대장경판을 지키고 을사늑약을 무효로 선언하는 계기가 되어야 합니다. 조선 스님들은 위정자들과 다르다는 것을 보여주고, 도요토미 히데요시의 명을 받은 가토 기오마사가 보름 만에 한양을 점령해도 해인사 탈취에는 실패했는지 그 이유를 알게 될 것이오."

무불은 주먹을 불끈 쥐었고 대통은 나무아미타불을 찾았다.

"나무아미타불, 나무아미타불, 나무아미타불!"

한겨울 귓가를 스치는 강바람이 무척 쌀쌀했다. 응달엔 잔설이 하얗게 쌓였고 길은 빙판으로 미끄러웠다. 까치 세 마리가 아까부터 두 사람을 따라오며 낯설다고 까작 까작 소리를 질러댔다. 큰소리로 먹이를 찾는 굶주린 까마귀 소리에 길 가던 사람들이 깜짝 놀라기도 했다. 올겨울은 흉년이라 더욱 까마귀와 까치가 설치는 듯했다.

두 사람은 개경포 나루터에서 해인사로 발길을 재촉했다. 누더기 승복을 입은 대통과 삿갓을 쓰고 잿빛 두루마기를 걸친 무불에게 지나가는 사람들은 합장하고 머리를 숙였다.

지게에 잔뜩 짐을 진 남자들과 보따리나 함지박을 머리에 인 아낙들이 부지런히 길을 걷고 있었다. 만나는 사람마다 남자는 뭔가를 등에 지고 여자들은 하나 같이 머리에 보따리를 이고 있었다. 꼬부랑 할머니들도 지팡이를 짚고 머리에 작은 보따리를 이고 있었다. 사람들은 매우 부지런해 보였다.

"무불께서 일본으로 건너가 파묻혀있던 고려대장경을 찾아냈고, 다시 조선의 일심에 불을 붙이는 불씨가 되었으면 하오."

"사실 나도 조선에 있을 때 머리 깎은 중이라지만 떠돌이 땡추라 고려대장경에 대해서 아는 것이 전혀 없었소. 또 접하기도 어려웠던 것이 사실이었고, 하지만 일본에서 우연히 고려대장경을 접하고 단박에 눈을 떴다고 해도 과언이 아니오."

"그것을 어찌 단박이라고 할 수 있겠소. 평소 무불의 一心이 꽃을 피운 것이지요."

"허, 칭찬이 과하시오이다."

"무불, 아까 그 나루터를 사람들은 개경포라고 부르지요. 경을 연다는 개경포開經浦란 지명으로 보아 분명 고려대장경도 여기서 강을 건너왔다고 난 생각하는데… 여기서 가야산 해인사까지는 조선의 거리로 백 리요. 두어 번 해인사 법조法照 스님과 대장경의 예상 이동 과정을 추측하고 따라가 보았소. 강화도나 남해에서 육지로 오거나 뱃길로 와도 개경포 나루를 통했다고 짐작할 수 있지 않겠소?"

두 사람은 겨울바람을 등지고 부지런히 옥계리 낮질재를 올라섰다. 길은 좁았고 소달구지나 수레도 다닐 수 없는 길이었다. 하지만 사람들의 왕래가 많은 듯했고 부지런한 사람들은 등짐을 지기도 하고 머리에 이고 바삐 고개를 넘고 있었다. 무불이 물었다.

"대통, 이 수레도 다닐 수 없는 길에 대장경판을 어떻게 운반했겠소?"

"그러하오. 여기부터 야로 해인사 입구까지는 수레도 다닐 수 없는 길이오, 저기 보시오. 저 사람들 모양 조선의 남자들은 대장경판을 지게에 지고, 아낙들은 머리에 이고 해인사까지 옮겼다고 추측할 수 있지 않겠소."

"그렇군요. 지금 저분들의 모습이 당시 대장경판을 이고 진 모습이군요."

"그러하다오, 조선 사람이나 고려인들의 모습 하나하나에 불사가 아닌 게 없었다고 나는 생각하오. 당시 독재정권 최이崔怡의 실정과 몽골의 침략을 막기 위해 백성들이 한마음 일심으로 맞서 대장경판을 판각하였고. 억불의 조선에서도 백성의 일심으로 옮기고 지켜냈던 것이라 생각하오."

대통은 한 손으로 염주를 돌리며 나무아미타불을 한번 찾더니 말을 이었다.

"나무아미타불. 그러게 말이오, 나도 그게 늘 의문이었소. 우리가 밝힐 수는 없지만, 한번 계산을 해봅시다. 고려대장경판 하나의 무게를 대충 1관으로만 잡아도 81,352 경판의 총무게는 약 8만 관이 넘고. 짚으로 싸고 나무상자에 포장을 할 경우 최소 총무게를 대충 잡아도 10만 관이 넘는다 말이오. 한 사람이 다섯 관씩 운반했다고 해도 하루에 이만 명 이상 필요하지요. 그런데 더 중요한 것은 사람들이 이고 지고 운반했다면 아무리 조심해 운반을 한다고 해도, 현재 해인사에 있는 고려대장경판의 표면이 너무 깨끗하다오. 확대경으로 봐도 전혀 마모된 흔적이 없단 말이오. 생각해보시오."

대통은 잠시 호흡을 가다듬고 다시 말했다.

"강화도에서 해인사까지는 천릿길이오. 수없이 반복해서 배나 달구지에 싣고 내리고, 사람이 이고 지고했다고 봐야지 않겠소. 그럼 흔들릴 수밖에 없고 경판끼리 맞닿은 흔적이 남기 마련 아니오? 그런데 너무 말짱하단 말이오. 81,352 경판이 전혀 이동 없이 이 자리에서 꼭 엊그제 새긴 것 같으니 믿기 어려운 일이 아니겠소.

특히 心자 같은 점이나 가는 부분이 수없이 많은데도 떨어져 나간 부분 하나 없소이다.

81,352 경판을 산 넘고 물 건너, 이고 지고 한 번에 완벽하게 옮긴다는 것은 불가능하오. 그럼 이런 경우를 생각해 볼 수 있소. 해인사 가까운 곳에서 판각했다고. 아니면 전국의 사찰에서 동시다발적으로 법회를 열 듯 말이오. 어차피 경판의 판하본은 강화경江華京 대장도감大藏都監에서 개타사 승통僧統 수기守其대사를 비롯한 고승대덕들이 직접 교정 감수를 하고, 필체가 좋은 학승들이나 승과에 급제한 스님들이 집체교육을 받아 구양순체歐陽詢體로 쓰고, 전국의 각수들이 일심으로 한자 각하고 삼배를 하면서 16년 동안 새겼다고 봐야지요. 그런데 무불의 편지를 받

고 난 놀랐소. 무불께서 연구한 각수들이 자율적이었다는 것에 정말 놀랐소. 난 처음 고려대장경판이 무인정권의 실권자 최이崔怡에 의하여 반강제로 만들어진 줄 알았소이다. 조선 스님들도 대부분 그렇게 알고 있고요.”

무불은 빙그레 웃으며 말했다.

“그동안 대통께서도 공부를 많이 하셨구려. 1236년은 고종23년으로 무신정권의 독재자 최이가 군림했고, 달단韃靼몽골이 고려의 전 국토를 유린하고 쑥대밭으로 만든 시기가 아니오. 하지만 고려인들은 무주상보시의 한마음 一心으로 판각했소이다. 억불숭유의 조선 선비나 일본의 일부 학자들이 고려 불교를 폄하하기 위해 한 말이지요.”

두 사람은 고려대장경에 관하여서는 이론적으로 통달하고 있었다. 원래 무불도 조선에 있을 때는 고려대장경에 관하여 그렇게 많은 관심을 가지지 못했던 것이 사실이었다. 무불이 일본으로 망명을 하고 놀란 것은 예로부터 일본 왕실은 말할 것도 없고 고승대덕들이나 관료와 백성들까지 고려대장경판을 용의여의주처럼 생각하고 있었다는 사실에 놀랐다. 조선에는 몇 권 없는 고려대장경 영인본이 일본에는 수두룩하다는 사실에 더욱 놀라지 않을 수 없었다. 특히 조선에는 전설처럼 전해오던 초조 고려대장경 영인본이 일본에 있다는 사실을 알고 말문이 막혔다. 그리고 무불은 단번에 법안法眼으로 고려대장경판의 一心을 보았던 것이다.

"그러하오, 무불께서 일본에서 연구하여 보내 주신 서신을 보고 공부하여 나도 요즘 대장경에 푹 빠져 있다오. 무신정권의 실세 최이崔怡가 중심이 되어 대장경을 판각하지 않았다는 것은 대단한 연구이오다. 그 증거로 무불께서 고려대장경판을 새긴 각수들의 참여가 너무나 자율적이었다는 것을 알아냈다는 것에 난 놀랐소. 16년 동안 계속 참여한 사람도 있었고, 어떤 사람은 처음 이삼 년만 참여하다가 나중에 자신이 참여하고 싶을 때 언제든지 참여했다는 사실에 조선의 스님들도 의아해하고 있소. 생각해 보시오. 고려대장경판이 대충해서 되는 불사가 아니잖소. 그럼 분명 뭔가 무신정권의 강압적인 압력이 있었다고 생각했는데 그것은 기우에 불과했단 말이오. 또 그렇게 강압적으로 해서는 성공할 수가 없지 않겠소. 일본을 보시오. 일본에서 그렇게 몇 차례나 대장경을 판각하고자 했으나 실패한 이유를…? 그래서 나도 고려대장경판은 무불께서 늘 말씀하시는 백성의 한마음 일심이라고 생각하오.

어디 그것뿐인가요, 경판의 나무는 어떻게 조달했겠소? 온 백성이 한마음으로 산에서 나무를 자르고 옮기고, 소금물에 삶아, 일설에는 바닷물이나 오줌통에 담가 두었다는 말도 있소만… 가까운 사찰에 시주했다고 봐야지 않겠소. 이와 같은 한마음 일심은 신라 때부터 내려오는 전통이었소.

이런 경관을 만들려면 최소한 나무 지름이 한자 세 치 이상 되어야 하는데, 그것도 아무 나무가 아니지 않소. 나무를 새김에는 회양목이 좋지만 회양목은 사오백 년이 되어도 지름이 한 자가 안 된다 말이오. 대부분 가까운 야산에 있는 산벚나무나 돌배나무 그리고 거제수나무로 81,352 경관을 조달했소."

"오, 그러하오? 나는 자작나무인 줄 알았는데, 산벚나무나 돌배나무 거제수나무였소이까?"

대통도 나름대로 그동안 해인사에 와서 고려대장경 판각에 관하여 많은 연구를 한 듯했다.

"무불, 나도 처음엔 자작나무인 줄 알았소. 하지만 자작나무는 조선의 백두산이나 개마고원을 비롯한 북부지방에 자라는 대표적 넓은잎나무지요. 그 먼 북부지방에서 나무를 옮겨 왔다는 것은 말도 안 되오. 자작나무 못지않게 판각에 좋은 나무가, 마을 주위 야산에서 구하기 쉬운 산벚나무, 돌배나무, 거제수나무 등이 조선 땅 야산에는 지천에 널렸소이다. 그래서 조선에서는 신라시대부터 경판을 시주하는 불사를 많이 했고. 합천 해인사에는 신라시대 일반인이 직접 만들어 시주한 경판이 지금도 수두룩하다오."

"그러하오이까? 난 그것은 처음 듣는 말인데. 신라 때부터 경판을 만들었다고요!"

무불은 그 말을 듣고 무척 놀라는 듯했다.

"해인사에서는 그것을 사간판私刊板 혹은 잡경이라고 하오, 판각 기술은 고려대장경 보다 떨어진다고 봐야지, 이미 육칠백 년 전부터 판각을 했으니 말이오. 나도 얼마 전에 안 사실인데, 신라 이거인李居仁이란 사람이 거제도에서 경판을 새겨 해인사에 봉납했다는 기록을 찾아냈소."

"신라 이거인 이라고요? 그럼, 목판인쇄는 북송北宋보다 먼저 했다는 말이 아니오? 나도 그렇게 추정은 했소이다만 물증이 없었는데… 아, 보지 않아도 감이 오는군. 그렇지, 그러했구나…!"

무불은 이거인의 사간판이란 말을 듣고 놀라며 걸음을 멈추었다.

"당은 말엽에 억불정책으로 두 번이나 불교에 관한 모든 자료나 사찰을 불태워버렸소이다. 한때 중국에서는 불교 경전이 사라진 적도 있었지요. 송대에 들어서서 고려에서 불교를 역수입하던 시절도 있었답니다. 고려 승려 체관諦觀은 송나라에 들어가 천태사교의天台四敎儀를 지어 송나라에 불교를 다시 부흥시켰으니까요. 어떻게 보면 신라 원효나 고려 체관은 중국에 상당한 영향을 준 선지식이지요."

대통에게 해인사 사간판 이야기를 듣고 무불은 뭔가 대단한 것을 발견한 양 걷다 말고 무릎을 쳤다. 그러자 자신이 일본에서 공부하다 풀지 못한 고려대장경 판각의 의문점들이 하나하나 풀리는 듯했다.

"대통. 교토 난젠사南禪寺에 있는 고려 초조본 어제비장전변상도御製祕藏詮變相圖의 사실적 묘사 말이오. 일전 대통께서 일본에 왔을 때 우리 같이 친견하지 않았소. 불도 수행처의 한적한 분위기와 심산의 계곡과 산수를 매우 잘 표현했었다고 대통께서 감탄하지 않았소."

대통이 초조대장경 어제비장전변상도 목판본을 기억하며 칭찬했다.

"그렇소. 화법의 구성이 고원·심원·평원의 3원을 다 갖추어져 있었지요."

무불은 계속했다.

"북송본의 복각이라고 주장하는 학자들이 있었지만, 만약 신라시대부터 우리도 판각을 했다면 그게 아니구면. 고려 변상도와 북송본 변상도를 비교하면 그 구도와 공간 처리 세부 묘사는 분명 차이가 있었소. 일찍이 신라시대 사간판의 기술이 어제비장전변상도의 독자적 묘사로 발전되었다고 추정이 되는 군…! 송과 고려는 쌍벽을 이루었소이다. 서로 교류하며."

"그렇소, 무불의 추정에 일리가 있소이다. 물론 고려 초기의 회화나 판각이 당이나 송과의 교류로 일부 영향을 받고 있었음은 사실이나, 이미 고려는 신라시대부터 이어오는 독자적 양식을 추구해 가고 있었던 것을 그 사간판들과 초조 변상도가 증명하지요."

한참 신라시대부터 내려오는 어제비장전변상도御製祕藏詮變相圖란 주장을 한 무불이 대통에게 고려대장경판 이동에 대해서 다시 물었다.

"그런데 이규보李奎報가 지은 대장각판 군신기고문大藏刻版 君臣祈告文에는 강화경에서 판각했다고 나와 있지 않소? 그리고 조선왕조실록에는 태조 7년 5월 10일, 임금이 용산강龍山江 한강에 가서 강화도 선원사禪院寺로부터 대장경판을 가져오는 것을 참관했다고 하지 않았소?"

"그러하오. 그렇게 기록되어 있소."

"그럼 그때 운반했다고 봐야지, 아니 그러하오?"

이제 대통도 자신만의 새로운 이론을 가지고 있었다.

"그렇소. 일부 경판은 그렇게 옮겼다고 봐야지요."

"일부라고요?"

"에, 일부라고 생각합니다."

무불은 해인사海印寺가 가까워지자 그동안 일본에서 책으로만 연구해 한계에 부닥친 많은 의문들이 하나둘 술술 풀리는 듯했다.

"이렇게 볼 수도 있소. 고려대장경판은 81,258 경판이오. 한꺼번에 이동은 불가하다고 봐야지. 내가 아까 말하지 않았소. 전국에서 동시다발적으로 대장경판각 불사에 나섰다면, 이것은 어느 권력자 최이崔怡나, 승통僧統 수기守其 스님 한두 사람의 힘으론 불가하단 말이오. 또 고려에서는 그 옛날 불교가 번성했던 신라시대부터 판각한 경판이 해인사에 수두룩하다고 했잖소."

"그래서요?"

"아까 말했듯이 보시 중에 불보시를 최고로 치지 않소. 판각을 할 경우 사경보다 많은 불법을 정확하게 보시할 수 있지 않겠소. 다시 말해 고려는 불국이었소. 불국. 온 백성이 일심으로 고려대장경판각 불사에 16년 동안 동참한 거요. 때와 장소를 가리지 않고 말이오. 물론 판하본은 강화경 대장도감에서 작성했겠지만, 판각은 각지에 분사도감을 두었다고 볼 수 있소. 물론 수차례 각수들은 강화경 대장도감에서 집체교육을 받았겠지요. 널리 알려진 남해분사대장도감 뿐만 아니고 참여 각수들을 조사한 바에 의하면, 정장·손작·혜견 등이 경상도 김천의 개령분사대장도감開寧分司大藏都監이란 곳에서 판각했다는 사실을 알아냈소이다.

생각해보시오. 고려의 사찰들은 마을 뒤 산속에 있어 판각 작업이나 책을 만드는 작업을 하는 가장 좋은 여건을 갖춘 장소이오다. 또 경판 목재를 채취해서 운반하고 다듬고 건조하는데 가까운 사찰만큼 좋은 장소도 없을 것이오. 뿐만 아니라 16년 동안 판각 장인각수들만 수만 명이 동원되었는데 기 알려진 강화경 대장도감이나 남해 분사도감에서 다 판각했다는 것은 무리라고 볼 수 있소. 그 많은 사람들이 숙식을 하고 동시에 작업을 하기엔 많은 불편한 점이 있었을 것이오. 그럼 전국 각 사찰에서 나누어 판각했다고 봐야 하지 않겠소. 특히 남쪽 경상도 전라도 지역에서 많이 참여한 것으로 추측이 가오. 당시 경판을 판각한다는 것은 최고의 법보시이었고, 각 사찰에서는 앞다투어 판각불사에 동참했을 것이오."

두 사람은 고려대장경판 650년 역사를 한 짐 짊어지고 가벼이 고개를 넘듯 낫질재를 넘었다. 조선과 일본에서 서로 연구한 고려대장경판에 대한 의문점을 서로 토로하다 보니 어느덧 해인사가 가까워지고 있었다.

낫질재를 내려서자 야로면 하림리, 해인사 앞으로 흐르는 가야천이 강추위에 꽁꽁 얼어 있었다. 꽁꽁 얼은 가야천에서 사내아이들이 추운 줄도 모르고 신나게 미끄럼을 타고 있었다. 좀 더 큰 무리의 아이들은 모닥불을 피워 놓고 고구마를 구워 먹는지 구수한 군고구마 냄새가 무불과 대통의 코를 자극했다.

무불은 자신이 조선의 승려이었지만 조선에 있을 때는 고려대장경에 관하여 관심을 가질 수 없었던 게 사실이었다. 고려대장경을 보려면 합천 해인사까지 직접 가야 했고 대장경 영인본이나 주석서들도 합천 해인사가 아니면 볼 수도 없었다. 그저 스님들에게 귀동냥으로 들어왔던 게 전부였다. 그러나 일본은 달랐다. 나중에 안 사실이지만 좀 크고 고찰이라고 하면 고려대장경 영인본 한두 권은 볼 수 있었다.

무불은 무척 궁금했다. 고려대장경의 내용은 많은 영인본을 통해서, 오자나 탈자 하나 없이 북송개보장北宋開寶藏이나 거란장契丹藏 보다 월등히 잘 만들어졌다는 것을 알고 있었지만, 과연 650년 된 경판이 지금도 완전한 모습으로 보관되어 있다니 그 보관의 비밀에 의문이 갔다.

일본에 있는 영인본들은 고려대장경판의 사진에 불과하다. 그럼 합천 해인사에 있는 고려대장경판에서는 과연 진공묘유眞空妙有한 一心의 가피를 느낄 수 있을까…?

궁금했던 것을 몸으로 직접 느끼고 확인해보고 싶었다. 무불은 일본의 선조들이 막연히 고려대장경판을 신봉했을 뿐, 실지로 그 누구도 직접 친견하고 가피를 받은 사람이 없다는 사실을 잘 알고 있었다. 그리고 초조대장경初雕大藏經이나 재조대장경再雕大藏經, 의천義天 교장敎藏까지 고려대장경高麗大藏經 내용을 자신만큼 통달한 사람은 조선에도 없다는 것을 확신하고 있었고 자부심은 대단했다. 무불이 그렇게 확신하는 이유는 고려대장경에 관한 해석서 들이 조선보다 일본에 더 많이 보관되어있기 때문이다.

고려는 부처님의 말씀인 대장경을 온 백성이 한마음 일심으로 16년 동안 판각을 했다. 조선 조정은 억불숭유 정책으로 고려대장경뿐만 아니라 모든 불교 문화재를 하찮게 여겼다. 이것을 간파하고 있던 일본 왕실과 지식인 승려들이 끊임없이 고려 대장경판 갖기를 원했고 거짓으로 탈취 계획까지 세웠던 것이다.

81,352 대장경판을 영인하는 것도 예산이 많이 들고 엄청난 정성과 불심이 깃들여야 했다. 그나마 조선에 몇 안 남아있던 초조대장경·재조대장경 영인본도 일본 사신들이 이 핑계 저 핑계를 대고 다 일본으로 얻어갔다.

임진왜란을 일으킨 도요토미 히데요시風臣秀吉의 특명을 받은 장수 가토 기오마사加藤清正는 암암리 정예부대로 합천 해인사를 습격했지만, 가야산 해인사를 둘러싼 의령의 의병장 홍의장군 곽재우郭再祐, 합천의 손인갑孫仁甲, 정인홍鄭仁弘, 고령의 김면金沔, 진주의 조종도趙宗道, 휴정休靜 서산대사西山大師의 문하에 사명당 유정惟政과 소암昭菴 스님이 이끄는 2중 3중의 의병 승병 방어선을 결코 뚫지 못했다. 도요토미 히데요시는 조선 의병과 승병의 단합된 일심을 몰랐고 결국 전쟁에서 패하고 말았던 것이다. 왜장 가토 기오마사는 조선의 사찰에 보관 중이던 고려대장경 영인본을 싹쓸이해갔고, 약탈의 흔적을 없애기 위해 조선의 사찰들을 대부분 불태운 후 일본으로 도망가 버렸다.

가야산 해인사

깎은 듯 아아峨峨할 뿐 도도陶陶함이 없는 너 가야伽倻의 이
마.
푸른 천년의 낙락落落이 문이 되고 그 사이로 흐르는
무상無常의 동洞길이 홍류虹流의 물소리로 종종淙淙하다.
고목의 허벽虛壁을 치는 딱따구리의 색공 두 글자에
집념한 직승職僧의 목탁木鐸소리가 화和한다지만
저 준령의 정상을 넘어오는 송뢰松籟와 한석寒夕을
높이 외마디 하는 까마귀의 소호嘯呼를 어찌 겨루랴.
고운孤雲이 한 번 들고나온 자취 없다 함은
인적출입人跡出入의 욕辱됨을 잠깐 염치廉恥하였음인저
팔만장격각八萬藏經閣 용龍마루에 하늘빛 청靑기와가 녹슨다
고 할지라도
번뇌무진煩惱無盡 속에서 생사불수生死不隨의 법호法湖는 빛
나리라.
〈파성巴城 설창수 가야산 해인사〉

무불은 그토록 와 보고 싶었던 가야산 해인사海印寺에 들어서

면서 설렌다기보다 참 묘한 기분이 들었다. 해인사에 기거하며 수행하는 도반 대통을 자신이 안내하듯 한 걸음 앞장섰다. 뜰의 나무 하나 기왓장 하나 늘 보던 것처럼 낯설지 않았고 친숙했다. 꼭 오랫동안 고향을 떠나 타향살이를 하다 돌아온 기분이었다. 그런 무불을 보고 대통은 말했다.

"무불, 꼭 제집에 온 듯하구료. 물 만난 고기 모양 활기도 넘치시고."

무불은 해인사 고려대장경판 관리소임을 맡고 있는 법조法照 스님의 안내로 대적광전大寂光殿에서 먼저 삼배를 올렸다. 밖으로 나온 세 사람은 팔만대장경八萬大藏經 보안당普眼堂이란 작은 현판이 걸린 대문을 통과해 아치형인 수다라장修多羅藏 앞에 섰다.

무불은 두 손을 모으고 수다라장 앞에 섰다. 마치 사슴동산鹿野苑에서 석가모니 부처님께서 다섯 수행자에게 초전법륜初轉法輪을 설하는 소리가 안에서 들리는 듯했다.

무불은 합장하고 거대한 소용돌이에 빨려 들어가듯 자신도 모르게 수다라장 안으로 빨려 들어갔다. 순간 수다라장 안은 황금빛으로 찬란했고 양쪽 경판꽂이에는 팔만의 나한들이 가부좌를 튼 채 석가모니 부처님의 설법을 기다리고 있는 듯했다. 그리고 분명 무불의 귀에 하늘에서 장엄한 소리가 들렸다.

'무불이여, 그대는 반드시 사성제四聖諦, 네 가지 성스러운 진

리에 대하여 알아야 하느니라!'

이것은 분명 석가모니 부처님의 목소리였다. 장엄했고 엄숙했으며 한없이 부드러웠다. 듣는 이는 자신도 모르게 머리를 숙이지 않을 수 없었다. 무불은 얼른 머리를 숙여 땅바닥에 엎드렸다.

"……!"

석가모니 부처님의 설법은 계속되었다.

무불이여, 첫 번째는 고성제苦聖諦로 괴로움에 관한 성스러운 진리이니라. 삶은 생로병사. 태어나고, 늙고, 병들고, 죽는 고통에서 벗어나지 못하느니라. 사람들은 쾌락을 좇아 이리저리 헤매지만 결과는 고통임을 알게 되느니라. 설사 그것을 얻었다 하더라도 곧 싫증을 느끼게 되니 헛된 일이니라. 영원히 만족하고 평온을 주는 것이란 이 세상에 없다는 것을 알아라.

두 번째로 집성제集聖諦로 괴로움의 원인에 관한 성스러운 진리이니라. 우리의 마음이 욕심과 욕망으로 가득 차 있으면 갖가지 고통이 뒤따르기 마련이니라. 무지와 탐욕은 불만의 씨앗이 되어 마음의 평화를 앗아가는 법이니라.

세 번째는 멸성제滅聖諦로 괴로움의 극복에 관한 성스러운 진리이니라. 우리들 마음속의 무지와 탐욕만 없애면 고통과 불만이 사라지고 마느니라. 고통이 소멸되면 우리는 쾌락이 아닌 진정한 행복과 평화를 누리게 되느니라.

마지막으로, 네 번째는 도성제道聖諦로 괴로움의 극복을 실현하기 위한 성스러운 진리이니라. 이 길은 모든 괴로움을 없애고 깨달음에 이르는 진리이니라. 만일 우리가 살아 있는 모든 생명을 해치지 않고, 마음을 잘 가다듬어 오롯이 집중하면 지혜가 생기느니라. 그러면 우리는 모든 괴로움이 사라진 완전한 행복을 누리게 되느니라.

순간 무불은 가슴속에서부터 환희심이 마구 솟아올랐다. 그리고 자신도 모르게 오체투지를 하고 이렇게 고했다.

"오, 부처님이시여! 진리를 깨달으신 이여. 저희에게 완전한 지혜와 행복에 이르는 길을 가르쳐 주십시오. 저희들은 부처님의 제자가 되고자 하나이다."

무불이 부처님께 고하자, 우주의 온갖 정령들과 팔만 나한들도 땅에 엎드려 이렇게 소리쳤다.

"오, 기쁜 소식이오. 부처님께서 가르침을 펴셨습니다!"

수다라장 바닥에 오체투지로 엎드린 무불은 솟아오르는 환희심에 가슴이 터질 듯 기뻤다.

수다라장修多羅藏이나 법보전法寶殿 둘 다 경판의 보관을 목적으로 지었다. 어떤 장식도 없이 소박 단순했다. 건물의 구조는 단순할지라도 바람의 흐름을 원활히 하는데 많은 신경을 쓴 흔적이 역력했다. 바닥은 아무것도 깔지 않은 흙바닥이었고 경판꽂이를 판전의 길이 방향과 같이 설치했다. 무엇보다 적당한 공간을 두어 상하좌우 공기의 흐름을 원활하도록 만들어져 있는 듯했다.

건물 바깥벽에 설치한 붙박이 창살도 바람이 나가고 들어오는 흐름을 원활하기 위해 만들어졌다는 느낌이 들었다. 아래위 창의 크기가 다른 것이 유난히 무불의 눈길을 붙잡았다.

무불이 유심히 창을 바라보고 있자, 법조 스님이 다가와 창에 관하여 설명해주었다.

"역시 무불거사의 눈은 예리하십니다. 고려대장경판의 보관 비밀은 이 판전에 있습니다. 그중에서도 가장 핵심인 것이 바로 이 살창이라고 말씀드릴 수 있습니다. 수다라장 앞면의 살창이 아래위와 뒷면 살창의 아래위가 다 다릅니다. 앞면은 아래 창이 위 창보다 약 4배 정도 크고, 뒷면은 위 창이 아래 창보다 1.5배 더 큽니다. 법보전은 앞면의 아래 창이 위 창보다 4배 더 큽니다. 판전의 앞과 뒤 아래와 위 다 다른 것은 선조들의 대단한 지혜가 담겨져 있습니다. 가야산 천체의 바람 흐름에 따라 크기를 판단하였고, 우주의 지수화풍이 고려대장경을 감싸고 있기 때문입니다. 잠깐 밖으로 나가시죠."

두 사람은 법조 스님을 따라 밖으로 나왔다.

하늘은 티 없이 맑았고 하늘과 가야산이 반으로 나누어져 있었고 그 중앙에 해인사가 자리 잡고 있었다.

처음엔 눈이 부셨지만 산은 점점 하얀 속살을 다 드러내어 진면목을 낱낱이 보여주었다. 눈 덮인 산마루 아래 등 굽은 소나무가 푸르고 힘차게 솟아 있었다. 어디서 나타났는지 보라매 한 마리가 창공을 가르며 선회하고 있었다.

무불의 눈에 들어온 가야산은 역시 조선의 십승지라 불릴 만했다. 무불은 문득 도선道詵대사가 한 예언이 떠올랐다. 먼 훗날 조선의 미래는 이 가야산伽倻山에서 다시 발원한다고 했던가.

법조 스님은 장삼 자락을 한 손으로 잡고 손을 뻗어 가리키며 정성껏 설명했다.

"이 판전 건물의 뒤에 보이는 산이 가야산 꼭대기인 두리봉입니다. 그리고 깃대봉, 단지봉, 오봉산이 이렇게 주위를 둘러싸여 있고, 앞에 바로 보이는 산이 비봉산입니다.

이 수다라장 법보전 높이는 주위 봉우리들과 조화를 이루고 있습니다. 그리고 전체 방향이 서남향으로 약간 기울었습니다. 보시다시피 이 판전은 남향 건물로서 앞쪽보다 뒤쪽의 온도가 낮고 공중 습도가 높은 편입니다. 바람의 흐름은 판전 건물 뒤편의 살창으로 들어와 판전 속을 한 바퀴 돌아 앞으로 나가기 마련입니다. 판전으로 바람이 들어갈 때 습한 공기는 아래에 처져 있으므로, 위 창보다 아래 창을 약간 작게 하여 습한 공기가 적게 들어가게 지어졌습니다."

법조 스님은 두 손을 뻗어 수화를 하듯 열심히 설명했다.

"바깥공기는 건물 높이 정도에서는 아래위 습도 차이가 그렇게 크지 않으므로 살창은 1.5배 정도로 되어있습니다. 판전 속에 들어간 공기는 경판이 지니고 있던 수분을 빼앗아 들어올 때보다 무거워지고 아래로 처집니다. 이런 습한 공기는 앞쪽 살창을 통해 빨리 빠져나가도록 앞쪽 아래 창은 위 창보다 4배 이상 크게 만들었습니다. 그러나 안에서 건조해진 위로 올라간 공기는 오랫동안 판전에 머무를 수 있게 앞쪽 위 창은 작게 만들어져 있습니다."

두 사람은 자신들도 모르게 고개를 끄덕였다.

다시 안으로 들어온 일행은 수다라장 안으로 깊숙이 들어갔다. 법조 스님은 81,352경판 중에 대승경전을 대표하는 경판 하나를 뽑아 들었다. 마하반야바라밀다심경摩訶般若波羅密多心經이 판각된 경판이었다. 무불은 합장하고 삼배를 한 후 반야심경을 친견했다.

觀自在菩薩 行深般若波羅密多時 照見五蘊皆空 度一切苦厄
관자재보살 행심반야바라밀다시 조견오온개공 도일체고액
(관자재보살이 깊은 반야바라밀다를 행할 때 다섯 가지 요소가 다 공한 진리를 비추어보아 모든 괴로움을 여의었느니라) 중략

으로 시작해서,

舍利子 色不異空 空不異色 色卽是空 空卽是色 受想行識 亦

復如是
사리자 색불이공 공불이색 색즉시공 공즉시색 수상행식 역
부여시
(사리자야, 물질이 허공과 다르지 않고 허공이 물질과 다르
지 않아서, 물질이 곧 허공이고 허공이 곧 물질이며, 감각
지각 경험 인식도 또한 그러하니라.) 중략
揭諦揭諦 波羅揭諦 波羅僧揭諦 菩提 娑婆訶
아제아제 바라아제 바라승아제 모지 사바하
(가자, 가자, 피안으로 가자, 우리 함께 피안으로 가자. 피안
에 도달하였네. 아! 깨달음이여 영원하라.)

로 끝나는 일반인에게도 가장 많이 알려지고 수지독송하는 대
승경전의 반야심경이다.

대부분의 경전은 여시아문如是我聞 '나는 이와 같이 들었다'로
시작하는데, 반야심경은 천축天竺의 영축산에서 관자재보살이
사리자의 질문에 답한 것으로 석가모니 부처님께서 증명하셨다
고 기록되어있다.

물질이 허공과 다르지 않다는 것은 집착이 허공과 같이 공적
한 것이기에, 집착으로 인한 물질이 허공과 같고 감각, 지각, 인
식 또한 그러하다는 공空사상을 가르친 내용이다. 현장玄奘법사
가 천축에서 가지고 돌아와 천사백 년 전 한문으로 번역했다고
한다.

무불은 법조 스님이 전해주는 또 다른 경판을 이번에는 두 손으로 받쳐 들었다. 양쪽에 마구리가 있어 손으로 잡을 수 있게 되어 있었다. 경판은 직사각형으로 묵직한 게 무게가 1관 정도 될 것 같았다.

법조 스님은 고려대장경판의 규격을 일러주었다.

"무불 거사님. 좌우 폭은 팔을 반쯤 뻗은 것보다 약간 긴 2척 3촌입니다. 세로는 보통 서책의 길이 정도인 8촌입니다."

"예."

무불은 답례를 하고 떨리는 가슴을 진정하며 한 번 크게 심호흡을 했다. 그리고 경판에 새겨진 글자를 자세히 보았다. 먹을 먹은 경판은 전체적으로 검었지만 활자 부분은 금강석을 빽빽이 박아 놓은 듯 찬란하게 빛나고 있었다.

'아니! 이를 수가?'

무불의 눈에는 6백5십 년이 지난 고려대장경판이 어제 판각을 하고 어제 먹으로 찍은 듯했다. 놀라지 않을 수 없었다. 법조 스님은 무불의 마음을 읽고 눈길이 가는 곳을 따라가며 놓치지 않고 설명해 나갔다.

"글자 하나는 손가락 마디만 한 5분입니다. 글자가 23줄로 줄마다 14자가 앞뒷면에 새겨져 있습니다."

무불은 경판을 돌려보았다. 법조 스님의 설명을 계속되었다.

"한쪽 면이 322자 양면은 644자입니다."

경판의 글자는 마치 금강석 덩어리같이 촘촘히 빛나고 있었고 그 옛날 솜씨 좋은 신선이 단칼에 각을 하듯 제각각 힘찬 획을 그으며 광체를 발하고 있었다.

법조 스님은 무불의 마음을 읽은 듯 눈길 가는 곳을 따라가며 한순간도 놓치지 않고 열심히 설명했다.

"전체 경판 수가 81,258장입니다. 전체 글자 수는 5천2백만여 자로 한 사람이 각을 한 듯 반듯하게 구양순歐陽詢체의 돋을새김으로 판각하였습니다."

영인본을 수없이 읽고 연구한 무불이라 표면적인 것은 이미 다 알고 있는 사항이지만 고려대장경판 실물을 직접 보고 만져보니 꿈만 같았다. 천년 시공을 뛰어넘어 그 옛날 수기 스님과 고승대덕들 그리고 일심의 각수들을 만나는 듯 환희심에 가슴 벅찼다.

"나무석가모니불, 나무석가모니불, 나무석가모니불!"

무불은 연신 작은 소리로 나무석가모니불을 불렀고 법조 스님의 설명은 계속되었다.

"경판의 순서는 한자 천자문의 순서에 따라 천함天函부터 시작됩니다. 두 번째는 함은 지地, 세 번째 함은 현玄, 마지막은 동洞함으로, 함의 개수는 총 639함으로 초조대장경의 순서 배열 방식과 같은 방법으로 되어 있습니다. 고려대장도감高麗大藏都監에서 수기守其 스님이 정리한 방식은 각각의 함은 경의 내용에 따라 다시 권으로 분류되어 있었고 권마다 경판의 일련번호를 나타내는 장으로 경판 숫자는 한자의 일이 삼으로 적혀 있습니다."

무불은 지극한 마음으로 두 손을 모으고, 강화경 대장도감에서 고려대장경 판하본을 작성 교정 감수한 개태사開泰寺의 승통수기守其·홍왕사興王寺의 천기天其, 시랑 박효문, 재상 유공권·기홍수·문공유, 학사 장자목, 수좌 도휴, 산인 오생·요연. 그리고 삼십여 명의 고승대덕들 당장 생각나는 당대 최고의 지식인과 명필 산인들에게 소리 내어 귀의하기 시작했다.

"지극한 마음으로 귀의합니다. 산을 오르며 나무를 패고 목도로 옮기고 탕개톱으로 쓸고 바닷물에 담그고 소금물에 삶고 나무판을 말리신 분에게 귀의합니다."

"지극한 마음으로 귀의합니다. 판하본을 뒤집어 붙이신 분, 행과 행 사이를 파내 신 초벌 새기신 분, 글자와 글자 사이를 파내는 반숙련으로 새기신 분, 판하본 글자를 목판에 직접 새기신 장인들에게 귀의합니다."

"지극한 마음으로 귀의합니다. 각을 한 12년 동안 참가한 연인원 130만 각수님들, 직접 동참한 고려 백성의 일심에 머리 숙여 귀의합니다."

"지극한 마음으로 귀의합니다. 전국 각지에서 고려대장경판을 이고 지고 옮기신 분들께 귀의합니다."

"지극한 마음으로 귀의합니다. 650년 동안 끊임없는 외부의 침략에도 일심으로 지켜내신 승병 의병님들에게 귀의합니다."

무불이 앞장서 염불을 외우듯 영령들에게 삼보일배를 드리자, 대통과 법조 스님은 목탁을 치며 뒤를 따랐다.

"텅, 텅, 텅…!"

고려대장경판이 완성된 후, 교감을 맡았던 승통 수기守其 스님은 고려대장경의 총목록인 고려국신조장경교정별록高麗國新雕大藏經校正別綠 30권을 발간했다. 교정별록에는 송본 거란본 등을 참고하여 잘못된 부분과 중복된 부분 빠진 부분은 바로잡았다고 밝히고 있다.

일각을 하고 삼배를 한 초벌 새김이, 반숙련 새김이 그리고 마지막 숙련 새김이 연인원 130만 장인들이 무주상보시로 고려대장경 판각 불사에 스스로 동참했던 것이다. 혹자는 고려 정권의 독재자 최이崔怡에 의해 강제적으로 새겼다고 폄하하지만 고려대장경의 불사는 일개 독재자의 강압에 의해 만들어질 수 없는 불사였다. 그리고 무엇보다 중요한 것은 누구 몇몇 사람이 아닌 고려 백성의 일심으로 새겨졌다는 것이다.

무불은 그 부분을 밝히기 위해 고려대장경 이규보李奎報의 대장각판군신기고문大藏刻板君臣祈告文을 비롯해 동국이상국집東國李相國集, 고려국신조장경교정별록高麗國新雕大藏經校正別綠 30권,

고려사高麗史 , 삼국유사三國遺事 고려사절요高麗史節要 등 참고
안 한 책이 없었다. 조선보다 일본에 고려대장경 영인본과 기록
에 관한 책들이 많았다는 것은 고려대장경을 연구하는데 일본
이 더 유리한 조건을 가지고 있었던 것은 분명했다.

무불은 고려대장경판각에 가장 중요한 각수들의 명단을 하
나하나 찾아냈다. 참여 장인 각수들의 명단을 찾아낸다는 것은
모래사장에서 바늘을 찾는 것보다 어려운 일이었다. 각수들은
무주상보시를 실천덕목으로 삼고 참여하였기 때문에 자신의 이
름을 밝히기를 꺼려했다. 판하본에 참가한 지식인들은 다른 문
인들의 칭찬에 의하여 간혹 기록에 남아있었지만, 장인 각수들
은 그렇지 않았다. 참여 장인 각수의 출신 성분은 전국에서 다
양하게 참가했다. 남해의 최동崔同을 비롯한, 국자감시에서 급
제한 진사 육영의陸永義, 진사 임대절林大節, 임대절은 마하반야
바라밀다심경을 판각했다는 기록을 찾았다. 진사 김광조金光祖
는 130경판을 판각했다는 사실까지 알아냈다. 경상도 김천의
개령분사대장도감開寧分司大藏都監에서는 승려 정장·손작·혜견
등이 판각에 참가했다는 것과, 전국 분사도감에서 약 3,600여
명의 장인 각수들이 참가했는데, 개인마다 판각 매수가 일정하
지 않다는 사실을 알아냈다. 만약 강압에 의하여 판각했다면 각
수들의 판각 매수가 일정해야 하지 않겠나? 강압에 의해 판각했
다면 성공하지 못했을 것이다. 어떤 각수는 첫해에 참가하고 나

중에 다시 참가하는 등 너무나 자유로웠다는 것이다. 자율이 성공의 비밀이라고 할 수 있을 것이다. 출신 지역이나 성분 역시 전국에서 고루고루 참여했다는 사실. 그런데 대정경판은 마치 한 사람이 새긴 듯 똑같았다는 사실은 무아의 경지에서 一心으로 각을 했다는 것을 증명하는 것이 아닌가.

어디 그뿐인가. 산을 돌아다니며 판각에 좋은 산벚나무, 돌배나무, 거제수나무, 층층나무 등을 지름 한 자 세 치 이상 되는 것을 골라 자르고 옮긴 후 탕개톱으로 두께 약 세 치 정도 되게 잘랐다. 경판이 뒤틀리지 않고 판각하기 쉽게 반드시 소금물에 삶고 말리는 과정은 필수였다. 혹자는 바닷물이나 소변에 담그기도 했다고 한다.

포악무도한 달단韃靼몽골이 스스로 물러가기를 염원한 고려 백성의 일심은 81,258경판을 다듬는 궂은일을 마다하지 않았던 것이다.

무불은 고타마 싯다르타께서 태어난 룸비니동산에서 깨달음을 이룬 붓다가야를 거쳐 처음 설법을 한 사르나트 사슴동산과 열반에 드신 쿠시나가라까지 오체투지로 삼보일배를 한 듯 환희심 났다.

"텅, 텅, 텅…!"

무불을 뒤따르던 대통과 법조 스님은 연신 목탁을 쳤다. 목탁 소리는 가야산 두리봉에서 메아리쳐 깃대봉, 단지봉, 오봉산, 비봉산을 돌아온 천지에 울려 퍼졌다.

노루 꼬리만큼 짧은 겨울 해는 금방 서산에 걸려 해인사는 땅
거미가 내려앉기 시작했다. 법조 스님의 안내로 무불과 대통은
수다라장修多羅藏과 법보전法寶殿을 다 둘러보고 요사채에 마주
앉았다. 방안은 따뜻했다.

법조 스님은 작은 화로의 불씨를 살려 잉걸불을 만들었고 찻
주전자를 올리자 금방 물이 끓어 연잎차를 마실 수 있었다. 무
불은 두 손으로 찻잔을 감싸고 차향을 맡아보았다. 바깥 추위에
곱았던 손이 녹고 온몸이 따뜻해지는 듯했다.

"스님, 향이 아주 좋습니다. 정말 오래간만에 음미하는 조선
의 차입니다. 아직 풋풋한 향이 마음을 차분하게 해주는 것 같
습니다. 설악산 백담사百潭寺를 지키고 계시는 사형께서 타주시
는 차 같습니다."

법조 스님은 두 손을 모으고 예를 다했다.

"고맙습니다. 무불 거사께서 절 사형에 비교하니 송구스럽습
니다."

대통도 찻잔을 들며 그동안 호의에 칭찬을 아끼지 않았다.

"자상하신 법조 스님은 저에게도 사형인걸요. 저가 처음 일
본 사람으로 해인사에 왔을 때 다른 스님들은 왜놈이라고 경계
를 했지만 법조 스님은 늘 자상하게 대해주셨습니다."

대통이 찻잔을 놓고 두 손을 모아 다시 한번 예를 갖추었다. 법조 스님도 얼른 손을 모아 답례를 했다.

"아닙니다. 전 조선 사람들도 등한시하는 고려대장경에 그렇게 관심을 보이시고 명색에 조선 중인 빈도보다 고려대장경에 통달하신 것에 정말 놀랐습니다."

대통이 손을 허공에 저으며 몸 둘 바를 몰라했다.

"아, 아닙니다. 전, 이 친구 무불에 비하면…, 아는 것이 하나도 없는 편입니다."

법조 스님이 무불에게 다시 차를 권하자 무불은 두 손을 모아 합장했다.

"고맙습니다. 법조 스님께서 고려대장경판의 一心을 조선이나 일본의 중생들에게 많은 가피가 전해지도록 해주셔야 할 것 같습니다."

찻주전자를 들다 말고 법조 스님은 무불이 고려대장경판을 一心이라고 표현하는데 무척 놀라는 표정을 지었다.

"一心… 하! 一心이라고 하셨습니까? 하! 거참 대단한 표현입니다. 평생을 해인사에서 고려대장경판 연구에 몰두한 저도 생각해내지 못했던 표현인데. 하…, 하, 一心이라…! 그렇게 표현하니 고려대장경판의 진공묘유를 보는 듯합니다."

법조 스님은 잠시 눈을 감고 묘한 표정을 지으며 염주를 돌렸다. 무불은 자신의 논리를 계속 펼쳐나갔다.

"법조 스님, 소인은 고려대장경판을 一心의 진리라고 생각합니다. 스님께서 더 잘 아시다시피, 대장경은 고타마 싯다르타 왕자가 29세에 출가하여 35세에 크게 깨닫고 부처가 되어, 80세에 열반에 들기까지 설법한 내용을 기록한 경전 아닙니까. 처음엔 제자들의 입에서 입으로 전해졌습니다만, 세 차례의 결집으로 경·율·론으로 집성되었습니다. 1236년 고려에 극악무도한 달단이 침략하여 전 국토를 유린하고 부인사夫仁寺에 있던 초조대장경판뿐만 아니라 고려의 사찰들을 불태우자 백성이 자진해서 나선 것 아닙니까?

이 역경과 길고 긴 과정이 시간과 공간을 초월해 중생의 염원을 담은 한마음, 즉 一이라고 저는 생각합니다. 지금 가야산 해인사에 있는 고려대장경판의 5천2백만 자를 한 자로 요약하면 마음 心이 아니겠습니까? 부처님의 설법을 천오백 년 동안 구하고 모아 시공을 초월해 81,258경판에 새긴 것을 한마음인 一로 본다면, 고려대장경판은 한마디로 一心이라고 소인 감히 말씀드립니다."

법조 스님은 눈을 감고 무불의 말에 돌부처 모양 앉아 있었다. 무불의 열변은 계속되었다.

"이 一心은 우주의 흐름을 바꿀 수 있다고 신라의 선지식 원효元曉 스님께서 일찍이 가르쳐 주셨습니다. 일체유심조一切唯心造는 만법유식萬法唯識이요, 삼계유심三界唯心이라고요.

아주 먼 옛날부터 우리 조상은 한마음 일심으로 나라를 세웠습니다. 홍익인간弘益人間은 온 누리에 존재하는 인간뿐만 아니라 공존하는 모든 존재들을 이롭게 한다는 뜻 아닙니까? 너와 나의 경계를 벗어나 한마음, 즉 一心으로 말입니다. 고구려가 한사군을 쫓아내고 수나라의 공격을 막아냈습니다. 신라가 당나라를 이 땅에서 몰아낸 것도 백성의 일심이었기 때문에 가능했던 것이라고 생각합니다. 고려 백성이 거란을 막아내고 달단의 침략을 이겨낸 것도 일심입니다. 임진왜란 때 임금은 도망갔지만 의병과 백성의 일심으로 도요토미 히데요시를 물려 친 것 아닙니까? 물론 이순신 장군께서 바다에서 많은 역할을 하신 것도 사실이지만.

우리 백성은 국난의 위기 때면 어김없이 한마음 일심으로 이 땅을 지켜왔습니다. 가까이는 동학농민혁명도 아쉽게 실패했지만 일심입니다. 지금 조선은 그야말로 풍전등화입니다. 이 위기에 온 백성이 일심으로 일어나야 합니다. 하지만 오랜 위정자들의 실정에 실의에 빠진 백성은 우리의 일심마저 잃어버렸습니다. 그래서 어느 때보다 고려대장경판을 통한 一心의 가피력이 간절할 때라 생각합니다. 이제 우리가 나서서 고려대장경판 정대불사를 하듯 다시 나서야 합니다."

"무불 거사, 참 좋은 말씀이옵니다. 빈도도 같은 생각입니다."

법조 스님은 무불을 똑바로 바라보며 말했다. 두 눈에서는 불꽃이 이글거리듯 타올랐다.

"스님, 오늘날 우리의 한마음 일심은 이제 너와 나의 경계를 벗어나 널리 만물의 화和를 위한 것이어야만 합니다."

법조 스님이 맞장구치며 받았다.

"맞습니다. 대단한 말씀입니다. 일찍이 원효元曉 스님께서 우리의 마음은 원래 맑고 밝은 것인데 탐진치 삼독에 물들어 그 참모습을 보지 못한다고 말씀하셨습니다. 다툼을 버리고 一心으로 원융회통圓融會通시켜야 한다고 말씀하셨습니다."

방안이 시나브로 어두워지자 법조 스님은 부싯돌에 불을 붙여 촛불을 밝혔고 평소 주역에도 조예가 깊었던 대통大通은 미래를 예견하듯 말했다.

"그렇습니다. 조선과 일본의 역사는 갈등과 다툼의 시대를 거쳐, 一心 한마음의 가피를 입어 언젠가는 평화와 화합의 시대로 나아갈 것이라고 믿습니다. 하지만 지금 일본의 위정자들은 탐진치 삼독에 빠져 한 치 앞도 보지 못하고 있습니다. 이들에게 필요한 것은 무엇보다 원효 스님의 一心과 화쟁和諍입니다. 一心은 만유의 바탕을 말하고 화쟁和諍은 만유의 공존이라고 말씀하시지 않았습니까.

우리는 누구나 一心을 통해 자신의 본성자각을 깨우치고 자리이타로 진정한 和를 이루어야 합니다. 지금 일본에 필요한 것

은 一心의 가피입니다. 현명한 선조들은 이미 알고 있었습니다
만, 지금의 위정자들은 부국강병이란 무명에 빠져 아무것도 보
지도 듣지도 않으려 하고 있습니다. 그들에게 고려대장경판 一
心의 가피로 눈을 뜨고 귀가 열려야 합니다. 그래야 일본과 조
선이 화이부동 하게 될 것입니다."

법조 스님은 찻잔을 조용히 내려놓고 부젓가락으로 꺼져 가
는 화롯불을 뒤적이며 차분하게 말했다.

"고려대장경판을 고려에서 초조대장경, 재조대장경 이렇게
두 번이나 판각을 했습니다만, 영인본은 지금 일본에 더 많이
남아 있는 것으로 알고 있습니다. 어떻게 보면 고려에선 백성의
염원을 담아 일심으로 만들기만 만들었지, 제대로 백성에게 알
리지 못했습니다. 물론 고려에서 조선으로 왕권이 바뀌면서 억
불숭유 정책을 썼습니다만, 일본의 고려대장경에 대한 집념도
참 대단했던 것으로 알고 있습니다. 기록에 의하면 고려 말 우
왕 14년부터 시작해서 오백 년 동안 다 열거를 못 할 형편이니
까요."

대통은 멋쩍은 웃음을 지으며 말했다.

"예, 법조 스님. 예로부터 일본은 조선이나 중국의 문화를 선
망해왔습니다. 특히 불교는 말할 것도 없었습니다. 겐로쿠시대
이후 차츰 나라가 안정되고 일본 민족정신인 국학이 부흥하고
서양의 난학을 받아들이면서 독자적인 일본 만의 민족정신을

만들어나갔습니다. 그러다 명치유신으로 부국강병이 되자 도리어 조선이나 중국의 문화를 미개하다고 배척하기 시작합니다.

일본은 고려 말에 포로 250명을 돌려보내 주면서 처음 고려대장경을 요구했지요. 그 후 나라가 바뀌고 조선이 억불숭유 정책을 쓴다는 것을 알고 본격적으로 고려대장경판을 달라고 억지를 쓰기 시작했습니다. 태종 8년에는 회례관으로 일본에 갔던 최재전崔在田이 돌아와 일본에서 사신이 많은 토산물을 가지고 왔는데, 다른 것은 필요 없고 고려대장경판을 주십사 한다고 태종 임금에게 글을 올렸습니다. 또 태종 10년에는 일본 국왕이 사신을 보내어 토산물과 수레와 병기를 바치고 고려대장경판을 간청하였습니다."

법조 스님은 고개를 끄떡이며 부젓가락으로 뒤적인 재 속에서 꺼져가는 불씨를 찾아내고는 재가 날리지 않을 정도로 불어 댔고 대통의 열변은 계속되었다.

"그때마다 조선에서는 찍어 놓은 영인본을 주었고 결코 경판은 주지 않았습니다. 태종13년에는 대마도 태수 종정무宗貞茂에게 고려대장경 영인본을 하사했습니다. 태종 15년에는 일본 대내전에서 고려대장경을 요구하였으나 숫자가 너무 많다는 이유로 거절하였습니다. 세종 6년에는 사신 규주가 경판을 간청하며 단식투쟁을 하여, 조정에서 고려대장경 영인본 1부와 주화엄경판 1부 80권을 주고 달래 보냈습니다. 이외에도 수없이 많았습니다."

법조 스님이 몇 번 입을 모아 불자 금방 불씨는 살아나 다시 잉걸불이 이글거렸고 방안은 따뜻해졌다. 무불도 웃으며 말했다.

"조선의 조정에서는 모두들 고려대장경판을 하찮게 여겼습니다. 그것을 알고 일본 대내전에서 끊임없이 고려대장경판을 간청했던 것 아닙니까. 재상 정창손鄭昌孫은 우리 임금께서 부처를 좋아하지 않으니 모두 일본에 주자는 의견을 내놓았고, 도승지, 호조판서, 우찬성, 이조판서, 영중추부사, 영의정을 지낸 노사신盧思愼은 심지어 대장경은 이단의 책이므로 태워버려도 아깝지 않다. 일본에서 달라고 하면 아끼지 말고 주어야 한다고 주장했습니다. 이것은 세종실록에 당시 사관들이 기록한 내용입니다.

일본은 고려대장경을 한 부라도 더 얻기 위해 왕과 왕비 이름으로 각각 청구하거나 여러 번진에서 요구하는 등 갖은 방법을 동원해 얻어갔습니다. 나중에는 구변국久邊國과 이천도국夷天島國이라는 존재하지도 않은 가짜 나라를 내세워 고려대장경을 요구하기도 했습니다. 구변국 왕의 성이 이李 씨라고 사칭하기도 했지요. 전해오는 말로는 구변국 가짜 사신을 내세우기도 했으니까요."

법조 스님도 자신이 알고 있는 사건을 말해주었다.

"조선 성종 때 심지어 일본인들이 조선 조정의 관리 복장으로 변복을 하고 어명이라며 합천군수에게 고려대장경판을 가지려 왔다고 속인 일이 있었습니다. 아무래도 변복한 관리들의 말과 행동을 수상히 여긴 합천군수가 조정에 급히 사실을 확인하여 막았다고 합니다. 그때 대장경판을 전부 포장까지 했다고 하니, 지금 생각하면 아찔합니다.

조선 500년 동안 일본은 끊임없이 고려대장경판 약취에만 신경을 썼습니다. 그런데 왜 일본은 대장경 판각을 하지 않았을까요?"

법조 스님은 다시 끓인 연잎차를 무불의 찻잔에 따랐고 무불은 합장하며 받았다.

"저가 일본 본원사에 머물면서 일본의 고승대덕들과 대장경에 관하여 토론을 해본 적이 있습니다. 역사적으로 일본도 몇 차례 대장경 판각을 시도한 적이 있었다고 합니다. 하지만 결국은 뜻을 이루지 못했습니다. 어찌 보면 조선보다 일사불란하게 판각할 수 있을 것 같았지만 실패하고 말았습니다. 대장경판각은 누구 몇몇 사람의 뜻으로 될 수 없는 불사입니다. 전 국민이 나서도 그냥 나서서는 안 됩니다. 일심으로 나서야 한다는 것입니다. 일본엔 그 일심이 부족했던 것 같습니다. 그러니 끊임없이 남의 나라 것을 약취할 궁리나 한 거죠."

무불은 찻잔을 단숨에 비우고 입을 앙다문 뒤 자신이 하고 싶은 말을 본격적으로 꺼내는 듯했다.

"스님! 우리가 수행을 하는 목적은 상구보리하화중생上求菩提下化衆生아닙니까? 어리석은 중생을 깨우치게 하고자 하는데 국적이 중요하겠습니까? 일본의 위정자 하나를 깨우치게 하면 동아시아 전체를 구하는 것이나 다름없습니다.

법조 스님, 대통께 전해 들은 줄 압니다만 일본 궁내 대신 다나카 자작이 이번 황태자의 결혼식에 일본 특사로 참석했습니다. 일본으로 돌아가면서 텐노에게 줄 선물로 가야산 해인사의 고려대장경판을 가지고 가겠다고 합니다. 예부터 일본 황실이 가장 갖고 싶어 했던 고려대장경판이라 이제 강제로 빼앗아 가려고 하는 모양입니다."

법조 스님이 두 주먹을 쥐고 분괴했다.

"어찌 조선의 중들이 두 눈을 뜨고 빼앗기겠습니까? 목숨을 걸고 막아야죠."

무불이 담담하게 말했다.

"여부가 있겠습니까만, 만에 하나 안하무인인 다나카가 헌병들을 동원한다면 조선 스님들과 충돌이 예상됩니다."

"그렇다고 물러설 수 없는 노릇 아닙니까? 목숨을 걸고 지켜야죠. 저가 앞장서서 지키겠습니다. 일본이 고려대장경판을 가져가면 저는 죽어서도 귀신이 되어 일본을 저주할 것입니다. 일본 특사 다나카의 음모를 전해 들은 스님들은 모두 분괴하고 있습니다. 해인사 스님들뿐만 아니고 말사의 스님들도 만약 일본이 해인사에 나타나면 목숨을 걸고 싸울 것을 결의했습니다. 전국의 비구승들뿐만 아니고 가까운 동화사, 지리산 대원사, 충청도 수덕사 비구니들도 뜻을 같이하겠다고 했답니다. 무불께서도 잘 아시겠지만 본사에서 아침 공양하고 통지를 보내면 말사까지 반나절이면 다 모일 수 있습니다. 아무리 불교가 핍박을 받고 있다고 해도 지금이라도 해인사에서 통지를 보내면 영호남에서만 이틀 안에 승려 일 만을 모을 수 있습니다. 그들은 해인사와 고려대장경판을 몸으로 막을 스님들입니다."

잠시 흥분한 듯한 법조 스님은 연잎차를 두 사람에게 따라 주면서 긴장을 풀었고 무불이 조용히 받았다.

"해인사 스님들께서도 만반의 준비를 하며 일단 상황을 지켜봅시다. 다나카 일행의 뒤를 밟으며 조선에서 무모한 행동을 할 경우 외국 언론과 국제 여론을 모으는 방법을 구상하고 있습니다. 지금 일본이 가장 두려워하는 것은 두 가지가 있습니다. 하나는 조선 백성의 한마음이 된 봉기이고 또 하나는 국제 여론입니다. 다나카 일행이 대구에서 해인사로 들어서는 순간 조선의 일심을 보여주어야 합니다. 스님뿐만 아니고 백성들도 일어나야 합니다. 그래서 아예 고려대장경판을 일본으로 가져가겠다는 망상을 단념하도록 만들어야 합니다. 그리고 외국 언론을 통하여 일본의 만행이 전 세계에 알려지고 규탄받아 대한제국의 합방이 부당할 뿐만 아니라, 고종황제가 비준을 거부한 을사늑

약도 강제로 이루어진 사실이란 것을 만방에 알려 무효가 선언
되어야합니다. 한발 더 나아가 일본을 이 땅에서 완전히 쫓아내
는 불씨가 되어야 할 것입니다.”

대통이 잔을 내려놓으며 말했다.

“지금 일본의 위정자들은 일로전쟁 승리 후 정한론과 대동아
신질서를 내세우며 조선 합병의 기회만 노리고 있습니다. 위정
자들은 눈앞에 보이는 하나만 보고 그 결과는 예상하지 못하고
있습니다. 서양문물의 겉모습만 받아들이면서 더욱 탐진치 삼
독에 눈멀어 아무것도 보지 못하고 있습니다. 부국강병이 되자
자신들의 덕목인 和화를 왜곡하여, 집단의 질서를 화한다는 핑
계로 대동단결을 외치며 국민의 희생을 강요하고 전쟁 준비에
빠져있습니다.

그리고 큰 和를 내세워 정한론과 대동아신질서를 주장합니
다. 이것은 和가 아닌 지배와 합방의 길입니다. 나아가 서양 열
강들을 끌어들이는 공멸의 길입니다. 제가 쇄국을 옹호하는 것
은 절대 아닙니다. 이웃끼리 도우며 공존하자는 것입니다. 화이
부동이라 했습니다. 친하게 지내되 서로를 존중하며 한쪽으로
동화시키지 말라는 뜻 아닙니까?”

밤은 깊었고 요사채 봉창에 달그림자가 몰래 내려앉아 세 사
람의 이야기를 엿듣고 있었다. 봉창을 두드리는 해인사 종고루

의 북소리는 세 사람의 심장을 더욱 뜨겁게 달구었다.

"둥, 둥, 둥……!"

경천사 십층석탑

길은 눈이 쌓여 미끄러웠다. 몇 번이나 말들이 머리를 쳐들고 소리를 지르며 산으로 올라가기를 거부하는 바람에 다나카는 말에서 떨어질 뻔했다.

겨울 조선의 야산이 다 그렇듯 부소산 중턱 눈 쌓인 개활지는 찬바람만 횡하니 몰아쳤다.

일본 현병을 대동한 다나카 자작은 도굴꾼 사카와의 안내로 말을 타고 오솔길을 따라 부소산을 올랐다. 숨을 헐떡이는 말을 타고 한 삼십 분 올랐을까? 앙상한 잡목과 사람 키만 한 바싹 마른 억새를 헤치고 나갔다. 넓은 고원 같은 평원이 나왔고 우람한 십층석탑이 서서히 모습을 드러내기 시작했다. 망원경을 목에 걸고 말을 탄 다나카 자작의 눈에 은빛 대리석 탑신이 들어오자 순간 숨이 멎은 듯 그 자리에서 꼼짝을 하지 못했다.

서산 노을을 받은 십층 대리석 탑은 광배를 발하듯 찬란하

고 장엄했다. 사진으로만 본 것과는 웅장함이나 전체적인 조형
미가 천양지차이었다. 다나카는 한동안 가까이 다가가지도 못
하고 그 자리에서 입을 다물지 못한 채 탑신만 멍하니 바라보고
있었다.

3단으로 된 기단은 전체적으로 아亞자 형태를 이루었다. 10
층 높이 우뚝 솟은 탑신은 금방 하늘에서 뚝 떨어진 듯 날렵했
고 섬세했다. 4층에 이르러 정사각형 평면을 이루고 있었다. 기
단과 탑신에는 십이지상의 불상·보살·천부·나한·비구 등이
결집을 하듯 모여 있었다. 한쪽 면에는 대중이 석가모니 부처님
의 설법을 듣는 장면이 정밀하게 묘사되어있었고 그야말로 부
처와 보살 사천왕 화엄신중 나한들이 빽빽이 부조된 3차원의
불국정토였다. 사람의 손이 닿는 2층 탑신까지는 파손된 흔적
이 많이 있었으나 과히 걸작 중에 걸작이었다. 한마디로 석가모
니 부처님의 일대기와 천상세계를 묘사한 불국을 대표하는 조
형물이라 말할 수 있었다.

말에서 내린 다나카 자작은 입을 다물지 못한 채 확대경으로
벽면에 새겨진 글자를 하나하나 읽어나갔다.

大華嚴敬天祝延皇帝陛下萬歲皇后皇□□秋文虎協心奉□□
調雨順國泰民安佛日增輝法輪常輪□□現獲福壽當生□□覺
岸至正八年戊子三月　日大施主重大匡晋寧府院君姜融大施
主院使高龍鳳大化主省空施主法山人六怡□□普及於一切我

等與衆生皆共成佛道

대화엄 경천사에서 황제폐하의 만세와 황후 황口를 축원 드립니다. 문호의 모든 관료들이 마음을 모아 口口을 받들며, 순조롭고 비가 제대로 내려 나라가 평안하고 백성이 편안하기를 바랍니다. 부처님의 광휘가 날마다 더해지고 법륜이 항상 제대로 돌아가며 口口이 나타나 지키고 복과 장수가 지금 생애에 이루어지고 口口이 내세에 깨닫게 되기를 바랍니다.

지정 8년 무자년(1348년 충목왕 4년) 3월.

대시주 중대광 진령부원군 강융 대시주 원사 고용봉 대화주 성공 시주 법산 사람마다 기뻐하며 口口이 일체에 크게 퍼지리라.

우리들은 중생과 더불어 모두 함께 불도를 깨치기를 바랍니다.

삭풍이 불어와 바람 소리를 내며 십층석탑을 휘감고 돌았다. 갑자기 나타난 일본 헌병을 본 어린 고려 충목왕忠穆王이 어머니 하고 부르는 목소리가 들리는 듯했다.

경천사 십층석탑은 고려 충목왕이 11살 때 세워졌다. 승하하기 1년 전 아들의 건강을 기원한 어머니 덕녕공주가德寧公主 세운 탑이다.

원元의 황제는 여덟 살 어린 충목왕에게 하문했다.

"총명하게 생겼구나, 두 눈이 초롱초롱한 게. 그래, 너는 장차 커서 아비를 본받고 싶으냐? 아니면 어미를 본받을 것이냐?"

여덟 살 충목왕은 당당하게 자신의 의사를 원의 황제 앞에서 밝혔다.

"폐하, 소인 어머니를 본받겠습니다."

이렇게 당차고 총명한 충목왕이 열두 살에 승하하였으니, 어머니 덕녕공주의 슬픔은 무척 크고 오래갔을 것이다.

옥탑을 감싸며 찬란했던 해는 서산으로 지고 땅거미가 내린 십층석탑에는 부소산에서 불어오는 삭풍만 몰아쳤다.

오백 년 전 탑을 돌며 아들 충목왕의 무병장수를 빌던 덕녕공주와 고려 백성들이 금방이라도 나타나 다나카 자작의 만행을 일제히 규탄이라도 하듯 폐사지 경천사에는 전운이 감돌며 바람 소리만 요란했다.

다음날 아침부터 다나카 자작과 도굴꾼 사카와는 바빴다. 다나카는 개성에 주둔한 일본 병무성 육군 헌병들을 대거 대동했다. 사카와는 일본에서 데리고 온 전문 작업인부 이십여 명과 석탑 해체 작업에 들어갔다. 먼저 십층석탑 해체 작업이 용이하도록 사람이 디디고 올라갈 지지대와 사다리를 설치했다. 일부는 탑을 분리하여 안전하게 포장할 나무 상자를 규격에 맞추어 조립하기 시작했다.

개풍군 광덕면 부소산 자락에 일본 헌병들의 호위를 받은 여러 대의 소달구지와 작업 인부들이 나타나자 마을 사람들은 경계의 눈초리로 보기 시작했다. 조선 사람은 일본 헌병이라 하면 치를 떨 수밖에 없었다. 툭하면 아직까지 십 년 전의 동학 잔당을 잡는다며 선량한 시골 사람들을 잡아갔고 고문을 일삼았다. 을미년 전국 의병 봉기 이후 마을마다 일본 헌병에게 끌려가 고초를 겪지 않은 사람이 없었다. 일본 헌병에게 끌려간 사람들은 오뉴월 개 맞듯이 두들겨 맞았다.

말을 탄 일본 헌병대가 마을 사람들의 접근을 막았다. 마을 사람들은 더욱 일본인들의 작업을 의심하며 집중 감시하기 시작했다. 경천사 폐사지 십층석탑을 해체한다는 것을 눈치챈 사람들은 거칠게 항의했다.

"왜, 옥탑을 해체하는 거요?"

"누구 마음대로 십층석탑을 해체하느냐?"

"관아에 허락은 받았느냐?"

소문을 들은 마을 사람들은 하나둘 몰려왔고 일본 헌병들은 마을 사람들을 쫓기 위해 말을 몰아 사정없이 위협했다. 성난 마을 사람들은 물러서지 않았고 석탑 해체 중단을 요구했다. 급기야 개풍 군수까지 달려오고 말았다.

개풍 군수 신달수申達守는 일본인 책임자를 찾았다.

"당장 작업을 멈추시오. 나는 개풍 군수요. 누가 작업 책임자요?"

말을 탄 헌병이 총을 겨누며 나왔다.

"물러가라. 대일본국에서 조사할 것이 있어 이 탑을 해체한다. 보면 모르겠느냐? 방해하는 자는 엄벌에 취한다."

일본 헌병은 무엄했고 막무가내였다. 개풍 군수 신달수는 물러서지 않았다.

"뭐, 이제 탑을 조사한다고? 언제는 동학 잔당을 잡는다고 조선 사람들을 닥치는 대로 잡아가 고문하더니. 또 며칠 전에는 관아에 허락도 없이 기독교인들을 마구잡이로 잡아들이더니, 이제 산속에 홀로 서 있는 탑까지 조사를 한다고? 이놈들 당장 멈춰라."

기골이 장대한 개풍 군수 신달수가 당장 멱살이라도 잡을 듯 소리를 지르자 사카와가 나섰다.

"개풍 군수, 공무에 수고가 많소. 저기 계신 분이 대일본국 궁내 대신 다나카 각하이시오. 먼저 예를 갖추고 인사를 올리시오."

개풍 군수 신달수는 두 눈을 부릅뜨고 물러서지 않았다.

"난 조정에서 통보받은 것 없소. 업무가 있으면 먼저 한성 궁내부나 시종원을 가실 것이지, 이 산골짜기까지 어찌 오셨소이까? 지금 당장 작업을 멈추고 돌아가시오."

개풍 군수 신달수에게 호통을 당한 사카와는 뒤로 물러서고 말았다. 잘못하면 일이 커지겠다고 판단한 궁내 대신 다나카 자작은 앞으로 나서지 않을 수 없었다.

"군수, 진정하시오. 내가 일본국 궁내 대신이요. 이번 대한제국 황태자의 결혼식에 참석했다가 고종황제 폐하로부터 이 탑을 선물로 하사받았소이다. 이 사진을 보시오. 이 사진이 증명하는 것이요."

민망해진 다나카는 고종황제와 찍은 사진을 내밀었다. 옆에 있던 사카와가 재빨리 사진을 받아 개풍 군수 신달수에게 전달했지만 신달수는 사진을 보는 둥 마는 둥 내던지며 소리쳤다.

"경천사지 십층석탑은 아무리 고종황제께서라도 이래라저래라 마음대로 하실 수 없는 것이요. 이 탑은 조상님께서 후손에게 물려준 조선의 유산이오. 우리는 탑을 보호하고 지킬 의무가 있소. 당장 썩 물러가시오."

군수 신달수의 사자후 같은 소리를 들은 백성들은 일제히 함성을 지르기 시작했다. 언제 몰려왔는지 수백 명의 백성들이 몰려와 일전을 불사하겠다는 듯 마구 함성을 질러댔다.

"와. 와. 와!"

소문을 들은 사람들은 새벽안개처럼 꾸역꾸역 몰려왔다. 코흘리개 어린아이도 있었고 꼬부랑 할머니도 있었다. 아기를 둘러업은 여자도 있었고 몸이 불편한 장애인도 있었다. 그들의 눈빛은 하나같이 이글거렸다. 갓을 쓴 양반도 있었지만 가난한 소작농들이 대부분이었다. 그들은 가진 것이 없어 빼앗길 땅도 재산도 없는 민초들이었다. 시간이 지나자 부소산 중턱까지 사람들이 몰려와 마구 소리를 질렀다.

"와. 와. 와!"

군중의 함성은 마치 천둥소리 같았다. 군중 속에서 누군가가 소리쳤다.

"일본은 물러가라."

사람들은 일제히 복창하며 함성을 질렀다.

"일본은 물러가라. 일본은 물러가라. 일본은 물러가라!"

말을 탄 헌병이 군중들 사이로 사정없이 말을 달리며 칼을 휘둘렀다. 사람들은 일제히 산으로 몸을 피했다. 약속이라도 한 듯 이번엔 반대편에서 젊은 청년이 돌을 던지며 함성을 질렀다.

"일본은 물러가라!"

"일본은 물러가라!"

뒤따라 군중들은 앞으로 나와 일제히 돌팔매질을 하기 시작했다. 돌멩이는 다나카 자작이 있는 곳까지 날아갔다. 위기를 느낀 다나카와 사카와는 탑 뒤로 몸을 피했고 말을 탄 헌병들은 공포를 마구 쏘아댔다. 총소리에 놀란 군중들은 나무숲 사이로 재빨리 몸을 피했다. 말을 탄 일본 헌병은 군중의 돌팔매질 때문에 멈칫하며 깊숙이 따라가지 못했다. 반대편에서 전열을 가다듬은 군중들이 다시 돌멩이를 던지며 일제히 공격해왔다.

"와, 와!"

"일본은 물러가라!"

다시 일본 헌병이 말을 달려 군중을 위협하면 사람들은 일제히 산으로 몸을 피했다. 그럼 반대쪽에서 돌을 던지며 일사불란하게 다시 몰려왔다. 헌병과 군중의 공방전은 마치 수달의 공격을 피해 일제히 한쪽으로 몰려가는 물고기 떼를 연상케 했다.

군중 속에서 누군가가 을사늑약 무효를 외쳤다.

"을사늑약 무효!"

군중은 반으로 나누어 박수를 치며 한쪽은 을사늑약을 외쳤고 한쪽은 무효를 외쳤다.

"을사늑약" "무효!"

"을사늑약" "무효!"

"을사늑약" "무효!"

을사늑약 무효란 함성은 부소산에 메아리쳐 하늘에 쩌렁쩌렁 울렸다. 하늘에선 금방이라도 벼락이 칠 듯 먹구름이 몰려왔고 눈발이 내리기 시작했다.

궁내 대신 다나카 자작은 당황하지 않을 수 없었다. 전혀 예상치 못한 조선의 민의였다. 일본 병무성에서 조선의 의병을 왜 두려워하는지 그 이유를 알 것 같았다. 일본인에게는 상상도 할 수 없는 일이었다. 당황한 일본 헌병들은 총을 쏘며 군중들을 해산시키려 했다. 하지만 군중들은 물러서지 않았고 시간이 지나자 더 많은 사람들이 꾸역꾸역 몰려왔다.

결국 일본 헌병들도 증강되었고 군중들과 대치는 한밤중까지 계속되었다. 새벽녘 폭설이 쏟아지는 가운데 군중들의 감시가 소홀해진 틈을 타 다나카 일행은 소달구지에 해체한 탑신을 싣고 개성역으로 몰래 빠져나갔다.

그날 새벽 개성역에 배치된 일본 헌병이 300명이 넘는다는 영국 특파원 어네스트 베셀Ernest Thomas Bethell의 목격이 있었다.

이틀 후, 한성 한국통감부

한국통감부 초대 통감 이토 히로부미伊藤博文와 일본 궁내 대신 다나카 미추야키田中光顯는 마주 보고 앉았다.

한국 통감 이토 히로부미는 대한제국의 내각 대신들을 친일파로 전부 바꾸어 실질적인 국정을 통치하는 일본 덴노의 직속이었고, 일본 궁내 대신 다나카 미추야키는 일본 내에서 덴노 다음가는 권력자다.

두 사람은 한동안 여러 신문을 앞에 놓고 심각한 표정을 지었다.

死守사수 玉塔옥탑
개성군과 개풍군 접경지역에 있는 경천사탑은 고려 공민왕 때에 공주를 위해 옥석으로 10층이 되게 세운 수백 년 된 유물이다. 한데 무슨 허가를 받았는지, 일본인들이 그 탑을 무너뜨려 일본으로 실어간다 하기에, 군수를 비롯한 두 군민이 구름처럼 몰려들어 결사적으로 빼앗기지 않겠다고 맹세하였고 군중들은 을사늑약 무효를 외쳤다.

玉塔옥탑 奪去탈거의 續聞속문

일본에서 왔던 특사 다나카 자작이 개성 부근의 경천사 십층석탑을 고종 황제께서 자신에게 주신 선물이라고 하였으나, 고종 황제께서 역사적으로 귀중한 그런 석탑을 내줄 의향이 없다고 거절하셨다 함은 특사의 흉계가 탄로 난 것이다. 궁중에 들어온 보고를 들으니 흉악한 일본인들이 그 석탑을 어떻게든 약탈해 가려고 하고 있음이 분명하다. 한성부 영길리 특파원 어네스트 베셀(Ernest Thomas Bethell)과 미국 코리아 리뷰 기자 호머 헐버트(Homer Bezalee Hulbert)의 보도를 빌건대, 무기를 가진 일본 현병 300명가량이 탑이 있는 곳에 급습해 와서 개풍군수 신달수申達守와 주민들의 거친 항의에도 불구하고 탑을 해체하여 개성철도역으로 운반하고 다시 부산으로 실어갔다고 한다. 그런 약탈이 이루어질 때에 일본인 헌병과 순사들이 철도역 주위를 에워싸고 있었다고 한다. 개성군과 개풍군민들은 한동안 옥탑 약탈에 맞섰고 결국은 을사늑약 무효를 외치며 시위를 벌였다. 그러나 그러한 무법행위는 일본인들의 횡포한 행동을 역력히 드러낸 것이며, 한국 황제와 인민에게 고통을 안겨준 것이다. 이 사실이 명확히 보도되는 것을 깊이 믿고 싶지는 않다. 만약 앞의 보고가 과연 사실이라면, 다나카 자작의 사절이 우리 국민을 고의로 만만하게 본 것임을 누구나 확실하게 알 것이다. 한국 인민이 그 만행과 모욕에 능히 항거하여 일어설 것임은 이미 스스로 표시하였다. 만약 다나카 자작이 그 귀중한 석탑의 불법반출을 기어이 해 간다면 그가 능히 생각한 것보다 더 많은 곤란을 겪게 될 것이다. 또한 정확한 소식통에 따르면 다나카 자작은 한성부 한국통감부에 합천 해인사 고려대장경판을 일본 천황에게 봉납하겠다고 통보한 바 있다.

〈대한매일신보〉

조선국 황태사 순종의 결혼 가례에 다나카 미추아키 자작이 일본국 천황의 특사로서 참석하였을 때 특사로서의 지위를 이용하여 경천사 십층석탑을 가지고 갔다. 이에 개풍군수 신달수申達守를 비롯한 군민들은 거칠게 항의하였고 성난 군민들은 개성역까지 행진하면서 을사늑약 무효를 외쳤다. 이러한 문화 파괴 행위가 조선에 대한 일본의 정책에 얼마나 심하게 위배되는지를 일본 고관들이 아직 모르고 있다고 볼 수밖에 없다. 이 석탑은 고종 황제의 재가를 받지 않고 반출된 사실은 의론의 여지가 없다. 또한 다나카 자작은 한국통감부에 조선의 법보 합천 해인사 고려대장경판(팔만대장경판)을 일본 천왕에게 봉납하겠다고 통보했고 대구영남헌병대에서는 만반의 준비를 하고 있다고 한다.

코리아 리뷰 Homer Bezalee Hulbert 기자

일본 궁내 대신 다나카 미추야키는 연신 파이프를 빨아대며 얼굴이 울그락불그락 그렸고 통감 이토 히로부미가 달래고 있었다.

"이번 일은 공께서 너무 무리하게 진행한 것 같소이다. 공께서는 아직 조선 인민을 몰라서 하는 말이오."

다나카는 파이프를 빨며 언성을 높였다.

"통감, 내가 무리하게 진행했다고요? 그 탑은 허허벌판에 오백 년 동안 버려진 탑이오다. 미개한 조선인들이 옥탑이 무슨 만병통치의 명약으로 알고, 마구잡이로 갈아 사람 손닿는 곳은 모두 파손된 것이오. 만약 누군가가 보호를 하지 않는다면 얼마 안 가 사라질 탑이란 말이오."

이토 히로부미는 달래듯 말했다.

"미개한 조선인들은 보물인지 고물인지 구분도 못 하오. 하지만 우리 일본에서 귀하게 보호하겠다면 무조건 반대하고 일어나는 자들이오. 조선인들은 이제 자신들 황제의 말도 듣지 않는 무지막지한 폭도들로 변했소."

다나카가 소리쳤다.

"그러니 내가 조선을 더욱 강력하게 다루어야 한다고 평소 말하지 않았소. 몽둥이가 약이란 말이오."

"아, 아, 진정하시고. 동학난 때는 전라도가 중심이 되었고, 다음 해 을미민란에는 충청 경기 강원 전라 경상 심지어 함경도 삼수갑산에서까지 동시다발적으로 봉기를 했소만 황해도는 조용했지요. 아마 그때 동조하지 못해 이번에 폭동을 일으킨 모양이오. 내가 직접 개풍 군수를 잡아들이고, 궁내부에 단단히 항의를 하겠소이다.

조선 놈들은 한 번 일어나면 불꽃처럼 일어나지만 며칠만 지나면 언제 그랬냐는 듯 빨리 사라지기도 합니다. 냄비 근성이 있단 말이오.

일단 공께서 이번 사건은 조용히 넘어가 주기 바라오. 그럼 조선의 소요도 잠잠해질 것이오. 십층석탑은 이미 부산으로 반출한 것이니 공께서 알아서 처분하시고, 합천 해인사 팔만대장경은 계획을 취소해주시오. 아니 취소가 아니고 뒤로 미루어 주시오."

"통감, 뭐요. 그깟 신문 기사 때문에 덴노 헤이카께 봉납할 고려대장경판을 포기하자고요?"

이토 히로부미는 두 손을 저으며 달랬다.

"누가 포기라 그랬소? 일단 여론이 안 좋으니 나중으로 미루자는 것이오. 내 말을 왜 못 알아듣소이까? 조선 민중을 잘못 건드려, 전국적으로 소요가 일어난다고 생각해보시오. 특히 조선 중들은 민중보다 단결이 잘된다는 것을 왜 모르오이까. 역사적으로 조선의 민중보다 중들을 잘 못 건드리면 더 무섭소이다. 역사를 전공하신 공께서 문록의 역 때 조선 중들의 활약을 더 잘 알고 있지 않소이까. 일한합방만 되면 조선은 전부 우리 것이나 다름없소이다. 그때 가서 천천히 가져가면 되지. 뭐 소란스럽게 할 필요가 없지 않소. 지금 조선의 을사조약도 불법이라고 러시아나 세계평화주의자들은 말이 많다는 것을 누구보다 잘 알고 있지 않소. 공께서는."

다나카는 상아 파이프를 연신 빨아대며 말했다.

"내가 조선의 문화재를 보호하자는 것이라고 말씀드려도 통감께서 그 말뜻을 못 알아든소이다."

"허허. 다나카 자작. 왜 말귀를 못 알아든소이까? 우리의 식민지 정책이 우방인 영국이나 미국에 미개한 조선의 인민을 보호하는 것으로 비추어져야지. 혹 문화재나 빼앗아가는 것으로 오해를 사면 조선의 합방은 점점 멀어질 것이오. 그러니 공께서 일단 야산에 버려진 탑은 보호한다는 명목으로 가져가시고, 합천 해인사 팔만대장경판은 해인사 중들이 잘 보관하고 있을 것이니, 나중에 천천히 가져가도 되지 않겠소. 그러니 팔만대장경판은 다음으로 미룹시다. 내가 덴노 헤이카께는 잘 보고 드리겠습니다. 만에 하나 조선 중과 인민이 들고일어나 세계적으로 여론을 타면 우리의 숙원인 합병은 다 된 밥에 코 빠트리는 격이 된다는 것을 왜 모르오이까."

천장을 바라보며 두 눈을 감았다 뜬 다나카는 연신 담배를 빨며 섭섭한 기색이 역력했다. 다나카는 자리를 박차고 일어서면서 소리를 빽 질렀다.

"개풍 군수, 신달순지 신백순지를 당장 잡아들이시오. 통감!"

*

달이 지나고 경칩이 내일모레다. 얼었던 한강이 녹을 무렵

무불과 대통, 요코야마는 한성 서대문 밖 봉원사奉元寺에 마주
앉았다.

무불은 봉원사가 무척 새롭고 격세지감을 느껴질 수밖에 없
었다. 그 옛날 25년 전 이동인李東仁을 만나 김옥균 박영효 서광
범 서재필 등 갑신정변의 주역들과 의기투합한 것이 어제 같은
데…. 봉원사 사찰은 그대로인데 동지들은 바뀌었다.

"요코야마 선생 정말 고맙소이다. 그리고 고생 많았소이다."

무불은 요코야마의 두 손을 잡고 치하했다.

"모두 부처님의 가피가 있어 잘 풀렸소이다. 그러나 앞으로
가 더 걱정이오다."

"요코야마 자네가 정말 뒤에서 큰일을 했어. 다나카가 고려
대장경판을 포기하고 일본으로 돌아갔으니 말일세. 한편으로
생각하면 을미년에 못다 한 결의를 다지는 기회였는데, 조선 삼
천리 방방곡곡에서 스님들과 백성이 일심으로 봉기할 수 있는
기회였는데 말이오. 남도 스님들은 목숨을 바칠 각오가 대단했
는데… 참 아쉽게 되었소."

무불이 웃으며 받았다.

"쇠뿔도 단김에 빼야 한다는 말이 있는데, 하지만 다 시절인
연이란 게 있지 않소이까."

"우리 세 사람이 큰 대의를 지키며 끝까지 노력하세."

"그리합시다. 고맙소이다. 두 분."

세 사람은 손을 맞잡고 다짐했다. 요코야마가 잠깐 주위를 살피고 나직한 목소리로 다시 말을 이어갔다.

"무불 그리고 대통. 구라파 화란의 헤이그에서 러시아의 니콜라이 2세가 주최하는 제2차 만국평화회의萬國平和會議 Hague Conventions가 올 6월 15일부터 10월 18일까지 열린다오."

무불의 눈에서 순간 빤짝하고 빛이 났다.

"아시다시피 화란은 해양강국이오. 옛말에 적의 적은 동지라는 말이 있지요. 러일전쟁에서 패한 러시아가 비밀리 대한제국을 돕겠다고 나섰소이다. 러시아 황제 니콜라이 2세가 극비리 고종 황제에게 친서를 보내왔어요. 만국평화회의에서 을사늑약이 대한제국 황제의 뜻이 아니고 일본의 강압으로 이루어졌다고 폭로하고 을사늑약의 무효를 선언하라는 내용이었어요. 러시아가 적극 돕겠다는 말도 덧붙였소."

순간 세 사람의 눈은 빛났다.

"오, 그러하오. 어떻게 그렇게 중요한 정보를 얻었소이까?"

요코야마는 무불의 손을 잡으며 말했다.

"무불, 제국익문사라고 혹 들어본 적이 있습니까?"

"제국익문사요?"

무불은 목소리를 낮추어 말했다.

"예, 대한제국 고종 황제의 비밀 정보 조직이었습니다. 조선에서 저도 한때 가담했던 조직이죠. 하지만 이젠 제국익문사도 없어졌다고 들었소 다만···."

요코야마가 말했다.

"예, 지금은 꺼져가는 등불입니다. 아마, 며칠 후 평리원 검사 이 준李儁이 고종 황제의 신임장과 러시아 황제 니콜라이 2세의 초청장을 가지고 헤이그로 떠날 거요."

듣고 있던 무불이 반문했다.

"이 준이라고 하셨소이까?"

"예, 평리원 검사이며 외교에 능하죠. 영어와 불어도 잘하는 것으로 알고 있소만, 아는 사람이오?"

무불은 이 준을 아는 듯했다.

"알다마다요. 와세다 대학을 나왔지요?"

"나도 그렇게 알고 있소이다."

무불은 당시를 회상하며 말했다.

"십몇 년 전인가? 서광범徐光範 영감이 동경에서 미국으로 건너가기 전에 소개로 몇 번 만난 적이 있었소. 호연지기가 넘치고 기독교 신자로 신앙심이 아주 강하더이다. 그 사람이면 능히 열강의 대신들을 설득할 수 있다고 생각하오. 젊은 사람이 국가관이 투철하고 여간 총명한 사람이 아닌 듯싶었소."

요코야마는 칭찬을 아끼지 않았다.

"이번에 사건을 취재한 영길리 특파원 어네스트 베셀과도 친구사이지요. 고종 황제폐하께서 신임하는 몇 안 되는 사람이라오. 일전 을사오적 이완용李完用 이지용李址鎔 박제순朴齊純 이근택李根澤 권중현權重顯 암살을 기도한 암살단 구완희具完喜 오기호吳基鎬 등을 무죄 방면시킨 소신 있는 검사이었소."

대통은 유럽 열강들을 걱정했다.

"반드시 성공하여 유럽 열강의 도움을 받아야 할 터인데, 문제는 러시아가 얼마나 힘이 있고 자국의 일처럼 나서 주느냐 하는 것이오. 그리고 문제는 영국이오다. 영길리."

무불은 영국이 문제란 소리에 낙담하는 듯했다.

"저도 그렇게 생각합니다. 영국은 일본과 동맹을 맺었소이다. 일본 편이라고 봐야죠. 미국도 일본 편이고, 그리고 무엇보다 유럽에서 러시아를 견제할 수 있는 나라도 영국이오다."

무불도 유럽 열강의 정책을 간파하고 있었다.

"국가 간의 외교에는 영원한 적도 없고 영원한 동지도 없는 것 같소이다. 자국의 이익을 위해 그때그때 변한단 말이오. 그런데 러시아의 세력이 확장되는 것을 과연 구라파 열강들은 어떻게 생각할지? 일본이 러일전쟁을 시작하면서 일본과 영국은 러시아를 견제하는 동맹을 맺었소이다. 영국이 나서 주면 쉽게 풀릴 것 같소이다만. 미국도 그렇고…, 둘 다… 또 러시아를 너무 믿어서도 안 되오. 아, 그래도 우린 희망을 버리지 맙시다."

"나무아미타불, 나무아미타불, 나무아미타불!"

세 사람은 합장하고 염불했다.

개풍 군민의 염원을 담은 경천사 십층석탑은 도쿄 다나카의 집 정원에 한동안 방치되어 있었다. 세계적 언론의 질타에 안하무인 다나카도 눈치를 볼 수밖에 없었다.

영국 언론의 끈질긴 추적으로 1918년 관부연락선 이키마루호를 타고 십 년 만에 다시 현해탄을 건너 한성으로 돌아왔다.

흥왕사 가는 길

산과 들에는 새싹들이 파릇파릇 돋아나 온 천지가 푸르스름
해지고 있었다. 봄바람이 상쾌해 나그네의 발걸음은 한층 가벼
웠고 디디는 발걸음이 꼭 구름 위를 걷듯 가벼웠다. 아침을 든
든히 먹고 주먹밥까지 챙긴 세 사람은 봄나들이라도 가듯 흥거
울 수밖에 없었다. 낡은 바랑을 하나씩 멘 세 사람이 걷기는 더
할 나위 없이 좋은 날씨였다.

이제 세 사람은 조선에서 다음 여정으로 초조대장경과 대각
국사 의천義天이 지었다는 교장敎藏의 흔적을 찾아 밝힐 작정이
었다. 세계 두 번째인 고려초조대장경판은 북송개보장北宋開寶
藏(971년 최초로 판각된 한역대장경)에 이어 고려 현종 2년 1011년
판각을 시작하여 1087년까지 77년간 백성의 일심을 닮아 새겼다.

고려초조대장경에 만족하지 못한 의천義天은 또 다른 一心의
진리를 찾아 송나라를 헤매다 소동파蘇東坡에게 답을 얻어 크게

깨닫고 돌아와 고려만의 교장敎藏을 집성했을 것이라고 무불은 추측하고 있었다.

개경 홍왕사興王寺에 교장도감을 두고 1091년부터 1102년까지 금산사金山寺, 광교원廣敎院 등 지방 사찰에서 나누어 판각했다고 말로만 전해지는 전설 같은 교장의 흔적을 찾을 작정이었다. 의천의 교장을 찾아내 밝히는 것은 고려대장경을 지키는 것만큼 의미 있는 일이었다. 교장의 내용은 조선이나 일본에도 남아있는 것이 없어 사람들은 추측으로 초조대장경에 빠진 부분을 추가한 속장경일 것이라고 쉽게 말했다. 고려불교를 연구한 무불은 그렇게 생각하고 있지 않았다. 송나라 기록인 소동파蘇東坡와 고승 정원淨源의 많은 칭송과 의천의 호연지기와 당시 여러 정황으로 미루어봐 분명 새로운 一心의 진리를 남겼을 것이란 확신을 가지고 있었다. 그것을 찾아 밝히고 후대에 전하는 것은 어미 있는 순례인 것이 분명했다.

조선엔 고려초조대장경에 관한 기록은 이규보李奎報의 동국이상국집東國李相國集 7권 대장각판군신기고문大藏刻板君臣祈告文에 의해 그 기록이 남아있을 뿐이다. 그나마 일본 교토 남선사南禪寺와 대마도 이키섬의 안국사安國寺에는 초조대장경 영인본이 완전히 보관되어있어 초조대장경에 관해서 무불도 어느 정도 연구를 마친 상태였다.

맑은 날, 조선 땅 부산에서 훤히 보이는 대마도對馬島에서 얼마 떨어져 있지 않는 이끼섬 안국사安國寺에는 고려에서 어떤 경로로 건너갔는지는 알 수 없지만, 대반야경이 6백 권이나 잘 보관되어 있다. 안국사의 옛 이름이 해인사海印寺라는 것만 봐도 일본이 그 옛날 얼마나 고려 불교를 숭상했는지를 잘 보여주는 사례다.

안국사에 보관 중인 고려초조대장경은 일본의 다른 사찰에 보관하고 있는 초조대장경 영인본에서는 볼 수 없는 간행 시기와 제작자가 명확하게 명시되어 있다. 이 초조대장경 영인본을 인쇄한 사람은 고려 정종 12년(1046) 김해부 호장 허진수許珍壽라고 이름을 밝히고 있다. 발원문을 보면, 보살계 제자 남섬부주 고려국 김해부 호장 예원사 허진수菩薩戒弟子 南贍部洲 高麗國 金海府 戶長 禮院使 許珍壽가 국왕과 국가의 평화를 빌고 살아 계신 어머니의 장수와 돌아가신 아버지의 명복을 빌기 위해, 대반야바라밀다경大盤若波羅密多經 600권을 찍었다고 기록으로 명확히 밝히고 있다.

고려국 초조대장경판은 팔공산 부인사夫仁寺에 보관해오다 달단몽골의 침략으로 불타버렸다. 당시 부인사에는 지금 해인사 팔만대장경판의 두 배쯤 되는 목판본이 있었던 것으로 추정한다.

오호통재라! 극악무도한 달단의 40년간 침략으로 불국의 신라 경주 황룡사皇龍寺 구층 목탑을 비롯한 신라 고려 불교를 모두 잿더미로 만들었다. 조선 억불의 제도 속에서 명맥을 유지하던 사찰들은 임진왜란 정유재란을 거치면서 전국적으로 또 한 번 불타고 약탈당했다. 그나마 남아있던 유산들을 두 눈 뜨고 일본에 빼앗기자 무불은 개화와 폐사지 불교문화재에 관심을 가지기 시작했던 것이다.

고려 불교를 제대로 알고 지키기 위해서는 의천義天의 교장敎藏을 빼놓을 수 없다고 생각했다. 무불은 의천이 교장을 썼다는 개경의 홍왕사興王寺와 팔공산八公山 부인사夫仁寺에 가면 뭔가 흔적을 찾을 수 있지 않을까 확신했다. 둘 다 지금은 폐사지로 흔적만 남아있다. 당대 최대의 고려대장경판이나 교장의 판각은 분명 사찰 들머리에 그 업적을 널리 알리기 위해 비석에 새겨두는 것이 상례다.

세 사람은 먼저 홍왕사가 있었던 개풍군으로 향했다. 대구 팔공산 부인사는 다시 한성으로 돌아와 그 옛날 고려대장경판이 이동했을 것으로 예상하는 뱃길인 남한강에서 낙동강으로, 낙동강에서 금호강을 따라갈 작정이었다.

고갯마루에 올라서자 혹독한 겨울을 잘 이겨낸 청설모 세 마리가 쏜살같이 나무를 타며 재주를 넘었다. 아까부터 따라오며 낯설다고 울어대는 까치는 고개를 몇 개 넘어도 계속 울면서 요란하게 따라왔다. 요코야마는 바랑에서 주먹밥 하나를 꺼내 반을 나누어 까치들에게 던져주었다. 신기하게도 까치들은 그만 따라오지 않았다.

고개를 내려서자 넓은 평야가 나왔고 부지런한 농부는 소를 몰고 쟁기질에 여념이 없었다. 아낙들은 논두렁에서 약쑥을 캐느라 고개를 들 여유조차 없었다.

해는 중천에 떠 있었다. 세 사람은 마을 어귀 우물가 나무 그늘에서 쉬었다 가기로 했다. 아침저녁으로는 서늘하지만 한낮엔 더웠다. 요코야마는 겨울 모자 도리우찌를 벗자 머리에서 김이 무럭무럭 났다. 대통도 조각조각 덧댄 장삼 옷고름을 풀어헤치며 연신 손부채질을 했다. 무불은 물을 한 바가지 떠 대통과 요코야마에게 먼저 권했다.

"먼저 드시구려."

"고맙소이다."

"아, 시원타. 조선의 물맛이 꿀맛이구료."

물은 달고 참 시원했다.

사실 일본인인 대통과 요코야마는 대각국사 의천大覺國師 義天에 대하여 깊이 아는 것이 없었다. 대통도 조선의 해인사에서 나름대로 공부를 한다고 했지만 해인사는 조계종曹溪宗 선종을 대표하는 사찰이 아닌가. 조계종은 가지산문의 도의道義국사를 초조, 종조로 모신다. 대각국사 의천에 의하여 창종된 천태종天台宗은 교종으로 선교를 통합한 것이다.

한동안 대각국사 의천義天에 대하여 곰곰이 생각한 대통은 자신의 도반이자 스승 격인 무불에게 물어보기로 했다.

"무불, 대각국사 의천께서 모두 다 고려초조대장경의 후속 격인 속장경을 썼다고 하는데 무불께선 어떻게 생각하시오."

무불은 빙그레 웃으며 대답했다.

"교토 난젠사南禪寺에 있는 고려 초조본 어제비장전변상도御製祕藏詮變相圖를 우리 같이 보지 않았소이까?"

"어제비장전변상도 판화는 북송판과 다르다는 것을 눈으로 확인했고, 신라 시대부터 사간판이라는 것이 있었다는 것으로 이론의 여지는 없소이다."

무불은 먼 산을 바라보며 담담하게 말했다.

"사실 해인사에 보관한 팔만대장경은 우리가 직접 보았듯이, 승통 수기守其를 비롯한 당대 고승대덕과 지식인들이 북송개보장과 거란장, 초조대장경 개원석교록開元釋敎錄과 정원신정석교록貞元新定釋敎錄을 참고하여 누락된 것을 넣고, 중복된 것은 빼고 완전히 구양순歐陽詢체의 새로운 판하본을 만들어 각수가 세긴 것이오, 만은…. 초조대장경은 새로운 판하본 없이 내용은 북송개보장의 복각이라고 주장하는 사람들이 더러 있소. 그러다 보니 의천에 의해 나중에 판각된 것도 초조대장경에 빠진 부분이나 후속 격인 속장경續藏經이란 말이 나왔소. 그 내용이 남아 있는 것은 없고 정확한 기록도 없으니 답답할 뿐이오. 대각국사 의천을 사모하는 사람들 모두 다 대장경의 후속이 아닌 새로운 고려만의 교장을 섰을 것이라 추정은 합니다만 확실한 기록이 없어… 이번에 우리가 홍왕사에서 의천의 독자적이고 새로운 교장의 작은 흔적이나마 한번 찾아봅시다. 이것은 내가 일본에서 23년이나 고려대장경을 연구해온 숙제이며 사실을 밝혀 후대에 물려줄 과제이오다.”

요코야마는 고개를 끄떡였고, 대통은 의천이 남달리 일찍 입적한 것에 무척 아쉬워했다. 쉰을 못살고 47에 입적했으니.

무불은 의천의 출생 신화에 대하여 말해주었다.

“의천은 참 좋은 사주를 타고났었지요.”

“좋은 사주라고요?”

“예, 성천자聖天子가 될 사주입니다. 하늘의 뜻을 받들어 행할 성천자라 의천義天이라 했다지요.”

“그러하오이까. 고려 문종 임금과 인예 태후의 넷째 왕자로 알고 있습니다만.”

“예, 그러하지요. 성천자란 고려 백성이 대대로 학수고대하던 위대한 임금님을 말합니다. 단군 이후 고려에는 위대하고 성스러운 지도자가 없었습니다. 지금까지도 마찬가지이고요.”

무불은 지금도 마찬가지란 말에 유달리 힘주어 말했다.

“지리적으로 조선은 강대국들에 둘러싸여 있습니다. 늘 외세의 침략이 끊이지 않았고 민초들은 자신의 목숨을 지키기 위해 끊임없이 싸워야 했습니다. 어떻게 보면 항쟁으로 지켜온 나라입니다. 그 은근과 끈기가 한마음 일심으로 승화했다고 생각합니다. 그래서 더욱 성천자를 기다렸을 것입니다.

을미년乙未年 단기 3388년 9월 28일 신시에 태어나셨지요. 어머니 인에 태후는 그해 입춘 태몽을 꾸었답니다."

"성천자가 태어날 태몽이겠지요?"

"그러하더이다. 하늘에서 장대비가 쏟아져서 천지를 물바다로 만들었답니다."

대통이 단번에 해몽했다.

"수몽이네요. 아주 좋은 꿈입니다."

대통은 젊은 시절부터 주역에 조예가 깊었다. 조선에 머물면서 하늘과 땅의 이치를 살펴보는 도선道詵의 감여사상에 깊은 관심을 가지고 있었다. 해인사에서 틈틈이 도선의 도선비기道詵秘記 이수광李睟光의 지봉유설芝峰類說, 이재李栽의 남격암유적南格庵遺蹟, 홍만종洪萬宗의 해동이적海東異蹟 등을 탐독했다. 대통은 역학·수리·풍수·천문·지리·복서·비결에 능통했다.

"의천이 태어나고 며칠 뒤, 어지간해서 산을 내려오는 일이 없는 승통 지광智光 스님이 스스로 궁전으로 찾아왔답니다. 72세의 노승 지광은 얼굴에 기쁨을 가득 머금고 이렇게 말했답니다. 폐하. 소승, 산에서 내려온 이유는 궁전에 상서로운 기운을 보았기 때문입니다.

문종 임금과 인예 태후는 갓 태어난 의천을 지광에게 보였습니다. 그러자 함박 웃던 노승 지광의 얼굴이 돌연 일그러지더니 달구똥 같은 눈물을 줄줄 흘리는 것이었소.”

　옛날이야기를 재밌게 듣던 대통이 맞장구를 쳤다.

　“의천의 사주가 을미년 9월 28일 신시라고 하셨소이까?”

　요코야마는 친구 대통이 어릴 때부터 주역을 공부하고 감여 사상에 조예가 깊다는 것을 알고 되물었다.

　“참, 대통께서 주역을 공부하셨지. 그럼 어디 을미년 9월 28일 신시가 정말 좋은 사주인지 어디 육갑을 한 번 짚어보구려.”

　대통은 단번에 손가락으로 두 번이나 12간지를 짚어보고는 깜짝 놀라며 말했다.

　“대단한 사주입니다. 초년에는 엄청난 학문을 탐독하고 한평생 권좌를 겸하는 사주라 어떻게 풀어야 할까…? 만약 제왕이 된다면 대개혁을 시도해 백성의 살림을 편안하게 할 것이고, 중이 된다면 중생의 길잡이가 될 운명이오. 또 달리 해석하면 큰 위기에서 나라를 구할 사주이오다. 그럼 고려국 승통 지광 스님도 그렇게 보셨습니까?”

　가만히 듣고 있던 무불은 대통이 풀이한 사주에 깜짝 놀랐다.

　“아니, 이럴 수가? 대통이 풀이한 것과 고려국 지광 스님이 풀이한 것이 대동소이하더이다. 승통 지광은 어린 의천의 관상까지 보았으니 더 정확했겠지요. 역시 대통도 보통이 아니오이다."

요코야마는 놀란 표정을 지었고 대통은 무불의 칭송에 멋쩍어하며 독촉했다.

"그래, 지광 노스님이 운 연유나 얘기해 보시오. 아이고, 답답하오이다."

무불은 대통과 요코야마의 재촉에도 서두르지 않았다.

"승통 지광이 의천의 얼굴을 보고 눈물을 흘리자 문종과 인예 태후는 무척 놀랐답니다. 한참 달구똥 같은 눈물을 흘리던 지광 노스님께서 문종과 인예 태후에게 이렇게 아뢰었다고 합니다. 폐하, 소승 속세 이미 일흔둘입니다. 참 많이 살았습니다. 언제 죽을지 모르옵니다. 의천 왕자님은 성천자가 되어 백성을 편안하게 하는 성군이 되거나 만약 중이 되면 상구보리하화중생 하여 역사에 기리 남을 성사가 될 것이옵니다. 그때 이 늙은 이는 죽고 없을 터 성사를 뵙지 못해 한스러워 나도 모르게 눈물이 나왔습니다, 하는 것이었습니다."

요코야마도 놀라며 말했다.

"대통께서 대충 본 당사주가 지광 스님께서 보신 것과 얼추 비슷하다니 이제 도사가 다되었소이다."

무불도 맞장구를 쳤다.

"그렇소이다. 대통의 예언도 적중했소이다. 나는 몸에 소름이 끼치오이다. 좀 더 공부를 하면 우주의 흐름도 예언하시겠소이다."

대통은 쑥스러워하며 무불에게 이야기를 되물었다.

"난 이제 겨우 12간지를 외우는 정도이오다. 그래서 대각국사 의천께서는 어떻게 되었소이까?"

무불은 자리에서 일어나며 말했다.

"여기서 너무 쉬었소이다. 그만 가면서 얘기를 합시다."

그 소리에 요코야마와 대통도 자리에서 일어나 엉덩이를 툭툭 털었다.

"아이고, 무불께서 너무 재밌게 얘기를 해서 넋을 놓고…. 그리합시다. 잘못하다가 해지기 전에 도착하기는 어려울 것 같소이다. 자, 이제 부지런히 걸으며 마저 이야기해주시오."

세 사람은 장삼자락을 고쳐 매고 바랑을 당겨 멨다. 그리고 다시 부지런히 다리품을 팔기 시작했다.

하늘은 맑고 시원한 바람이 불어왔다. 걷는 것에 이골이 난 세 사람은 축지법을 쓰듯 금방 고개 하나를 넘어버렸다.

72세의 지광 스님이 의천을 보고 눈물을 흘렸다는 것은, 그 옛날 천축天竺의 아시타 선인이 갓 태어난 싯다르타 왕자를 보고 눈물을 흘린 것과 같았다. 숫도다나 왕이 우는 연유를 묻자 아시타 선인이 이렇게 답했다고 전한다. '싯다르타 왕자님이 가진 서른두 가지 남다른 점을 보았습니다. 분명 전륜성왕이 되어 천하를 통일하거나 불가에 몸을 담으면 부처가 되어 중생을 구하실 것이옵니다. 모든 사람이 평화롭고 자비롭게 살아가는 길을 인도해주는 위대한 수행자가 될 것입니다. 그때는 이 늙은이는 죽고 없을 터인데 부처님을 뵙지 못함이 한스러워 눈물이 나옵니다'라고 말했다고 한다.

의천의 탄생을 고려가 크게 흥할 징조로 보았다는 승통 지광의 말에 문종은 크게 기뻐하며 이천 팔백 칸이나 되는 세상에서 가장 큰 흥왕사興王寺를 착공했다.

다음날 세 사람은 개풍군 흥왕사 폐사지에 도착했다. 넓은 평원에 자리 잡은 폐사지는 그 옛날 영화는 간데없고 황막하기 그지없었다. 다만 덕적산德積山 계곡을 끼고 맑은 물이 흘러내려 지기는 아직 살아있는 듯했다. 양지쪽에선 새싹들이 파릇파릇 머리를 내밀고 고목의 가지들도 연녹색으로 물들어가고 있었다.

풍수지리에 일가견이 있는 대통이 단번에 산세를 둘러보고 말했다.

"덕적산을 주산으로 배산임수의 길지입니다."

"대통께서 보기에도 이 자리가 사찰로서 좋은 자리입니까? 일찍이 고려 창업을 도운 도선道詵 대사가 점지한 자리입니다."

"도선 대사요?"

"예, 음양풍수설의 대가로 태조 왕건을 도와 고려를 창업하였지요. 훈요십조에 사찰은 모두 산수의 순역을 점쳐서 정한 자리에 지을 것을 명기했지요. 함부로 사원을 세우면 지덕이 손상하여 국운이 길하지 못할 것을 염려했다오.

왕비 공주 권신들이 서로 원당이라 하여 사찰을 마음대로 창건한다면 큰 근심거리가 될 것을 염려하셨다오. 신라 말엽에 사찰을 함부로 이곳저곳에 세웠기 때문에 지덕이 손상하여 나라가 멸망하였으니 경계하라는 뜻이었습니다."

대통이 답했다.

"저도 도선비기道詵秘記를 읽고 많은 공부를 하고 있습니다."

홍왕사興王寺 폐사지는 한마디로 황폐했다. 산 중턱 넓은 터는 아무렇게 막자란 가시나무들이 빽빽했고 땅에서는 이제 막 싹을 틔운 파란 잡초들이 머리를 내밀기 시작했다. 잎이 무성한 여름에는 들어갈 수 없을 것 같았다. 아직 이른 봄이라 앙상한 가지 사이로 세 사람은 폐사지 터를 둘러보았다.

무불은 낡은 바랑에서 패철을 꺼내 덕적산 정상의 방향을 살피며 쇠꼬챙이로 여기저기를 찔러보고는 단번에 대웅전 터를 찾아냈다. 이천 팔백 동의 건물은 불타 없어져도 계단과 주춧돌은 남아 있는 법. 무불은 계단의 넓이와 모양 심초석 주춧돌 그리고 돌을 깎은 흔적으로 유추했다. 대웅전 터만 찾아내면 다음은 좌우로 사찰의 규모와 당간지주 종고루가 있던 자리 등을 찾아내는 것은 무불에게 식은 죽 먹기나 다름없었다.

두어 식경쯤 지났을까? 꼬챙이로 여기저기를 찔러보던 무불은 의천이 교장을 쓴 장경각藏經閣으로 추정하는 장소를 찾아냈다. 송나라에서 무엇인가 깨닫고 돌아온 의천이 교장을 완성한 후 보관해 오다 잦은 북방 오랑캐의 침략을 피해, 개풍군 영축산 현화사玄化寺에 있던 고려초조대장경판과 함께 남쪽 팔공산 부인사夫仁寺로 옮겼을 것이라 유추하고 있는 장소다.

분명, 의천이 독자적으로 집필한 교장의 판하본은 여기 홍왕사에서 쓰고 금산사金山寺, 광교원廣敎院 등 여러 남쪽 사찰에서 나누어 판각했을 것이라고 추정하고 있었다. 그럼 여기에 무엇이라도 흔적을 남겼을 것인데…? 의천의 교장이 대장경의 빠진 부분이나 후속편이 아닌 고려만의 독자적인 것이란 것을 찾아내는데 무불은 고려대장경을 연구한 후 수십 년을 바쳤다.

12년 동안 이천 팔백 동의 사찰을 신축하는데 고려 문종은 정성을 다했다.

문종은 열세 명의 아들을 두었는데, 그중 정실인 인예 태후는 순종, 선종, 숙종, 의천을 두었다. 고려의 미래를 짊어질 홍왕사興王寺의 주인이 열세 명의 왕자 중에서 나오길 문종은 내심 바라고 있었다. 문종은 열세 명의 왕자들을 데리고 홍왕사 공사장에 자주 나왔다.

어느 날 문종은 홍왕사 공사장에서 왕자들에게 하문하였다.

"싯다르타 왕자도 왕위를 버리고 출가하여 부처가 되었다. 신라 법흥왕은 왕위를 미리 선양하여 승려가 되어 법명을 법공法空이라했다. 태조대왕의 다섯째 왕자도 중이 되어 증통證通이 되었다고 한다. 광종 임금은 국사와 왕사를 두어 왕사는 임금의 스승으로 두었다. 너희들 중에 누가 홍왕사의 주인이 되겠느냐?"

문종은 왕자들의 얼굴을 보며 표정을 읽어나갔다.

왕사의 지위가 말로는 아무리 왕보다 높다고 해도 그것은 인간의 본능을 억제하고 고독과 싸워야 하는 뼈를 깎는 고행의 길이 아닌가. 그런데 의천은 당당하게 나섰다.

"아바마마, 왕자가 중이 되면 무슨 일을 해야 하옵니까? 하교해주시옵소서."

형들을 제치고 나선 의천義天의 나이 이제 겨우 열한 살이었다. 의천의 당찬 모습을 본 문종은 흐뭇해하며 말했다.

"그래, 의천. 임금은 법을 만들어 백성을 다스리고 군사를 양병하여 적을 막아야 한다. 하지만 왕자가 승려가 되면 문화를 일으켜 역사를 이어가고 백성의 마음을 편안하게 해주느니라. 왕명으로 백성을 움직일 수는 있으나 백성의 마음까지 편안하게 하는 것은 도승의 법력과 자비가 있어야 하느니라. 알겠느냐?"

어린 의천은 한걸음 앞으로 나와 읍을 하고 아뢨다.

"아바마마, 소인 중이 되어 백성의 마음을 편안하게 하고 천부도天符道에 의한 홍익인간 사상을 널리 퍼뜨려 인간과 만물을 이롭게 하겠습니다. 너와 나의 경계를 벗어나 한마음 一心으로 온 세상 만물이 서로 화이부동 하는데 힘쓰겠습니다."

문종은 입을 다물지 못하고 환한 얼굴로 말했다.

"오! 그래. 계속해보거라."

"예, 아바마마. 전쟁에서 패하여 왕이 무릎을 꿇는 한이 있더라도, 이른바 불개토풍不改土風이란 옛말이 있습니다. 이 말은 단순히 풍속을 유지하는 데 그치지 않고 그 풍속이 존재하여 왕실과 제도, 영토와 백성을 유지한다고 믿습니다. 이를테면 나라와 백성, 민족의 정기를 이어가는데 있다고 들었습니다. 나라는 바뀌어도 우리는 마고麻姑에서 한인桓因 한웅桓雄 단군檀君 고구려 백제 신라의 풍습을 이어 왔습니다. 그리고 연등회와 팔관회 화랑도 등 우리의 풍습을 지켜왔습니다. 칼과 힘으로 나라를 지키는 것도 매우 중대한 일이나 그것은 한 번 무너지면 그만이지만 한마음 一心의 진리와 불개토풍으로 무장하면 어떤 어려움이 닥쳐도 무너지지 않는 나라와 민족이 된다고 배웠습니다."

열한 살 의천義天은 모두를 깜짝 놀라게 했다. 역시 지광智光 스님의 예언대로 타고난 성천자의 자질이었다.

다음날 1065(문종19)년 5월 14일 의천은 영통사靈通寺 경덕왕사景德王師에게 수계를 받아 머리를 깎았다.

해가 바뀌고 또 바뀌고 1067(문종21년)년 정미년 1월, 12년간의 공사가 끝나고 흥왕사興王寺는 완공되었다. 온 나라가 연등회로 축제를 이룬 가운데 흥왕사에서는 회향법회가 거행되었다. 문종은 열세 살의 의천에게 우세祐世 승통僧統의 직책을 하사했다.

"여봐라! 의천이 비록 나이는 어리나 그 지혜와 총명함이 남다르므로 광지개종홍진우세승통廣智開宗弘眞祐世僧統을 품수하노라. 이는 一心의 진리로 만물을 보살피라는 뜻이니 짐이 소망하던 성천자에게 내리는 소명이요, 백성이 학수고대하던 소망이니라."

새로운 진리에 목말라하던 의천은 31세에 송나라로 유학을 가 전국을 돌며 선지식을 찾아다녔다. 그러다 귀양에서 돌아와 항주杭州 태수로 부임한 53세의 소동파蘇東坡를 만난다. 아직 송나라에서 선지식을 만나지 못한 의천이 먼저 호기롭게 도전장을 내밀었다.

"몸은 형상이 있어 상으로 붙들어 맬 수 있으나, 마음은 형상이 없는데 무엇으로 묶어 귀양을 보내시던가요?"

소동파의 눈에 의천은 작은 고려국 애송이에 불과했다. 고려가 송나라 연호를 쓰지 않고 황제라 칭하는 것과 요나라와 가까이 지내는 것을 평소 탐탁지 않게 생각하고 있었던 터였다. 소동파는 고려 왕자인 의천을 대수롭지 않게 생각했다.

"스님께선 왕자의 몸인데 중으로 형상을 바꾸었으니, 몸도 이와 같이 자유로운데 마음은 얼마나 많은 변화를 일으킵니까?"

의천은 소동파에게 분명 귀양에 돌아온 위로의 뜻으로 말을 했다. 그런데 소동파는 고려의 의천을 얕잡아 본 것일까? 하룻밤 강아지 범 무서운 줄 모른다는 것을 꾸짖듯 단번에 일침을 가하는 듯했다. 두 사람의 법거래法去來가 심상치 않을 것 같았지만 의천은 슬기롭게 넘겼다.

"머무름이 없으니 마음인데 어찌 형상을 짓겠습니까? 형상을 초월하여 모양을 만드는데 그것이 보이겠습니까?"

'아니!'

소동파는 속으로 짐짓 놀라며 다시 의천을 넌지시 떠보았다.

"형상이 있는 것으로 제일 큰 것은 바다요. 형상이 없는 것으로는 허공이라 했소. 형상이 있고 없음을 떠나 존재하는 것을 무엇이라고 하시겠소이까?"

이 말은 경전에 나오는 말인데, 어찌 의천이 모르겠는가. 유와 무를 초월한 것이 마음이 아니겠는가. 의천은 시치미를 떼고 한 수 높여 답했다.

"장자莊子께서 이르기를 하늘과 땅이 나를 뿌리로 하여 생겨났고, 만물이 곧 내 몸뚱이라 했는데, 송나라 사람들은 하늘과 땅이 나뉘어져 있고 만물이 각각 대립하고 있다고 믿사옵니까?"

소동파는 섬뜩 놀라며 의천을 다시 볼 수밖에 없었다.

'분명 범부가 아닌 듯하구나!'

장자는 천지여아동근天地與我同根 만물여아일체萬物與我一切라 했다. 천지는 내가 있으므로 생긴 것이고 만물은 내 몸과 같다고 한 말이다. 이것은 유무형의 형상을 초월해 대립의 경계가 없다는 말이 아닌가. 의천이 한 질문의 속뜻은 마음이었는데 송나라 사람은 그것을 모르느냐는 반문인 셈이다. 승기를 잡은 의천은 염불을 하듯 줄줄 말했다.

"마음을 표현하는 말로 가장 적절한 것은 혜능慧能의 육조단경六祖檀經이 있지 않습니까. 자성미지중생自性迷之衆生이요, 자성각지불自性覺之佛이라 했습니다. 마음의 근원이 열리지 않은 것은 중생이요, 마음의 본처를 깨우친 것을 부처라고요. 심각왈불心覺曰佛 심정왈법心正曰法 심청정왈승心淸淨曰僧이라 했습니다. 마음 깨우침이 불佛이요. 마음이 곧바르면 법法이요. 마음이 깨끗하면 승僧이란 말이 아니겠습니까?"

소동파가 눈을 지그시 감았다 뜨며 받았다.

"누구든지 자비심을 가지면 관세음보살이요, 희사심喜捨心을 가지면 대세지보살이요, 능인적묵能仁寂默하면 아미타불이 될 수 있으니, 내 마음 밖에 따로 부처를 구하지 말라고 하셨지요."

다시 의천이 마음을 내놓았다.

"처처에 부처님 아님이 없고, 말 한마디 통하게 되면 일일이
불공 아님이 없습니다."

일넘불생처처불상 一念不生處處佛像
　　우주만상이 있는 그대로 다 부처님의 모습이요
어묵동정사사불공 語默動靜事事佛供
　　움직이는 일이 그대로 불공을 드리는 일이다

소동파가 다시 받았다.

溪聲便是廣長舌 계성변시광장설
　　개울 물소리는 곧 장광설이요
山色豈非淸淨身 산색기비청정신
　　산빛이 어찌 청정한 몸이 아니겠는가

夜來八萬四千偈 야래팔만사천게
　　어젯밤 다가온 무량한 이 소식을
他日如何擧似人 타일여하거사인
　　뒷날 사람들에게 어떻게 가르쳐주리

이제야 점잖게 소동파가 물었다.

"해동의 부처가 어찌 송나라에 왔소이까?"

해동海東의 부처란 말은, 일찍이 당나라에서 원효를 가리켜

해동원효海東元曉라 칭한 적이 있었다. 그런데 원효는 당나라를 가지 않았다.

의천이 정중하게 대답했다.

"송나라의 경전을 구하고 송나라에서 발원한 천태사상을 배워 고려를 일으키고자 하옵니다."

그 말을 들은 소동파는 박장대소한 후 말했다.

"으 하하하ㅎㅎㅎ, 등잔 밑이 어둡다더니, 스님을 두고 한 말인 것 같소이다."

"무슨 말씀인지…?"

"천축의 선지식 용수와 마명이 부처님의 교리를 정리한 뒤로 송나라에 들어와서 하나의 천태사상으로 뿌리를 내렸습니다. 이 사상이 각국에 큰 영양을 준 것은 사실이오나 당나라 말기에는 두 번이나 억불정책으로 불경이 모두 없어졌습니다. 왕이 고려 광종 임금에게 사신을 보내 천태학을 재수입하였답니다."

"그러하옵니다. 소승도 알고 있습니다. 120년 전 고려 승려 체관諦觀 스님이 송나라에 전한 것으로 알고 있습니다만."

소동파는 눈을 지그시 감았다 뜨며 말했다.

"그럼 길게 말 안 해도 잘 아시겠네요. 체관 스님이 중국에 온 지 10년 만에 입적하셨는데, 천태학의 대가 의적義寂이 체관이 쓰던 방에서 휘황찬란한 빛이 새어 나오는 것을 보고 들어가 보니 책 한 권이 있었소이다."

"그래서요?"

"체관 스님이 저술한 천태학의 입문서인데, 천태사교의天台四
教義였습니다."

의천은 두 눈을 크게 뜨고 말했다.

"소승도 그 책을 읽은 적이 있습니다."

"나라의 천태학자들이 모두 보고 감탄하지 않은 자가 없었소
이다. 천태사교에 대한 해설서가 수십 권이나 나왔소. 모두들
체관 스님의 천태사교를 통해 공부하고 체관의 고국인 고려를
흠모하였소이다."

의천은 그 말을 듣고 뿌듯해했다. 소동파는 원효元曉와 의상
義湘 두 선지식의 이야기를 이어서 해주었다.

"원효와 의상이 당나라로 유학을 올 때, 원효는 이미 진리를
깨우치고 돌아가 화엄경소를 저술했소이다. 원효의 화엄경소
華嚴經疏가 당나라에 전해져 모두들 감탄하며 인용하기 바빴습
니다. 특히 현수賢首는 원효의 영양을 받아 화엄학의 대가가 되
었소이다. 그런데 의상이 현수에게 화엄학을 배우고 돌아갔으
니…. 허허, 등잔 밑이 어둡다고 하였소이다."

무불은 땀을 뻘뻘 흘리며 신경을 곤두세워 연신 쇠꼬챙이로
땅속을 찔러보며 입으로는 의천의 일대기를 이야기해 나갔다.

"송나라에서 소동파에게 크게 깨닫고 돌아온 의천은 흥왕사

에서 고려만의 교장教藏을 쓰기 시작했습니다."

한참 이야기를 하던 무불이 이상하다 싶어 고개를 들자 옆에 있던 요코야마가 보이질 않는다. 무불은 입으로는 의천 이야기를 하면서 눈과 정신은 땅속 어디엔가 묻혀있을 것으로 추정하는 의천의 흔적에 집중하고 있었던 것이다. 대통도 무불의 이야기에 정신이 팔려 옆에 요코야마가 있는지 없는지 몰랐다.

소피가 마려웠던 요코야마는 좀 으슥한 곳으로 가서 볼일 볼 장소를 찾았다. 아랫배에 힘을 주고 배를 앞으로 내밀자 참았던 소피가 쫠쫠 잘도 나왔다. 소피가 떨어진 곳은 검은 판자 같은 대리석 조각이 묻혀 있던 자리였다. 요코야마는 자신이 본 소피가 검은 대리석 조각에 부딪히면서 흙이 씻겨 내려간 자리에 깨끗하게 나타난 희미한 글자를 보고 뭔가 이상하다는 느낌이 들었다.

혹!

"무, 무불."

요코야마의 목소리에 뭔가 다급함이 묻혀있는 듯했다.

"아니 어디 있소? 왜, 그러시오?"

"무불, 대통. 이리 좀 와보시오. 여기 뭐라고 적힌 비석이 땅에 묻혀 있소이다."

작은 흔적도 그냥 넘기는 법이 없는 무불과 대통이 달려왔다.

오래된 오석이 땅에 묻혀 있는데 첫눈에 비문 조각이라는 것을 알 수 있었다. 오석의 비문이라면 분명 일반 대리석보다 귀하고 중요한 분의 업적이나 기록을 새겨 두는 게 상례다.

반쯤 땅에 묻혀 있었고 밖으로 나온 부분은 요코야마가 눈 소피에 의해 깨끗하게 씻겨 한눈에 봐도 질 좋은 오석이 분명했다. 질 좋은 오석은 오래되어도 광체를 발하는 법이다. 한눈에 봐도 저 정도의 비석이라면 분명 왕이나 왕에 관한 업적이 기록된 것이 상례다. 무불은 가슴이 뛰기 시작했다. 깨어진 돌조각만 보아도 대각국사 의천의 기록일 것이란 예측에 손이 마구 떨렸다. 무불의 예측은 적중했다.

서책을 펴놓은 것만 한 크기의 비석 조각이었다. 중간 몇 줄은 깨어져 나가 판독이 불가할 것 같았고 그 아래로는 씻어내고 탁본을 뜨면 글자를 읽을 수 있을 것 같았다. 통상 비석이라면 사람 몸통만 하다. 그럼 주위에 분명 더 큰 몸통이 있다는 말이 아닌가?

반쯤 묻힌 비석을 땅에서 완전히 파냈다. 누가 철퇴로 쳐 부서진 것이 분명했다. 아무리 조선 오백 년 동안 억불을 했다고 해도 이렇게까지 파괴하지는 않았다. 분명 외세의 침략으로 파괴된 것이 분명했다. 그럼 달단몽골을 의심할 수밖에 없었다.

질 좋은 오석으로 된 비석이었다. 여기저기 깨어진 부분도 있었지만 탁본을 뜨면 반 이상은 판독이 가능할 것 같았다. 문제는 몸통을 찾는 일인데 세 사람이 꼬챙이로 주위를 아무리 뒤

져봐도 나오지 않았다. 분명 멀리 떨어지지 않은 곳에 있을 것을 확신하지만 찾을 수가 없었다. 일단 작은 조각부터 판독하기로 했다.

세 사람은 비석의 작은 조각을 깨끗이 씻어 바로 놓고 향을 피우고 삼배를 올리며 예불문을 염불했다.

戒香 定香 慧香 解脫香 解脫知見香
　　　계향 정향 혜향 해탈향 해탈지견향
光明雲臺 周徧法界 供養十方無量佛法僧
　　　광명운대 주변법계 공양시방무량불법승
獻香眞言　　헌향진언
옴 바아라 도비야 훔 옴 바아라 도비야 훔 옴 바아라 도비야 훔
중략……
願共法界諸衆生 自他一時成佛道
　　　원공법계제중생 자타일시성불도

무불은 두루마기를 벗고 본격적으로 탁본을 뜨기 시작했다. 작은 솔로 비문의 글자 하나하나에 낀 흙먼지를 살살 떨어냈다. 마치 갓 태어난 아기를 목욕시키는 듯 조심했고 비석의 흙먼지를 떨어내는 작업은 진지하고 아주 섬세했다.

무불은 자신의 바랑에 탁본을 뜰 지필묵을 가지고 다녔다. 어디서 구했는지 고려시대 송나라에 수출했다는 고급 종이 견지를 가지고 있었다. 물론 고려 시대의 방식으로 요즘 만든 견

지였다. 견지를 비석 조각에 붙인 후 붓으로 물을 살살 발라나
갔다. 중앙 부분부터 쌀 미자 모양으로 가운데서 바깥쪽으로 기
포가 생기지 않게 조심조심 칠을 해나갔다. 탁본을 뜨는 무불의
손은 날렵했고 한 치의 흐트러짐도 없었다. 견지에 물기가 스며
들고 비석에 완전히 붙어 약간 마른 듯하자, 이번에는 마른 수
건을 뚤뚤 말아 종이 표면을 살살 두드리기 시작했다. 몇 번이
나 손끝으로 종이가 말라 가는 상태와 비석에 밀착된 상태를 확
인하며 정성을 다했다.

대통은 옆에서 무불의 작업 과정을 하나하나 지켜보며 벼루
에 먹을 갈았다. 몇 번이나 종이의 상태를 꼼꼼히 확인한 무불
은 무명천에 왕겨와 좁쌀을 섞어 만든 주먹만 한 뭉치로 먹을
묻혀 표면을 일정하게 두드리기 시작했다. 어느새 무불의 이마
와 콧등에는 땀방울이 맺혔고 호흡은 가늘고 일정했다. 마치 의
원이 다 죽어가는 사람의 몸에 침을 놓듯 한 치의 오차도 없었
고 흐트러짐도 없었다. 옆에서 지켜보던 요코야마와 대통은 몇
번이나 감동했다. 저렇게 정성을 들이면 깨어져 쓰러져있던 비
석이 벌떡 일어설 것 같은 착각이 들기도 했다.

어느 정도 시간이 지났을까. 먹을 먹은 종이의 글씨는 하얗
게 바탕은 까맣게 서서히 형태를 드러내기 시작했다. 잠시 후
무불은 견지를 대리석 조각에서 떼어 냈다.

…□□義天敎藏□□□海東疏 …□□□芬皇之陳那□□
…□□의천교장□□□해동소 …□□□분황지진나□□

義語非文契佛心의어비문계불심
옳은 말씀은 글을 꾸미지 않아도 부처의 마음에 들어맞고
芬皇科敎獨堪尋분황과교독감심
분황사 스님이 풀이하신 바에 따라 경의 뜻을 찾으리.
多生孤靈眞如夜다생고령진여야
거듭 태어난 외로운 영혼은 참으로 어두운 밤과 같았는데
此日遭逢芥遇針차일조봉개우침
오늘 만남은 겨자가 바늘을 만나듯 기적이로다.

무불은 단번에 '의어비문계불심義語非文契佛心'으로 시작하는
문장은 자신이 알고 있는 의천義天이 신라의 원효元曉가 지었다
는 금강삼매경론金剛三昧經論을 읽고 감탄하여 그 자리에서 즉석
지은 찬원효게송讚元曉偈頌이란 것을 알고 있었다. 많이 깨어져
있어도 몇 자 만으로 해석은 가능했다.

그럼 위의 희미한 글자들은 뭐란 말인가? 분명 의천과 원효
에 관한 기록일 것이란 추측을 할 수 있었다.

…□□義天敎藏□□□海東疏□□ …□□□芬皇之陳那□□
(□□의천교장□□□해동소□□ □□□분황지진나□□)

대통이 陳那진나란 글자를 먼저 풀이했다.

"무불, 여기 끝부분의 진나라 함은 천축의 역룡域龍을 말하는
것 아니겠소?

"그러하더이다. 나도 그리 해석하오. 그리고 앞의 분황이라 함은, 분명 원효를 지칭하지요."

"그럼 원효를 분향의 진나라고 바로 표현하였다는 말 아니오."

"그렇소이다. 태어나서 신라 땅을 벗어난 적이 없는 원효가 보살만 쓸 수 있다는 금강삼매경론을 집대성한 것에 대해 당나라 고승대덕들이 천축의 진나보살이 환생했다고 칭송한 부분을 인용한 것이라고 보오. 분황은 원효가 머물렀던 사찰 분황사를 가리키는 것이오이다. 시에서도 원효를 분황이란 지칭했소. 여길 보시오."

"아, 그렇군요."

"그럼, 무불, …의천교장 …해동소는?"

"의천의 교장에 관한 내용을 설명한 듯한데…? 해동소라? 해동소."

무불은 몇 번이나 해동소라? 해동소를 중얼거리다 봉놋방에서 잠이 들고 말았다. 여독에 세 사람은 금방 곯아떨어졌다. 꿈속에서 의천을 만나 답을 얻은 무불은 벌떡 일어나 옆에 자던 대통과 요코야마를 깨웠다.

"대통, 요코야마. 일어나 보시오."

대통과 요코야마는 겨우 잠에서 깨어나 눈을 비볐다. 봉창이 환했고 등짐 보부상들과 나그네들은 모두 떠나고 없었다.

"대통, 해동소란 원효가 집대성한 경전들을 말하오. 당나라

257

에서 해동이란 지칭을 한 사람은 원효가 유일하였으니 말이오. 그럼 의천의 교장이란 원효의 주석서들이란 말입니다. 그래서 분황지진나芬皇之陳那라고 칭송을 했고, 그것도 모자라 시까지 지어 이렇게 우리에게 전한 것이오."

무불은 탁본을 뜬 종이를 펼쳐 보이며 기뻐하며 어쩔 줄을 몰라 했다.

"그렇소. 의천의 교장은 북송개보장과는 달리 자신이 독자적으로 연구한 것과 신라 원효元曉가 저술한 4백여 권의 주석서들을 말하오. 송나라나 거란 일본에도 없는 독특한 고려만의 교장입니다. 그럼, 당나라 선지식 현장玄奘법사도 해동원효라고 칭송한 금강삼매경론金剛三昧經論과 열반경종요, 법화경종요, 대승기신론소, 화엄경소, 십문화쟁론 등이 여기에 포함됩니다.

따라서 이 교장에는 원효 스님의 일심一心과 화쟁和諍이 핵심입니다. 원효는 一心은 만유의 본체를 말했고 화쟁은 만유의 공존이라 하셨습니다. 一心은 아미타불이며 화쟁은 보시입니다.

一心인 나무아미타불을 찾는 데는 잘못된 집착에서 벗어나야 합니다. 원효 스님의 모든 저서가 화쟁사상을 거론하고 있습니다. 서로 자기가 하는 일은 옳고 남들이 하는 것은 틀렸다고 주장하는 자기중심적인 것을 지적한 것이 교장의 핵심입니다.

一心은 근원처이며 화쟁은 합치는 귀일처입니다. 만물은 一

心에 뿌리를 두고 생겨나 생주이멸을 거듭합니다. 만물은 저마다의 독립적인 개성을 유지하면서 서로 화합하여 조화를 이루어야 된다고 말씀하셨습니다. 우리는 자신의 육체와 정신이 조화를 이루고 이상과 현실이 조화되고 어제와 오늘이 조화되고 오늘과 내일이, 나와 남이 조화되고 부분과 전체가 조화되고 생명과 환경이 조화되어, 이웃과 이웃이 화이부동 하는 것입니다. 이 조화의 밑바탕에는 무명에서 비롯된 자기 집착을 버리고 원래 순수한 본각자성으로 회귀해야 된다는 것입니다.

이것은 조선민족의 가슴속에 면면히 흐르고 있는 천부도天符道에 의한 홍익인간弘益人間 사상과 부도복본符都複本 사상입니다.

대통, 요코야마 이러한 의천의 교장은 대장경의 후편이나 속편 차원이라고는 볼 수 없습니다. 또한 대장경에 빠졌거나 누락되어 뒤에 추가로 편찬한 이른바 속장이나 속장경도 아니지요. 가끔 일본의 학자들이 폄하하기 위해서 하는 소리인데, 의천은 원효의 一心과 화쟁을 바탕으로 흥왕사興王寺에 교장도감을 두고 1096년에 목판에 새겨 완성하였소이다."

대중의 진리

 덴노를 비롯한 요코야마 총리 그리고 국가위기관리센터 장관들의 시선이 일시에 승려 혜민惠民에게 쏠렸지만 깡마른 얼굴의 혜민은 이미 알고 있었다는 듯 염화미소拈華微笑를 머금은 듯 아무 말이 없었다.

 2500년 전 영축산 석가모니께서 대중 앞에서 말없이 꽃을 들자 제자들 중 가섭迦葉존자만이 그 뜻을 알아듣고 의미심장한 미소를 지었다. 그 자리에는 석가모니의 수제자 사리불舍利佛 수보리須菩提 부루나富樓那 목련目蓮, 부처님의 설법을 누구보다도 많이 들은 아난阿難도 그 뜻을 알지 못했다.

 이에 석가모니 부처님께서 "나에게 정법안장正法眼藏사람이 본래 갖추고 있는 마음의 묘한 덕,과 열반묘심涅槃妙心번뇌와 미망에서 벗어나 진리를 깨닫는 마음, 실상무상實相無相생멸계를 떠난 불변의 진리, 미묘법문微妙法門진리를 깨닫는 마음이 있으니, 이를 가섭迦葉존자에게 부촉하노라"라고 하셨다.

　진공 상태에 빠진 듯한 방안은 찜질방 모양 숨이 막혔고 적막
감만 감돌았다. 잠시 침묵이 흘렀고 한 점 흐트러짐이 없던, 이
마에 반창고를 붙인 요코야마 총리가 무릎을 꿇은 채 독촉했다.
누군가가 침묵을 깨야 했고 더 이상 기다릴 여유가 없었기 때문
이었다.

　"스님, 고려대장경판이라 함은 도대체 무슨 뜻이오. 단도직
입적으로 쉽게 말씀해주시오. 덴노 헤이카의 안전입니다."

　총리의 목소리는 다급했다. 하지만 가부좌를 튼 혜민은 눈을
아래로 반쯤 감고 의미심장한 미소를 머금은 채 아무 말이 없었
다. 또다시 잠시 침묵이 흘렀다. 방안은 찜질방보다 더 더웠다.
장관들은 땀을 뻘뻘 흘리며 무릎을 꿇은 채 혜민의 얼굴만 주시
했다. 시간이 지나자 장관들은 하나둘 넥타이를 느슨하게 풀기
도 하고 주머니에서 손수건을 꺼내 땀을 닦기 시작했다. 요코야
마 총리의 일차 독촉에도 답이 없자, 승려 혜민과 국가위기관리
센터 장관들 사이에 팽팽한 긴장이 계속되었고 팔에 깁스를 한
사또 총무상이 충혈된 눈을 부릅떴다. 황금색 국문을 뒷배경으
로 위엄 있게 앉은 덴노에게 일단 머리를 조아렸다. 그리고 넥
타이를 느슨하게 풀어 제친 후 혜민의 입을 당장 열겠다는 듯
약간 흥분한 투로 목소리를 높였다.

"보 우상스님!"

혜민은 허리를 꼿꼿이 세운 채 미동도 하지 않았고 땀도 한 방울 흘리지 않았다. 총리와 총무상의 독촉에도 답이 없자 더 이상 독촉을 할 수 없었다. 덴노는 말을 잊은 듯 입을 다문 채 가타부타 말이 없었다. 모두 다 숨이 멎은 듯 너무나 길고 긴 시간인 듯했다.

얼마나 시간이 지났을까? 혜민은 들고 있던 염주를 천천히 돌리기 시작하더니, 나무아미타불하고 말문을 열기 시작했다. 혜민의 염불소리에 모두 다 멎었던 숨통이 트이고 방안엔 일시에 생기가 돌기 시작하는 듯했다.

"나무아미타불, 나무아미타불…. 소승도 대통大通 대승정께서 남기신 고려대장경판 여섯 글자를 보고 단번에 짐작 가는 것은 있으나, 그 뜻을 한마디로 말씀드리기가 어려워 잠시 고뇌를 했습니다.

스님께서는 빈도가 능히 당신의 말씀을 전할 뿐 아니라, 천재지변의 대위기를 극복할 것이라 예언하신 것 같습니다만 소승 아직 도력이 미력하여 눈앞이 캄캄하기만 합니다.

아까 말씀드린 대로 소승도 대통 스님을 직접 뵌 적이 없습니다. 소승뿐만 아니고 여기 계신 모든 분께서 태어나기 전 일이니까요. 하지만 덴노 헤이카를 비롯한 총리 장관들께서도 잘 아시리라 믿습니다. 대통 대승정께서 입적하실 때 남긴 유언과…

시대적 상황을 미루어보면….”

혜민은 말을 잠시 더듬거리는 듯하였으나 이내 계속했다. 넥타이를 풀어 제치고 땀을 닦던 장관들은 다시 숨소리도 내지 않았다.

“당시 전 국민은 대통 대승정을 비난하며 망언이라고 규탄한 것으로 알고 있습니다. 특히 사회 지도층의 비난이 더 심했던 것으로 알고 있습니다. 당시 위정자들이 순진한 국민에게 진리를 왜곡시킨 것이라고 할 수 있습니다.”

일순간 덴노를 비롯한 총리와 내각은 엄숙해졌고 혜민은 염주를 돌리며 말을 이었다.

“나무아미타불… 소승 감히 덴노 헤이카의 안전에 지난 과거의 잘잘못을 거론하고자 하는 것은 절대 아닙니다. 다만 소승이 추측하건대… 대통 대승정께서 메이지유신의 일원으로 청춘을 바치시고, 메이지 덴노 헤이카께서 화족 작위를 하사하셨지만 한 번도 자신의 안위나 호의호식을 하신 적이 없는 것으로 알고 있습니다.

가난한 사무라이 집안에서 태어나 항상 和를 가장 큰 덕목으로 알고 정의와 인류평화를 주장하셨습니다. 늘 약자를 먼저 배려하고 화이부동을 몸소 실천하셨습니다.

대승정께서는 단 한 벌의 옷으로 사시사철 입으시고, 목숨을 연명할 정도로 소식을 하며 아흔다섯 열반에 드셨습니다. 그래서 평소 스님을 따르는 무리들은 만물의 본질인 一心과 和화를 실천 덕목으로 삼고, 단 한 벌로 평생 입고 목숨을 연명할 정도로 소식하며 용맹정진합니다. 이 바랑이 스님께서 물려주신 바랑입니다. 백 년이 넘은 바랑입니다."

혜민은 자신의 바랑과 누더기 장삼의 소매를 들어 내밀었다. 모두들 놀라는 표정이 역력했다. 등을 꼿꼿이 세운 채 한 치의 흐트림도 없는 혜민은 한 손으로 염주를 돌리며 말을 계속했다. 장관들은 벌을 서듯 무릎을 꿇고 숨소리도 죽이고 경청했다.

"당시 유신의 세력들은 저마다 백성과 나라의 和를 주장하며 일어섰습니다. 부국열강이 되고 민심을 얻는 위정자들은 정한론과 대동아공영권이란 큰 和를 내세워 개인의 희생을 강요했고 백성을 혹세무민시켰습니다.

스님께서는 정토진종 부산 본원사에 머물며 늘 조선 불교를 공경하였습니다. 조선 명성황후 시해 사건인 을미사변이 일어나자, 크게 깨닫고 참회하는 마음으로 조선의 합천 가야산 해인사에 귀의한 것으로 빈도는 알고 있습니다. 그래서 법명이 조선식인 대통大通이었습니다. 대통 스님의 제자들은 모두 한국식으로 법명을 받았습니다. 그래서 소승도 혜민惠民이라 부릅니다.

한국의 가야산 해인사에서 정진하며 고려대장경판의 一心을 깨우친 것으로 소승도 상좌 스님에게 전해 들었습니다.

사실 대통 대승정께서 일본으로 돌아와 세계 불교계의 생불로 티베트 달라이 라마와 같이 추대받았던 분이라는 것은 우리 일본의 자랑이었습니다. 또 입멸에 드시기 전, 미국이 원자폭탄 투하로 일본의 패망을 예언하셨고, 다 아시다시피 한국전쟁이 일어나면 인천으로 반격한다는 것까지 미리 예언하신 것은 야사에 자주 나오는 이야기 아닙니까? 말년에 스님께서는 감여사상에 조예가 깊었습니다.

만약 대통 대승정께서 당시 위정자들과 뜻을 같이하고 대동아공영권에 찬성했다면 대승정의 예언은 야사가 아닌 정사로 기록되고, 지금까지 일본의 영웅으로 칭송을 받았을 것입니다. 하지만 그 길은 정도가 아니고 공존인 화和를 깨고 지배, 합병으로 동同 하는 것이라고 판단하셨던 것입니다."

가부좌를 튼 혜민은 심호흡을 한 번 하고 마음을 다잡은 후 본격적으로 설교하듯 말했다. 그런 혜민의 머리에 두광 광배가 서리는 듯했다.

"스님께선 늘 제자들에게 一心은 만유의 본체라 하셨습니다. 一心은 진리란 뜻입니다. 또한 대중의 입장에서 쉽게 말씀드리면 일심은 민심이요 천심입니다. 정의며 진리이고 대승입니다. 이 一心을 쉽게 말씀드리면 대중은 오히려 이해하기 어렵습니다. 그냥 글자 그대로 쉽게 一心을 참된 한마음이라고 이해하십시오."

혜민은 좌중을 둘러본 후 다시 말했다.

"종교적 입장에서 만유의 본체인 一心의 진리는 무량수無量壽, 즉 아미타불阿彌陀佛입니다. 이 아미타불은 우주를 창조했을 뿐 아니라 우주의 흐름을 바꿀 수도 있습니다. 100억 년 전 빅뱅으로 우주가 탄생했듯이 말입니다. 서쪽에서 해가 뜨고 동쪽으로 해가 지 게도 할 수 있습니다. 봄 여름 가을 겨울의 흐름도 바꿀 수 있습니다. 대지진이나 후지산 대폭발은 말할 것도 없습니다."

모두 다 쥐 죽은 듯 혜민의 일장연설에 귀를 기울였다. 모두 다 고려대장경판을 설명해야 하는데, 뜬금없이 一心을 말하는지 의아해하는 눈빛이었다. 잠시 호흡을 가다듬은 혜민은 더욱 힘주어 말을 이었다.

"분명한 것은 대통 대승정께서는 역대 일본을 대표하는 선지식善知識이란 것입니다. 지금이라도 대승정께서 가르치신 진정한 和, 참된 和, 진일보한 一心으로 온 국민이 믿고 따르면 대지진과 화산 대폭발을 멈추게 할 수 있다고 빈도는 확신합니다. 왜냐하면, 오직 一心만이 우주의 흐름을 바꿀 수 있으니까요. 그런데 왜 고려대장경판이냐? 고려대장경판은 一心의 진리를 담은 큰 바구니이기 때문입니다. 고려대장경판은 한마디로 불·법·승 삼보의 진리가 오롯이 담겨있는, 경·율·론 삼장의 큰 바구니 그릇을 말합니다. 고려대장경판은 세상에서 가장 진공묘유한 一心의 바구니입니다. 그 힘은 석가모니 부처님을 능가하며 이 세상 무엇보다 비교할 수 없는 진리이며 一心이 담긴 큰 바구니입니다."

잠시 호흡을 가다듬은 혜민은 이번엔 목소리를 낮추어 말했다. 방안은 진공이라도 된 듯 고요했다. 모두들 더욱 귀를 세우고 미동도 없었다.

"석가모니 부처님께서 입멸에 드시려고 할 때, 제자 아난阿難이 마지막으로 물었습니다. 세존이시어, 입멸하시면 저희들은 무엇에 의지해야 합니까? 석가모니 부처님께서는 웃으며 답하셨습니다. 아난아, 자기 자신을 등불로 삼고, 자기 자신에 의지하라. 진리에 의지하고 진리를 스승으로 삼으라. 진리는 영원히 꺼지지 않는 등불이 되리라, 하셨습니다. 다시 말씀드리면 자등명自燈明, 법등명法燈明입니다. 오직 진리에 의지해 살아가라고 하셨습니다. 유한한 존재인 당신에게 의지하기보다는 대중에 의하여 무한히 계속 전승되고, 이어 갈 수 있는 가르침인 一心의 진리에 의지하라고 하셨던 것입니다.

불·법·승 삼보의 진리가 2500년 이상 전승되어 이 세상에 유일하게 담겨져 있는 一心의 바구니가 고려대장경판이기 때문입니다. 삼세제불三世諸佛의 모든 부처님도 一心에 의지합니다. 이 一心만이 우주의 흐름인 천재지변을 막을 수 있다고 소승 확신합니다.

역사적으로 잘 아시다시피 아시카가 막부에서는 지진이 일어나면 고려대장경을 덴노 헤이카 이하 온 백성이 밤낮으로 독송했다는 기록이 있습니다."

모두 다 신경을 곤두세우고 혜민의 일장연설을 들었다. 아리송한 말이다. 순간 생각하기에 따라서는 이해가 되고 그럴 수도 있다고 생각했지만 돌아서면 얼토당토않은 말이라고 손사래를 칠 수도 있다.

어찌 종교적 무한한 힘을 어리석은 사람의 머리로 단번에 헤아릴 수 있겠는가?

세상만사 마음먹기 달렸다고 하지 않나. 마음먹기에 따라서는 지옥도 되고, 마음먹기에 따라서는 극락도 된다고 했다. 그 말은 맞는 말이다. 그러나 현실은 그렇지 않지 않은가? 그렇지 않다고 생각해서 중생이고 깨우치지 못했단 말인가? 그럼 깨우치면 一心의 고려대장경판으로 대지진을 잠재울 수 있다는 말인가?

아미타불이 우주를 창조했다고?

서쪽에서 해가 뜨고 동쪽으로 해가 지 게도 할 수 있습니다고?

하기사 아시카가 막부 때에는 지금보다 불교를 숭상했고, 천재지변이 일어나면 고려대장경을 독송했다는 것은 당연하다고 할 수 있다. 지진을 땅속 큰 메기의 장난이라고 생각했던 시기니까.

좋다. 혜민의 말대로, 아니 대통 대승정의 유언대로 고려대장경판으로 후지산의 대폭발을 멈추게 할 수 있다고 치자. 고려대장경판을 총리인 자신부터 앞장서 하나씩 들고, 아니 한국 사람들 모양 하얀 보자기에 싸 머리에 이고 후지산을 돌며 대폭발을 막아 달라고 대장경정대불사大藏經頂載佛事라도 돌고 싶다. 하지만 고려대장경판은 지금 한국의 합천 가야산 해인사에 있지 않은가? 아무리 一心이고 진리라고 하더라도 고려대장경판은 남의 나라 것이다. 임자가 따로 있다는 말이 아닌가. 만약 고려대장경판으로 후지산 화산 폭발과 일본 열도의 침몰을 막으려면 일단 한국의 동의를 얻어 일본으로 가지고 와야 한다. 이것은 돈으로도 될 수 없는 일이 아닌가?

먼저 일본 국민의 정서적 동의를 얻고 난 후 한국에 타진해야 할 일이다. 일본 국민들의 동의를 얻는 것도 21세기 국민정서상…? 불가능할지도 모른다. 당장 일본 열도를 떠나려는 국민들의 동요를 고려대장경판으로 무마시키는 것은 불가능하다. 눈앞에서 후지산이 대폭발을 하는데 시간도 없다. 지푸라기라도 잡는 심정으로 다수의 국민들은 말이 없겠지만 괜히 내각에서 왈가왈부하다 잘못하면 세계적인 웃음거리가 될 수도 있다.

과연 한국의 문화재인 고려대장경판으로 후지산의 대폭발을 막는다고 하면 일본 국민은 어떻게 생각할까? 발등에 불이 떨어진 대다수의 국민은 그렇다고 치자, 명예와 자존심을 목숨보다 더 소중하게 여기는 극성 우익들은 한국에 머리를 숙여 아쉬운 말을 하고 도움을 받는다는 것을…, 그들은 할복으로 맞서자고 온 국민을 선동할 것이다. 원래 목소리 큰 소수가 진리의 다수를 이기는 게 세상 이치 아닌가. 하지만 일본의 극우들은 지도자의 말 한마디에 언제 그랬냐는 듯 꼬리를 내린 적이 역사적으로 여러 번 있어왔다.

그러면 고려대장경판의 주인인 한국은 어떠한가? 한국 정부에서는 국가 간 외교라는 형식이 있어 이러지도 저러지도 못하겠지만 국민감정은 절대 만만하지 않은 게 사실 아닌가?

세계적 여론과 대승적인 차원에서 고려대장경판을 잠시 빌려줄 수 있을지 모르나, 그동안의 역사적 사건이나 얽히고설킨 지엽적인 문제들을 먼저 해결하라고 목소리를 높일 것은 불을 보듯 뻔하다. 그리고 대승적인 차원의 찬성과 감정적 차원의 반대로 나누어져 괜히 이웃나라에 분란만 일으킬 수도 있다.

밖으로 나온 요코야마 총리와 장관들은 염라대왕에게 집행유예라도 선고받고 나온 듯 몸이 무거웠고 머릿속이 복잡했다. 장관들은 약속이나 한 듯 일제히 화장실 입구 재떨이 앞에서 담배에 불을 붙였다.

밤하늘에 별들이 오늘따라 더욱 초롱초롱 빛나고 뒷산에서 소쩍새가 소쩍 소쩍하고 울어댄다.

*

새벽녘까지 답이 없는 마라톤 대책회의를 한 요코야마 총리는 동창이 밝아오는 게 괴롭고 죽기만큼 싫었다. 열대야와 새벽모기까지 설치는 바람에 신경이 곤두섰다. 몇 번이나 에어컨을 켤까 했지만 수도권 삼천만 이재민과 국가적 대재난 속에서 자중자애하는 텐노의 모습을 떠올리며 그만두었다.

밤을 새우고 연일 피로에 지쳐 앉아서 깜박 졸았을까. 요코야마 총리는 깜짝 놀라 눈을 뜨면 본능적으로 일어나 창문부터 열고 고개를 내밀었다.

고후시 국가위기관리센터에서 후지산은 바로 코앞이다. 밖이 캄캄하고 하늘 천체가 거무칙칙한 게 밤인지 낮인지 구분이 안 갔다. 가랑비가 오듯 화산재가 방 안으로 날려 들어왔고 유황 냄새가 코를 찔렀다.

"젠장."

분명 시간이 꽤 된 것 같은데? 리모컨을 들고 TV를 켰다. TV 자막에 디지털 시계가 AM 07:30분이라 떴다. 곧이어 화면이 점점 선명해지면서 거대한 후지산이 시커먼 연기를 하늘 높이 품으며 분화를 하고 있었다. 우측 상단에 LIVE란 자막이 깜박거리고 있다. 얼핏 보기에 그 양이 어제보다 더 많은 것 같기도 하다. 후지산의 분화 모습과 하늘 높이 끝없이 치솟는 버섯구름이 더욱 클로즈업되어 생생하게 중계되고 있었다.

전문가는 일본 지질도를 펴놓고 열심히 설명하고 있었다.

"우리 일본은 이전까지 활화산만 무려 83개로 다른 나라보다 많은 활화산이 밀집되어 있었습니다. 일본 열도의 중심 후지산의 분화는 내부에 있는 용암과 막대한 양의 지하수를 뿜어 올리면서 화산 내부와 지반 전체의 압력을 낮아지게 합니다. 쉽게 말하면 마치 빨대로 물을 빨아올리는 이치와 같습니다. 여기서 라디에이터 효과란 것이 발생하는데, 자동차에 냉각수가 부족한 상태에서 계속 운행을 하면 결국은 엔진을 식혀주지 못해 터져 버리는 현상이 발생하는 것과 같습니다.

후지산의 분화로 지금은 지하수 수위가 현저히 낮아져 있습니다. 일본열도의 화산대를 인공위성을 통해 지하수로의 위치를 촬영해본 결과 지하수로의 형상은 거미줄처럼 서로 연동되어 있는 것을 볼 수 있습니다. 이것은 한 곳의 거대한 화산폭발로 다른 이웃 화산의 연쇄폭발을 가져오게 됩니다. 그 이유는 어느 한 곳의 폭발로 화산들은 그 옆의 지하수를 빨아올리기 때문입니다. 그럼 그 옆의 화산까지 용암을 식혀주던 지하수가 급격히 부족해짐으로 연쇄 폭발한다는 이론입니다. 만약 연쇄폭발이 일어날 때에는 혼슈지방 중앙을 남북으로 가로지르는 거대한 균열로 인해 일본 열도가 남북으로 분단되는 대침몰이 올수도 있습니다."

총리는 채널을 돌려보았다.

지질 전문가들의 토론은 하나같이 대폭발을 예고하고 있었다.

"후지산이 맨 처음 대폭발을 한 것은 약 10만 년 전 고미타케 화산 대폭발 때였습니다. 그다음에 고후지화산이 약 8만 년 전부터 대폭발을 반복하며 커다란 산의 모양을 갖추었습니다. 그후 1만 년 전 지금의 후지산과 같은 신후지화산 폭발로 변모했습니다. 최근인 300년 전 1707년 후지산 대분화는 추정 진도 8.6의 호에이 지진이 일어나고, 49일 후에 분화를 시작했습니다. 그 화산재가 일본의 중앙 간토지방에 약 10cm가량 쌓였습니다."

화산재가 하늘을 뒤덮어 온 천지가 암흑이 되었다는 소리는 벌써 몇 번째 듣는 소리다.

기록에 의하면 300년 전, 12월 16일 분화를 시작해 다음 해 1월1일까지 17일 동안 분화했단다. 당시는 후지산 분화로 화산 재만 내렸고 다행히 대폭발은 없었단다. 문제는 300년 전 호에이 대지진은 추정 진도 8.6으로 49일 후 후지산 분화에 영향을 주었는데, 이번 도쿄 대지진은 진도 9.7의 강진이라 바로 그다음 날 영향을 주었다고 전문가들은 단언했다.

24시간 TV마다 국가 재난방송을 중계해 이제 일본 국민이면 모두 지질 전문가가 되어 있었다.

요코야마 총리는 또 채널을 돌려보았다.

역시 화면에는 분화하는 후지산의 다른 각도에서 잡은 영상과 전문가들의 토론이 진행되고 있었다.

진도 9.7의 대지진은 땅속 깊숙이 고여 있던 마그마에 엄청난 충격을 주었을 것이라고 전문가들은 직접 두 눈으로 본 듯 단언했다.

"지금 땅속에서는 진도 9.7의 충격으로 마그마가 핵분열을 하듯 서로 뒤엉켜 끊임없이 가속상승작용을 하고 있습니다. 이 가속상승작용으로 점점 강해진 마그마는 환태평양화산대를 끼고 땅속에 흩어져있던 마그마까지 흡수하여 후지산 밑으로 모여들고 있습니다.

남쪽으로는 인도네시아, 북쪽으로는 캄차카반도에 있던 마그마까지 영향을 받아 후지산 분화구로 빨려 올라오면 그것이 대폭발로 이어지는데, 인도네시아나 캄차카반도에 있던 마그마까지 다 빨려 올라오는 데는 2, 3년이란 시간이 걸릴 것으로 예상합니다.

그럼 일본 혼슈는 자연적으로 태평양 속으로 3년 안에 전체가 가라앉을 수도 있습니다."

전문가의 주장은 10만 년 전, 8만 년 전에는 이와 같은 대폭발로 일본 열도에 대변화를 주었다고 말했다. 다만 지구의 어떤 자연현상으로 인하여 1만 년 전 모양 마그마의 가속상승 작용이 스스로 멈추는 경우를 바랄 뿐이라는 것이다.

밤이면 굴뚝의 연기 모양 내뿜던 후지산은 날이 새고 기온이 올라가면 격렬한 폭음과 동시에 검은 버섯구름을 하늘 높이 마구 뿜어댔다. 시간이 지나면 버섯구름은 하늘 전체를 뒤덮었고 눈이 내리듯 화산재가 온 천지에 쌓여갔다. 편서풍을 타고 화산재가 쏟아지는 지역이 공교롭게도 이번 대지진의 피해지역인 수도권으로 대부분 겹친다. 진도 9.7의 대지진으로 폐허가 된 수도권은 이제 눈 쌓이듯 화산재가 뒤덮어버렸다. 설상가상이라 했나, 하늘에서 보면 폐허가 된 도시를 가리기라도 하듯 그 모습은 참담하다 못해 경이롭기까지 했다.

수도권의 진입도로는 대지진으로 완전히 파괴된 상태다. 그 위에 화산재가 쌓여 복구가 언제 이루어질지 요원한 상태가 되어 버렸다. 만약 시간이 지나 화산재가 콘크리트 모양 굳어버린다면 수도권 흔적은 영원히 역사 속에 묻힐 수도 있다는 게 제일 문제였다. 학자들은 2천 년 전 이태리 폼페이 화산 대폭발은 좋은 사례라고 목소리를 높였다.

후지산 해저드 맵 검토위원회에서는 밤새 마라톤 회의를 한 결과 가까운 한국·중국·러시아·대만·동남아시아 국가들과 UN의 협조를 받아 배로 국민을 빨리 대피시켜야 한다는 방안을 내놓았다. 외신에 따르면 러시아는 극동아시아 바이칼 호수 동쪽 시베리아에 일본 국민들의 이주 공간을 제공하겠다고 선포했다.

이마에 반창고를 붙인 요코야마 총리는 신경질적으로 TV 리모컨을 눌러 버렸다.

전 세계 언론은 연일 분화하는 후지산(3,766m)을 방송했고 억측과 유언비어만 난무했다. 국민은 정부를 질타하며 빨리 대책을 세워야 한다고 목소리를 높였다.

후지산 동쪽 간토지방을 중심으로 대지진에서 살아남은 사람들부터 배를 타고 한국 대만 등으로 먼저 빠져나가기 시작했다. 혼슈의 부두마다 정기 여객선이 있는 북쪽 홋카이도 남쪽 규슈·시코쿠·오키나와 등으로 피난을 떠나는 행렬이 줄을 섰고 배는 턱없이 모자랐다. 도쿄 대지진의 복구는 아예 뒷전이 되어 버렸다. 어제 오전까지만 해도 자원봉사를 자원하며 대지진 피해지역으로 팔을 걷어붙이고 달려간 사람들은 이제 앞장서 피난 대열에 합류했다. 배가 정박해있는 부두는 가히 아비규환의 현장이 되어버렸고 그 누구도 막을 수가 없었다. 사람들은 보트피플이 되어 공해상으로 무작정 빠져나가기 시작했다.

후지산에서 멀리 떨어진 사람들도 점점 동요하기 시작했다. 바다로 가는 길은 차량으로 꽉 막혀 버렸다. 길이 막히자 차를 타고 온 사람들은 그냥 차를 버리고 탈출했다. 두세 명의 가족끼리 여행용 캐리어를 끌고 배낭을 멘 끝없는 줄이 부두로 부두로 향했다. 인터넷으로 그 행렬을 본 사람들은 뒤늦게 부랴부랴 합류했고 기하급수적으로 피난민은 늘어났다. 그 행렬은 고스란히 외신을 타고 전 세계에 중계되었다.

부두까지 왔지만 미처 배를 타지 못한 사람들은 분노했고 정부에 신속한 대책을 촉구했다.

연속되는 대책 회의에 국가위기관리센터 장관들은 뜬눈으로 밤을 새웠다. 그러나 애당초 답은 없었다. 모두 다 커피 한잔을 앞에 놓고 멍하니 TV 화면만 주시하고 있었다. 반복해서 분화하는 후지산과 피난 대열만 방영하던 와중에 색다른 뉴스가 마치 구세주 모양 특종으로 화면에 나왔다.

특종 특종 특종! 덴노 나서다!란 자막이 깜박이더니 어젯밤 총리가 혜민을 데리고 덴노의 안가에 들어가고 나오는 장면이 보도되었다. 이마에 반창고를 붙인 요코야마 총리와 다 떨어지고 낡은 장삼을 걸친 혜민이 나란히 덴노의 안가에 들어가는 장면이었다. 기자의 추측은 대단했다.

"국민 여러분, 후지산의 대분화를 막기 위해 이제 덴노 헤이카께서 나섰습니다. 분명 덴노 헤이카께서는 인간의 힘으로 막을 수 없는 천재지변의 대폭발을 선지식의 방편으로 막고자 하셨습니다.

지금 요코야마 총리와 같이 덴노의 안가에 들어간 스님이 누구신가 하면, 그 유명한 대통 대승정의 상좌 일월사 장로 혜민 스님입니다. 여러분 기억하십니까? 대통 대승정께서는 우리 일본의 자랑인 생불이었습니다. 그분은 백 년 전에 이미 도쿄 대지진과 후지산의 대폭발을 예고하셨습니다. 그 답을 상좌인 혜민 스님에게 알려주셨습니다. 대통 대승정께서는 세계 2차대전의 승패를 예견하셨고 그 해답도 주셨습니다. 뿐만 아니고 한국전쟁을 예고하시면서 역시 인천상륙작전으로 그 해답을 주셨습니다. 대통 대승정께서는 미래를 예견하는 감여사상의 대가였습니다. 백 년 전 일본 열도의 침몰을 예고하실 때, 분명 피해가는 방편을 그의 수제자 혜민 스님에게 미리 일러주었을 것입니다. 그래서 덴노께서 일월사 장로 혜민 스님을 찾아 이번 후지산 대분화의 방편을 얻고자 했던 것으로 짐작됩니다.”

기자는 어떻게 조사를 했는지 아니면 누군가의 제보에 의해서 기사를 얻었는지 무척 정확했다. 단 고려대장경판이란 말은 빼고 있는 그대로 정확했다.

그 뉴스를 본 요코야마 내각은 겉으론 말은 못 하고 속으로 끙끙 앓을 수밖에 없었다. 후지산 대폭발의 방편으로 덴노께서 엉뚱하게 사주가 좋은 사람을 찾았고, 대통 대승정께서 덴노에게 남기는 유언의 편지가 있다고 할 때 너무 기쁜 마음에 서둘

렸던 것이 실수였다. 확정되지 않은 일이라 언론 몰래 움직였어야 했는데.

기자들은 고후시 국가위기관리센터로 몰려왔다.

요코야마 내각은 점점 골머리를 싸맬 수밖에 없었다. 유고 중이던 다른 장관들은 차관이나 국장들이 참석해 이제 국가위기관리센터 위원은 15명이 성원되었다.

국민 여론에 밀리고 언론의 독촉에 국가위기관리센터는 혜민을 다시 불렀다. 궁여지책으로 다시 한번 더 혜민의 의견을 들어보기로 했던 것이다.

혜민이 국가위기관리센터에 들어가는 모습은 다시 특종으로 실시간 뉴스에 방영되었고 해외로 피난을 가던 국민들은 마지막으로 혜민에게 시선을 돌릴 수밖에 없었다.

혜민은 단도직입적으로 말했다.

"대승정 대통大通께서는 一心으로 우주의 흐름을 바꿀 수 있다고 말씀하셨습니다. 만유의 본체인 一心의 진리는 무량수無量壽이기 때문입니다. 무량수는 아미타불阿彌陀佛입니다. 아미타불은 우주를 창조하셨습니다. 따라서 우주의 흐름을 바꿀 수도 있습니다."

어제 들었던 이야기다.

"일체유심조一切唯心造. 일체유심조란 만법유식萬法唯識이요.

삼계유심三界唯心이라. 이 세상의 모든 것은 오직 마음이 만들어
낸 것이란 뜻입니다.

일체유심조一切唯心造를 사람들은 일반적으로 모든 것은 마음
먹기에 달렸다 정도로 단순하게 이해하고 있지만, 신라 원효 스
님의 가르침은 그렇게 단순한 것이 아니고 보다 오묘한 뜻으로
말씀하신 것입니다.

본래 마음의 심心 의意 직識은 그 작용이 광대무변하기도 하
고 바늘귀보다도 작을 때도 있습니다. 마음을 넓게 쓰면 우주를
감싸고도 남는 무한한 마음이 되고, 마음을 좁게 쓰면 좁쌀도
들어가지 못하는 아주 좁은 마음이 되기도 합니다.

우리 인간에게는 무엇이든지 이루어낼 수 있는 마음의 힘인
一心이란 게 있습니다. 아까 소승이 一心은 진리이고 아미타불
이라 했습니다. 또 아미타불은 우주를 창조하고 우주의 흐름을
바꾼다고 했습니다. 인간이 우주의 흐름을 바꿀 수 있는 방법은
오로지 진리인 一心뿐입니다."

위기관리센터 장관들의 표정은 어제와는 사뭇 달랐다. 어제
는 덴노 안전이라 숨죽이고 들었지만 오늘은 아니었다. 팔짱을
끼기도 하고 못마땅한 표정을 짓는 장관도 있었다. 혜민은 침착
하고 끈질기게 말했다.

"다시 말씀드리겠습니다. 어제 덴노 헤이카 안전에서 말씀드
린 대로 한국의 고려대장경판은 세상에 하나밖에 없는 유일한

一心이라고 말씀드릴 수 있습니다.

석가모니 부처님의 말씀을 들은 대로 기록한 팔리어·산스크리트·한문과 티베트어 등으로 옮겨 만들어진 대장경은 많이 남아 있습니다. 그러나 국난 극복을 위한 백성의 一心 한마음으로 판각한 목판본이 남아있는 것은 세계에서 유일한 고려대장경판 뿐입니다.

물론 우리 일본의 대정신수대장경大正新修大藏經이 있습니다만, 이 대정장大正藏은 고려대장경을 저본으로 대정 11년(1922년) 도쿄대학 교수 다카쿠스 존지로가 대학 수업의 편의를 위해 기획하여 소화 7년(1932년) 편찬한 것입니다. 팔리어·산스크리트어 대장경과도 일일이 대조하여 편찬하였습니다. 그래서 가장 광범하고 정확한 판본으로 평가되고 둔황 사본 등 새롭게 발견된 자료를 추가한 것도 이전 대장경들과 구별되는 특징입니다. 그래서 세계적으로 인정은 받고 있습니다. 부처님의 말씀인 심心은 분명히 있습니다. 하지만 국민의 염원인 간절한 일一이 빠진 것이 아쉽습니다."

의자에 앉아 등을 꼿꼿이 세운 혜민은 눈을 내리뜨고 조용히 말했다. 장관들은 팔짱을 낀 채 지그시 눈을 감기도 하고 뭔가 골몰히 생각하는 듯했지만 어제와는 표정이 사뭇 달랐다.

"우리 일본의 대정신수대장경大正新修大藏經에는 심心은 있으나 일一이 없고, 한국의 고려대장경판에는 일과 심이 모두 완벽하게 오늘까지 이어지고 있다는 사실입니다. 그래서 수많은 역사적 난관을 극복하고 어제 판각한 것처럼 한국의 십승지 가야산 해인사에 보관되어 오고 있는 것입니다. 그동안 우리 일본은 조선의 고려대장경판을 흠모하고 가지려고 갖은 노력과 수탈을 계획했습니다만 뜻을 이루지 못했습니다. 그 이유도 일이 부족했다고 소승은 생각합니다. 그러나 한국은 역사적이나 지리적 조건으로 수천 년 동안 국민의 마음에 면면히 쌓이고 쌓여 일심으로 뿌리를 내려 한마음이 되었습니다. 아주 옛날 고조선 때부터 한나라나 당나라로부터 스스로를 지켜내야 했던 것입니다. 그 힘이 일심으로 승화한 것입니다. 분록의 역임진왜란, 육이오 전쟁의 와중에도 국민의 일심으로 지켜냈습니다. 분록의 역 때 도요토미 히데요시의 명을 받은 가토 기오마사가 끊임없이 정예부대로 합천 가야산 해인사를 공격했지만, 의령의 홍의장군 곽재우를 비롯한 유정·소암 스님이 이끄는 의병 승병의 방어선을 결코 뚫지 못했습니다. 결국 가토 기오마사는 조선 각 사찰에 보관 중이던 고려대장경 영인본을 싹쓸이해 일본으로 가져왔습니다. 한국전쟁 당시 김영환 공군 대령은 가야산에 숨어있던 공비를 소탕한다는 명목으로 해인사를 폭파하라는 유엔군 사령관과 이승만 대통령의 명을 거부하고 고려대장경판을 지켜냈습니다. 이것이 바로 일심이고 한마음입니다.”

혜민의 일장연설은 계속되었고 국가위기관리센터 회의장엔

무거운 침묵이 흘렀다. 몇몇 장관들의 얼굴 표정이 울그락불그락 그렸다.

"이렇게 일심으로 오늘날까지 남아있는 진리는 오로지 고려대장경판뿐입니다.

석가모니 부처님께서 열반에 드시면서, 아란阿難에게 오로지 진리에 의지해 살아가라, 유일한 존재인 자신에게 의지하기보다는 대중에 의하여 무한히 계속 전승되고 발전되어 갈 수 있는 가르침인 진리에 의지하라고 말씀하셨습니다. 그 진리가 一心이고 무량수며 아미타불입니다. 그리고 고려대장경판입니다. 다시 말씀드려 一心의 한마음은 우주의 흐름인 천재지변을 막을 수 있습니다."

잠시 뜸을 돌린 혜민은 다시 말했다.

"문제는 고려대장경판이면 반드시 후지산의 대분화를 잠재울 수 있다고 믿는 우리들의 간절한 마음입니다. 우선 여기 계신 총리 이하 내각의 장관님들부터 그리고 사회의 지도층부터 일심으로 和를 이루어야 합니다.

우선 자신의 몸과 마음이 和하고 이상과 현실이 和하고, 과거와 현재가 和하고 현재와 미래가 和해야 한다고 생각합니다. 그럼 나와 남이 和하고 천체가 和합니다. 나와 만물이 스스럼없이 和할 때 一心이 되는 것입니다. 중요한 것은 무명에서 비롯된 자기 집착을 버려야 一心이 되는 것입니다.

좋습니다. 아직까지 소승이 설명한 일심을 이해하지 못할 수
도 있습니다. 쉽게 생각하십시오. 그냥 글자 그대로 진리의 한
마음이라고 생각하십시오. 천재지변을 이겨내겠다는 간절한 한
마음! 말입니다."

요코야마 총리도 혜민의 말을 들을 때는 그럴듯했고 수긍이
가는 것 같았다. 하지만 돌아서면 여간 아리송한 게 아니었다.
총리뿐만 아니고 장관들 대부분은 같은 생각이었다. 평소 종교
적 성향에 따라 약간의 차이가 있는 듯했다. 불교에 거부반응이
없는 장관들은 별 이견이 없었으나, 이교 장관들은 텐노 앞에서
는 별 반응이 없었으나 이제 아예 말도 꺼내지 말라는 표정이
얼굴에 역력히 나타났다.

그런데 문제는 언론이었다. 요코야마 내각이 텐노를 찾아가
뭔가 후지산 대폭발 방안을 모색하고 있다고 한발 앞서 발표를
했다. 가가와현 일월사 혜민의 개인 신상과 구십 년 전 입적할
당시 대통大通 대승정의 예언이 다시 대두되자 언론은 앞뒤 가
리지 않고 마구 부추겼다. 대통 대승정의 일본 열도 침몰설, 미
국의 원자폭탄 투하, 위기의 한국 전쟁과 인천상륙 작전, 어느
하나 틀린 것이 없는 예언은 어느새 일본 국민의 구세주로 만들
어 놓았다. 또다시 혜민이 국가위기관리센터에 들어가는 장면
은 특종으로 일본을 떠나려는 사람들에게 마지막으로 뒤돌아보

게 만들었다.

왜 하필 한국의 고려대장경판이란 말인가? 일본의 대정신수
대장경이 있는데. 과연 혜민의 말대로 일본의 대정신수대장경
에는 心은 있는데 국민의 간절함인 一이 없고, 한국의 고려대장
경판에는 一과 心이 있다고 말하면 국민들은 이것을 받아들일
까? 사주가 좋은 사람, 위기에서 나라를 구할 수 있는 사주를 타
고난 혜민의 뜻에 무조건 따르자고 하면 국민의 반응은 과연 어
떻게 나올까?

90년 전 살아있는 부처라 불렸던 대통大通 대승정께서 고려
대장경판으로 후지산의 대폭발을 막으라고 했다면 과연 국민들
은 어떻게 생각할까?

대다수의 일본 국민은 한국과의 관계에 이웃이란 것 이외 별
다른 관심이 없다. 정한론에 뿌리를 둔 약 20%의 골수 우익들
의 목소리는 가끔 일본 전체를 대변한다고 할 수 있다.

우익들은 생사의 갈림길에서 알량한 자존심을 버리고 대동大
同을 부르짖으며 단결된 목소리를 낼 수 있을까? 우익들은 그들
만의 정의로 똘똘 뭉쳐 겉으론 화를 중요시하며 단결하는 것 같
지만 결정적인 순간 손바닥 뒤집듯이 뒤집었다. 텐노나 지도자
의 말 한마디에 언제 그랬냐는 듯 돌아선 적이 역사에 몇 번 있
었다는 사실을 어떻게 해석해야 할까?

일본 열도가 태평양 바닷속으로 사라질 위기 앞에서 일본 국민의 묵시적 동의를 얻어낸다고 해도, 고려대장경판을 가지고 있는 한국 국민의 동의를 얻어 낸다는 것은 또 다른 큰 산이 아닐 수 없다. 한국 국민들이 아무 조건 없이 인도주의적 차원, 대승적 차원에서 선뜻 내어주면 쉽게 풀리는데. 만약 일본의 자존심인 역사적 사과니 위안부 문제나 다케시마 문제를 조건으로 내걸면 어디로 튈지 아무도 모른다.

발 빠른 사람들은 하나둘 배를 타고 한국이나 대만으로 빠져 나가고 다수의 사람들은 TV 앞에 앉아 정부만 성토했다.

국가위기관리센터 장관들은 멘붕상태에서 멍하니 TV만 주시하고 있었다. 팔에 깁스를 한 사토 총무상이 요코야마 총리에게 다가와 귓속말로 뭔가 속삭였다.

"아노, 아무리 생각해도… 일단 비밀리 한국 불교계를 통해서 고려대장경판을 일본으로 운반해올 수 있는지 타진을 해보는 것이 어떻겠습니까? 정식 외무부 라인이 아닌 민간 종교계를 통해서 말입니다."

그 말을 듣고 눈동자를 크게 굴린 요코야마 총리는 숨을 몰아쉰 뒤 주변을 둘러보고 난 후 조용히 손을 가리고 말했다.

"사실 나도 그렇게 생각합니다만, 중지가 모아질까요?"

사토 총무성은 넥타이를 풀어 제치며 이제 내각에서 공론화시키자는 듯 큰 소리로 말했다.

"각하, 덴노가 계시지 않습니까? 덴노. 일단 덴노 헤이카께서 하는 일로 하면."

"총무상, 나도 그 방법을 생각해봤소만, 책임을 덴노에게 돌리는 것은 좀 잔인하지 않겠소."

"아노, 뭐가 잔인합니까? 어차피 이 방법을 덴노께서 제시를 하셨고, 국가 중대 위기 상황에서 이런 중대한 결정을 할 사람은 그분밖에 없습니다. 그래야 국내 반대를 잠재울 수 있습니다. 내각에서 나서면 절대 국민적 동의를 얻기 어렵습니다. 한국이 걸린 문제라서. 고려대장경판이란 한국의 문화재 아닙니까?"

갑자기 두 사람의 진지한 대화에 다른 장관들도 가만히 있질 않았다. 국가위기관리센터 장관들은 갑론을박을 거듭했고 십인 십색이었다.

일단 두 가지 방안으로 겨우 중지를 모았다. 하나는 정석대로, 후지산 해저드 맵 검토위원회(富士山ハザードマップ檢討委員会)에서 만든 피난·유도 매뉴얼대로 내일 09:00 부로 시행하자는 것이다. 또 하나는 후지산의 분화와는 상관없이 국가위기관리센터 장관들을 중심으로 대지진 피해 지역의 구조 및 복구를 진행하는 것이었다. 세 번째는 정식 외교라인보다는 비밀리 한국의 불교계를 통하여 고려대장경판을 일본에 가져올 수 있는지,

타진해보는 것이었다. 그러나 이 세 번째 안은 쉽게 통과되지 않았다.

반대하는 장관들은 세계적 웃음거리밖에 되지 않는다고 언성을 높였다. 찬성하는 장관들은 이번 기회에 고려대장경판으로 천재지변으로부터 안녕을 기원하는 문화행사로 만들어야 한다고 역설했다. 중립적인 장관들은 일본에도 다이쇼 신수대장경大正新脩大蔵経이 있는데, 왜 꼭 한국의 고려대장경판을 고집하느냐고 말꼬리를 흐렸다.

평소 말이 없는 이시다 외무상이 소리를 질렀다.

"혜민은 요승입니다. 그자의 스승 대통도 국가위기 상황에서 국민을 호도한 요승이었습니다. 항상 위기 때에는 영웅심에 궤변을 늘어놓는 미친놈이 나오는 법입니다. 그자의 스승이 미래를 예견했다고 하지만 당시 전황으로 충분히 짐작할 수 있었습니다. 그자들은 조선불교의 광신도에 불과합니다. 뭐, 아미타불이 우주를 창조하고 우주의 흐름을 바꾼다고요? 소가 웃을 소립니다. 지금은 국가위기 상황입니다. 우리부터 정신을 차려야 합니다. 국민들은 국가위기관리센터만 바라보고 있습니다."

국가위기관리센터 회의장은 찬물을 뿌린 듯 조용했다.

방위성 고바야시 장관은 중재안으로 일본 고유의 30만 신사에 덴노를 비롯한 내각과 전 국민이 날을 잡아 일제히 정성을 들이자고 제안했다.

"아노, 모두들 냉정하게 생각해보세요. 부처도 신이고 예수도 신이고 우리가 아침저녁으로 수시로 찾는 신사의 조상님도 가미사마神様입니다. 아노, 어느 신이 우리 일본 국민과 국토를 위한다고 생각하십니까? 저가 절대 석가모니 부처님을 폄하하고자 하는 발언이 아닙니다. 다 정성이 문제 아니겠습니까? 지성이면 감천이라고 했습니다. 아노, 생각해보십시오. 태평양의 섬나라인 우리 일본이 갖은 역경을 이겨내고 오늘날 세계경제 대국으로 우뚝 솟아 전 세계 모두가 부러워하는 일등 모범 국가로 면면을 이어올 수 있었던 것은 누구의 음덕이겠습니까? 모두 우리가 숭배하고 지극정성으로 기쁠 때나 슬플 때나 찾아가 참배하던, 국적을 초월해 신사에 모신 가미사마 때문이라고 생각합니다. 어찌 이 세상에 부처만 전지전능하고 올바른 가르침을 남겼다고 하겠습니까? 예수님도 있고 공자님도 있습니다. 뿐만 아니라 우리가 매일 수시로 정성을 들이는 신사의 가미사마 조상님들, 전쟁에서 목숨을 바쳐 나라를 지키신 야스쿠니 신사에 계신 분들 역시 위대하신 분들이며 누구보다 일본을 사랑하시는 가미사마입니다.

지금은 덴노 헤이카를 비롯해 온 국민이 대동단결하여 대지진과 화산 대폭발의 위기를 극복하고 다시 일어서야 할 때입니다. 이런 중요한 시기에 국가위기관리센터 위원인 총리 이하 장관들께서 중심을 잡지 못하고 흔들리면 어떻게 하겠습니까?

그동안 대지진이 우리 일본 열도에 한두 번 피해를 주었습니까? 물론 이번 도쿄 대지진의 참상은 아직 끝이 보이지 않는 게 사실입니다. 후지산도 삼백 년 전 분화를 하여 17일 만에 분화를 멈추었습니다. 물론 국민들께서 불안해하는 것은 당연한 것입니다. 왜 정부가 있고 국가위기관리 센터가 있습니까? 후지산 해저드 맵 검토위원회에서 만든 매뉴얼대로 국가계엄령을 선포했으니 계엄령대로 차분히 대응하여야 한다고 생각합니다. 이제 후지산이 분화한 지 3일 되었습니다. 일단 총리 이하 국가위기관리센터 장관 일동의 대국민 담화문을 발표하고 모든 언론과 지식인들의 중지를 모읍시다.

대통 대승정과 혜민 스님은 종교인으로 평생을 불교에 귀의한 몸으로 고려대장경판의 우수성과 신비로움으로 천재지변을 막고자 하는 마음 충분히 이해합니다. 하지만, 우리는 냉정하게 우리의 현실을 직시해야 하지 않겠습니까? 일본엔 일본을 구할 가미사마가 따로 계십니다."

*

발신인 없는 한 통의 편지가 고후시 안가로 돌아온 혜민을 기다리고 있었다.

누가 혜민에게 편지를 보냈을까? 휴대폰이 없는 혜민에게 연락을 하는 방법은 직접 찾아오지 않는 한, 손으로 직접 쓴 편지가 가장 빠른 방법이다. 그래서 지금도 자주 편지를 받곤 한다. 그런데 여기는 정부에서 제공한 고후시 비밀 안가가 아닌가. 혜민이 안가에 머문다는 것을 아는 사람은 국가위기관리센터 몇몇 위원들뿐이다.

발신인이 자신을 밝히지도 않고 욱일기旭日旗 마크가 붙은 것으로 짐작해 우익단체가 보낸 편지가 분명하다는 생각이 들었다. 분명 좋지 않은 내용일 것이란 짐작이 갔다. 급하게 아무렇게 막 쓴 글씨다. 그냥 버릴까 하다가 듣기 싫은 소리가 때에 따라서는 약이 되는 법이다.

개봉을 하자마자 첫마디부터 욕설로 시작했다.

평산구국 혜민에게 경고한다.

대가리 깎은 땡중이면 절에서 염불이나 하고 있을 것이지, 헛소리하지 마라.

조상이 한국 놈이면 지금 당장 한국으로 돌아가라. 뭐, 바퀴벌레 같은 한국 놈들의 고려대장경판으로 일본의 화산폭발을 막는다고? 니 놈이나 스승 히라노 대통도 똑같은 놈이다. 옷 한 벌로 평생을 살아가는 게 무슨 자랑이냐? 거지발싸개 같은 놈들.

내 말 잘 들어라.

지진과 화산은 자연현상이고 땅속의 움직임인데 어찌 고려대장경판으로 멈추게 한단 말인가. 천재지변은 자연현상으로 비가 오고 태풍이 부는 것과 같이 시간이 지나면 자연히 소멸하는 것이다.

니 놈 말대로 일심으로 화산폭발을 멈출 수 있다면, 우리 일본의 정신과 우리의 신에게 기도를 해야지, 왜 하필이면 한국의 고려대장경판이냐?

한국이 얼마나 은혜를 모르는 나라인 줄 알고 있느냐? 우리 일본에게 선진문화를 배우고 일본의 도움으로 경제성장을 이루었으면 고마워할 줄을 알아야지, 툭하면 다 끝난 식민지 배상문제를 들고나오며 억지를 부리고, 위안부 문제를 전 세계에 호도하여 일본인을 파렴치한 민족으로 몰아붙인다는 것을 잘 알고 있지 않은가.

다시 한번 경고해둔다. 2차 대전 때 위안부는 조선의 여자들이 돈벌이를 위해 스스로 전쟁터로 몰려간 것이다. 정부 차원에서 위안부를 모집했다는 증거는 어디에도 없다. 증거도 없이 함부로 말하지 마라. 일부 일본의 악덕 포주들에 의해 모집되었고 분명한 것은 군인들은 군표를 주고 성매매를 했지 강제로 성폭행을 하지 않았다는 사실이다. 한국에서는 위안부가 20만 명이라고 주장하는데, 생각해보라 20만 명을 전쟁터로 끌고 갔다면 당시 가만히 있을 나라가 어디 있느냐?

또 다케시마는 일본이 2차 대전에 패한 틈을 타 한국에서 강제로 점령하여 돌려주지 않고 있다. 우리는 하루빨리 우리 땅 다케시마를 되돌려 받아야 한다. 태평양전쟁에 패한 후 우리 일본은 많은 우리 땅을 주변국에게 억울하게 빼앗겼다. 모두 돌려받아야 하는데, 거기에는 한국이 무단 점령하고 있는 다케시마가 대표적이기 때문이다.

우리 일본은 2차 대전에서 전사한 영혼들을 국적에 관계없이 야스쿠니 신사에 모시고 영웅으로 대접하고 있다. 우리는 한 번도 일본인과 한국인을 차별한 적이 없다.

안중근을 의사라고 한국 놈들은 주장하는데, 안중근은 대일본의 영웅 이토 히로부미를 암살한 테러리스트에 불과하다. 이건 전 세계가 인정하는 사실인데, 한국 놈들은 영웅으로 모시고 있다. 좋다, 과거문제는 과거로 덮어두자. 그런데 한국에서 항상 먼저 과거를 들추며 시끄럽게 시비를 걸어온다.

우리 일본은 언제나 불쌍한 한국인에게 자비를 베풀며 도우고 있다. 우리 땅 일본에 사는 재일한국인 문제를 한번 보자. 이들은 1945년 이전엔 2백만 명에 가까운 사람들이 일본에 이주해 살며 사회의 각종 범죄를 저지르며 문제가 되어왔다. 우리는 그들을 강제로 데리고 온 적이 없다. 스스로 돈벌이를 위해서 먹고살기 위해서 일본에 온 사람들이다. 일본이 싫으면 한국으로 돌아가면 그만이다. 단 한 번도 일본 정부에서는 그들을 억류한 적도 없고 억류할 이유도 없었다. 일본 인구만 해도 과거나 지금이나 일억이 넘는다.

한국인들은 일본 땅에서 돈을 벌며 온갖 특혜를 누리면서 우리 일본에 위기가 발생하면 항상 폭동을 일으켜왔다. 1923년 간토 대지진 때도 혼란한 틈을 타 방화와 우물에 독을 타는 등 사회 붕괴를 계획했다. 지금도 각종 범죄의 선두엔 한국인이 있다.

1948년에 재일본대한민국거류민단과, 1955년에는 재일조선인총연합회를 만들어, 남의 땅 일본에서 서로 싸우며 항상 사회문제를 일으켜왔고, 우리 일본 사람들을 북한으로 납치했다.

재일한국인 특별영주자(2차대전 이전부터 일본에 거주하는 재일한국인 및 그 자손)라는 이유로 빈둥빈둥 놀면서 생활보호 대상자로 매달 20만 엔을 정부로부터 지급받는다. 그 수가 일본 정부 공식 발표 5만 이상이라고 한다. 일본 국민이 낸

세금으로 약 100억 엔을 소요하고 있는 셈이다. 그만큼 우리 일본은 한국인에게 은혜를 베푸는데, 한국에 거주하는 일본인은 약 2만가량 되는데 한국정부에서 지급하는 돈은 단 십 원도 없다는 사실을 알고 있느냐? 그러면서도 한국은 심심하면 과거를 사과하라 사과하라 억지를 부린다. 한국은 염치가 없고 매너가 보통 없는 민족이 아니다. 재일한국인 특별영주자는 지금 당장 한국으로 돌아가라.

한국이 심심하면 억지를 부리는 과거는 과거에 불과하다. 지금 어느 민족이 조상의 과거에 얽매여 사죄를 하고 고통을 받는 민족이 있는가? 몽골의 칭기즈칸은 전 세계를 유린하며 짓밟았다, 그러나 어느 나라도 지금 사죄를 요구하지 않는다. 미국과 아메리카대륙을 보라 흑인들을 노예로 잡아갔다. 그러나 지금 아프리카 국가들은 아무도 사죄나 보상을 요구하지 않는다.

우리는 지난 과거엔 관심도 없고 알고 싶지도 않다. 그것은 조상들의 문젠데, 왜 우리에게 사과를 요구하나. 한국 국민은 자신들의 조상을 원망하고 조상들에게 사과를 받아라.

우린 지난 역사에 대해서 관심도 없다. 왜 우리보고 사과하라 하나? 개인이나 국가나 이웃을 잘 만나야 되는데, 시끄럽고 지저분하고 매너 없는 한국을 이웃하고 살아서 우리는 정말 피곤하다. 그런데 그들의 문화재인 고려대장경판을 가지고 와 후지산의 대폭발을 막자는 발상은 어이가 없고 소가 웃을 일이다. 이것이 마지막 경고다. 한 번만 더 막말을 하면 결코 대일본의 이름으로 용서치 않을 것을 분명히 경고한다.

　　　　　　　　　　－일본을 사랑하는 사람들

나무아미타불, 나무아미타불, 나무아미타불!

혜민은 창가에 가부좌를 틀고 앉아 후지산을 바라보았다.

후지산은 꼭 굴뚝에서 연기를 내뿜듯 하얀 연기를 쉬지 않고 품고 있었다. 그러다 산신령께서 심술이라도 부리듯 울컥하고 검은 버섯 연기를 하늘 가득 뿜었다. 후지산이 내뿜는 소리는 마치 천둥소리 같았다. 수십 개의 원자폭탄이 동시에 터지듯 하늘 가득 검은 연기는 상승기류를 타고 끝없이 버섯모양 피어올랐다. 하늘은 금방 캄캄해져 천지가 암흑이 되었고 검은 우박 같은 부석을 마구 쏟아부었다. 금방이라도 천지가 폭발할 것 같았고 엄청난 공포가 몰려왔다.

혜민은 자신도 모르게 나무아미타불을 찾았다.

사람들은 외출을 삼갔고 부정 타는 일이나 땅에 충격을 주는 행위는 절대 하지 않았다. 심지어 후지산을 보고는 걸음도 사뿐사뿐 걸었고 함부로 뛰거나 침도 뱉지 않았다. 삽이나 곡괭이를 보면 얼른 치워버렸고 땅을 파는 물건들은 무슨 큰 부정 타는 물건으로 간주했다. 서로 대화를 하다가도 후지산을 쳐다보았고 책을 보다가도, 스마트폰을 만지다가도 후지산을 쳐다보는 게 버릇이 되었다. 식사하기 전이나 잠자리에 들기 전 꼭 후지산 쪽을 바라보다 잠자리에 들었다. 그리고 모두들 같은 마음으로 소원했다. 분화와 대폭발이 멈추어지기를 한마음으로 간절히 소원했다.

혜민은 긴 참선에 들어갔다. 얼마나 시간이 지났을까? 혜민의 눈앞에 一心의 고려대장경판이 나타났다 사라지고 사라졌다 다시 나타났다.

一心

高麗大藏經板

본 적이 없는 히라노 게이스이 대통大通 대승정과 상좌 스님들에게 말로만 들었던 무불無不 탁정식과 요코야마 야스타케橫山安武가 앞에 나타났다 사라졌다. 그리고 뭔가 벼락을 치듯 혜민의 정수리에 꽂히는 것이 있었다.

高麗大藏經板

어느 한두 사람에 의해 만들어지지 않았다는 것이었다. 싯다르타 왕자가 6년의 고행으로 갖은 역경 속에서 깨달은 진리를 전국을 돌며 45년 동안 중생에게 가르쳤다. 열반 후 많은 사람들이 모여 세 차례의 결집으로 율·경·론의 삼장으로 집대성되었다. 천 년 동안 현장법사를 비롯한 수많은 선지식들에 의하여 설산을 넘고 사막을 건너 다시 한역대장경으로 만들어졌다. 진리를 갈망하던 고려 사람들은 오랑캐의 침략을 막고 백척간두에 선 나라를 구하기 위해 남녀노소를 가리지 않고 16년 동안 대장경판각불사에 나섰다. 그리고 수많은 역경과 전쟁에서 지

커냈다.

一心

혜민의 눈앞에 원효元曉 스님이 나타났다. 그리고 무불無不
탁정식과 대통大通 대승정, 요코야마 야스타케橫山安武가 나타났
다 사라졌다.

혜민아, 잊었느냐? 一心으로 들어감에 두 가지 장애가 있느
니라. 첫 번째 진리의 법체를 의심하고 미혹하는 의혹이 있다.
이 의혹을 없앤다면, 다음 사집이 있지 않느냐. 사집에는 아집
과 법집 두 종류가 있다는 것을 명심하라. 아집이란 색·수·상·
행·식 오온으로 구성된 자신이 항상 실제 존재한다고 믿는 사
견을 말한다. 법집이란 객관적인 물질들이 항상 실제 존재한다
고 믿는 사견과 교법에 얽매여 그것에만 집착하는 것도 큰 문제
다. 일단 집착에서 빗어나 사물의 진상을 정견하면 아집과 법집
에서 벗어나 一心으로 들어갈 수 있느니라.

하늘에서 들리는 듯한 저 말씀은, 그 옛날 무불無不이 대통大
通과 요코야마橫山에게 설법한 그 말이었다. 대통이 제자들에게
제자가 제자들에게, 혜민이 재가불자들에게 늘 하던 소리다.

진상을 정견하면 아집과 법집에서 벗어나…. 아집과 법집에
서 벗어나… 一心으로 들어갈 수 있느니라. 집착에서 벗어나….

스님! 그럼 스님께서 그렇게 평생을 매달린 고려대장경판은
무엇입니까?

혜민惠民은 대통大通에게 질문했다. 대통의 답변은 단호했다.

고려대장경판을 내려놓아라. 방하착放下着. 놓아라, 그럼 一心의 진리가 보이느니라. 혜민아, 신라의 원효元曉 스님께서는 먼저 색·수·상·행·식의 다섯 가지 요소는 모두가 인연 따라 생긴 것으로서 항구불변하고 자주자립적인 실제가 아님을 말씀하셨다. 그리고 그것 자체가 굳이 없애야만 할 고유한 실체가 있는 것이 아니라는 것을 자각하고 제거하겠다는 생각조차 놓아버릴 때 자연히 법집에서 벗어날 수 있게 된다고 하셨다.

그랬다. 저 말씀은 혜민이 늘 강조하는 말이다. 그런데 선지식 대통께서도 토씨 하나 틀림없이 그대로 말씀을 하셨다.

혜민은 자신을 되돌아보았다.

나는 누구이며, 어디서 왔고, 어디로 가야 하는가?

왜, 대통 대승정께서는 내가 덴노께 비밀편지를 전해주게 했을까?

과연 내가 일심의 고려대장경판으로 대중을 설득할 도력이 있단 말인가?

대통 대승정께서 천재지변의 방편을 나에게 부촉하신 것이 아닌가?

그래, 종교와 국적을 떠나, 오직 一心으로 가자!

종교와 국적을 떠나…,

탈종교…!

탈국적…!

그럼 진정한 和가 된다.

모든 것에서 벗어나야 一心이 된다.

그럼 고려대장경판 마저 벗어나야…! 그래.

덴노 앞에서 대통 대승정의 비밀 편지를 개봉하고 고려대장
경판이란 단 여섯 글자를 보고 나도 모르게 얼굴에 미소가 지워
진 이유가 뭘까?

염화미소拈華微笑 염화시중拈花示衆…!

내가 가섭존자迦葉尊者의 흉내를 낸 것인가?

아니야…!

석가모니 부처님께서 염화를 손에 들었지만, 꽃은 대중에게
보여주는 것에 불과해. 꽃이 아니라도 상관없어. 중요한 것은
진리를 깨친 가섭 존자의 깊은 마음 一心이었어.

혜민은 늘 암송하던 마하반야바라밀다심경을 암송하고 또
암송했다.

관자재보살이 깊은 반야바라밀다를 행할 때 다섯 가지 요
소가 다 공한 진리를 비추어보아 모든 괴로움을 여의었느
니라.
−중략−

사리자야, 물질이 허공과 다르지 않고 허공이 물질과 다르
지 않아서, 물질이 곧 허공이고 허공이 곧 물질이며, 감각
지각 경험 인식도 또한 그러하니라.
－중략－
가자, 가자, 피안으로 가자, 우리 함께 피안으로 가자. 피안
에 도달하였네. 아! 깨달음이여 영원하라.

　공사상을 강조하는 반야심경은 고정관념을 타파함과 동시
에, 일체의 집착으로부터의 해탈을 실천의 중심으로 삼았지 않
은가? 혜민이 늘 실천하고 강조한 말이기도 하다.

*

다음날

　혜민은 미에현 이세 신사神社를 산보하듯 찾았다. 이세 신사
는 도쿄 진앙지로부터 서쪽으로 600km 떨어져 있어 도쿄 대지
진의 여파를 받지 않았을 뿐만 아니라 화산재가 날아오지 않은
곳이다. 사람들의 일상은 평온했고 한가로웠다.
　한때 절친한 도반 나카무라中村가 신사의 책임자 구우지宮司
로 있다. 도반 나카무라도 젊어 한때 승려이었다. 이세 신사는
30만 일본 신사를 통괄하는 신사본청의 총본산이며 일본 최대
신사이다. 그리고 무엇보다 야스쿠니 신사 못지않게 일본 극우
주의자들이 성지라고 여기는 곳이다. 에도시대 이세 신사 구우

지는 백성의 정신적 지주이기도 했다. 17세기 겐로쿠 시대 이나리 신사의 구우지 가다노 아즈마마로는 일본 민족정신인 국학을 부흥시켰다. 그 제자 가모노 마부치는 조선이나 중국의 외래 문화에서 벗어나 독자적인 일본 만의 정신을 만들어나갔다. 어찌 보면 지금 극우들의 뿌리라고 할 수 있는 곳이다.

한적한 교외에 자리한 이세 신사는 조용한 숲속에 위치해 있었다. 신사를 둘러싸고 있는 나무들은 밀림이 아니면 볼 수 없는 아주 오래된 거목들이었다. 나무 들은 하나같이 정기를 발생하듯 신령스러웠고 가슴이 탁 트이듯 상쾌했다. 입구부터 신들이 머무는 곳답게 마치 숲속 신비의 세계로 들어가듯 기분이 묘해졌고 정신이 맑아졌다. 신사에 들어가면 걱정을 떨쳐버리고 소원을 이룰 것 같은 기분이 들었다.

혜민은 가슴을 활짝 열고 심호흡을 한 번 했다. 그러자 몸속 깊은 곳에 쌓여있던 노폐물이 일시에 빠져나가듯 몸이 가벼워지는 것을 느낄 수 있었다. 혜민은 코를 내밀어 연이어 심호흡을 몇 번 했다.

천재지변의 국가적 대위기 속에서도 이세 신사는 참배객들로 북적거린다. 사람들은 꼭 소원을 빌러 온다기보다 산보하듯이, 이웃집에 마실 가듯 신사를 찾는다. 연인의 데이트 장소로, 가족끼리 맑은 공기를 마시기 위해 바쁜 일상에서 머리를 식히기 위해 찾기도 한다. 아이들은 놀이터로 신사를 찾고 신사에서 예의를 배웠다. 모두들 조상신에게 경건한 마음으로 참배했고 일본 和의 기본정신을 실천하는 대표적인 장소라고 할 수 있었다.

신토神道는 만물에 신이 깃들어있다고 생각하는 전통이나 신념에 가깝다. 모든 사람의 행위는 자신의 잘잘못이 아니라, 신이나 악귀가 깃들어서 저지르는 일이라고 생각한다. 따라서 죽은 후에는 정화하는 의식을 거쳐 신이 기거하는 사당에 안치되면, 모든 과거의 잘못이 용서되고 이승의 삶에서 만들어진 인과에서 벗어나 순수한 혼만 남는다고 여긴다.

신토는 죽은 조상 모두를 신으로 모시기 때문에 특별히 신들이 남기는 어록이나 경전 등이 없다. 기껏해야 고사기 일본서기 정도의 역사책들이다. 깊이 빠질 것도 없고 어떻게 보면 매우 현실적이며 편리한 자기중심적인 종교다. 일본은 이런 신토를 모신 신사가 비공식적인 것까지 합쳐 약 30만이 넘을 것이라 한다. 그러니 일억 삼천 인구가 전부 신토의 신자라는 말이 틀린 말이 아니다.

다리를 건너 신들의 영역으로 들어서는 토리이鳥居 앞에 사람들이 북적댔다. 혜민은 불교식으로 합장을 하고 고개를 숙여 신들에게 자신이 왔음을 먼저 고했다. 손을 잡은 사람들은 자갈이 깔린 길 가장자리로 걸었다. 가운데는 신이 지나다니는 길이다.

혜민은 심신을 깨끗이 하는 수세소 앞에서 묵례를 하고 오른손으로 국자를 잡고 물을 받았다. 왼손부터 물을 뿌려서 왼손 오른손을 차례로 씻었다. 왼손에 물을 받아 입을 헹구고 한 번 더 왼손을 씻은 다음 흐르는 물에 국자를 씻었다. 45도 각도로 허리를 숙여 두 번 절을 한 다음 두 번 박수를 치고 마지막으로 정중하게 인사를 했다.

신사를 찾은 사람들은 누구나 아주 자연스럽게 간단 단순한 방법으로 신에게 예를 다했다.

누더기 장삼을 걸친 혜민이 본전으로 들어서자 덩치가 큰 나카무라가 먼저 혜민을 알아보고 특유의 쉰 듯한 걸걸한 목소리로 소리쳤다.

"아니, 이게 누군가? 누더기 스타 스님이 오셨구먼. 으하하하."

혜민이 놀라 두리번거리자, 주위 사람들이 나카무라의 호탕한 웃음에 모두 쳐다보았다.

도반 나카무라는 타고난 호방한 성격 때문에 행자승 시절부터 스님들에게 야단을 듣곤 했다. 어떻게 보면 성직자로서 부적격한 성격이었다. 그러나 보기보다 심지가 굳고 의리가 있어 따르는 사람들이 많았다. 지금은 일본 30만 신사를 대표하는 구우지다. 신사 최고의 신관으로 에도시대 제사를 지낼 때는 덴노와 동격이었다.

"오래간만이오."

혜민이 합장하고 고개를 숙이자,

"야, 오늘 아침부터 까마귀가 울더니만 스타 스님이 먼 길 오셨구먼. 반갑다. 반가워."

나카무라는 단번에 혜민을 끌어안았다. 그리고 직원들에게 혜민을 호탕하게 소개했다.

"여러분, 이분이 누구시냐 하면 어제 요코야마 총리와 덴노의 안가에 들어간 혜민 스님이야. 저녁 뉴스 시간에 몇 번이나 얼굴이 나온 그분이다 말이야. 내 둘도 없는 친구지. 으하하하."

혜민은 그때서야 왜 자신을 스타라 부르는지 알았다. 혜민은 멋쩍은 듯 웃었다.

"사람, 싱겁기는 여전하구먼."

"이 사람, 이제 텔레비전에 나오는 스타 스님이 되었는데, 삐까번쩍한 장삼으로 한 벌 해 입어, 이게 뭐야. 아직 다 떨어진 누더기 한 벌로 사시사철 버티는구먼. 쯔쯔."

나카무라는 하얀 모시 몬츠키를 입고 있었다.

나카무라는 맥주를 한잔하자고 성화였다. 결국 나카무라는 맥주를 마셨고 혜민은 차 한 잔을 앞에 놓고 앉았다.

한동안 혜민에게 자초지종을 전부들은 나카무라는 단숨에

맥주를 비우고는 차분하게 말했다. 이제 전혀 딴사람이 된 듯 목소리도 차분해졌다.

"나도 고려대장경판을 일본에 가지고 와 전 국민이 한마음으로 기원하면 분명 후지산 대폭발과 천재지변을 잠재울 수 있다고 생각하네. 그래서 옛날부터 우리 조상들이 고려대장경판 갖기를 그토록 소원했던 것 아닌가? 옛날 아시카가 막부에서는 지진이 일어나면 고려대장경을 덴노 헤이카 이하 온 백성이 밤낮으로 독송했다는 기록도 있지 않은가.

일본의 문화 국학이란 것이 생겨나고 유신으로 삶이 나아지면서 고려대장경을 잊어버린 거지, 역사를 직시해야지. 하지만 혜민. 석가모니 부처님께서 말이야. 열반에 드시면서 꼭 자신의 가르침만 진리라고는 말씀하지 않았잖은가?"

순간 두 사람의 얼굴이 긴장한 듯 굳은 표정으로 변하는 듯했다. 잠시 숨을 돌린 나카무라가 말을 이었다.

"우리가 흔히 대승, 대승하는데 대승이 무엇인가? 대중의 진리를 난 대승이라고 말하고 싶네. 다시 말해 이타적인 안목으로 세상을 보며 보다 활발하고 폭넓게 중생을 구제하는 것 아닌가? 그런데 꼭 고려대장경판만을 주장함은 좁은 안목이야. 지금 중요한 것은 후지산의 분화, 아니 대폭발을 멈추는 것 아닌가? 한국의 고려대장경판인가? 어디다가 방점을 찍어야 하는가?

한국의 고려대장경판은 큰 그릇, 즉 경·율·론이 담겨있는 ―

心의 큰 바구니임은 틀림없어. 지금 후지산의 대폭발에 직면한 일본에서는 바구니보다는 거기에 담겨있는 一心이 필요하지 않은가? 백 년 전 열반에 드신 대통大通 대승정께서는 자네만 이 일을 할 수 있다고 본 것이지. 이심전심이라고 할 수 있지."

말없이 염주를 돌리며 나카무라의 말을 듣고 있던 혜민은 고개를 끄떡이며 말했다.

"그러게 말이야. 나도 처음엔 대통 대승정의 유언대로 꼭 한국의 고려대장경판 만을 고집했는데, 반대한 방위성 고바야시 장관과 익명의 우익에서 온 편지 등으로 꼼꼼히 생각해봤어. 문제가 생기면 항상 기본으로 돌아가 다시 생각해보자는 말이 있지. 다시 기본으로 돌아가 생각한 결과 자네의 조언대로 일체중생의 제도를 그 목표로 한다면 탈종교 탈국적으로 접근해야 한다고 마음을 바꾸어 먹었지. 그래서 자네를 찾아온 것이야."

나카무라는 자리에서 몸을 일으켜 혜민의 손을 잡았다.

"그래, 혜민. 그동안 얼마나 고뇌했는가? 그 순간 날 생각했다니 고마우이. 우리가 온 국민의 뜻을 모아 고려대장경판의 一心으로 후지산의 대폭발을 막아보자고."

두 사람은 눈을 맞추고 잡은 손에 힘을 주었다.

"고마우이. 구우지인 자네가 선뜻 동의를 해주어서."

"혜민, 다 나라를 구하고 국민의 생명을 지키는 일 아닌가? 자네가 생각하는 것보다, 아니, 그 이상으로 나에게도 힘이 있다네. 진실을 한 곳으로 모으는 화和의 힘 말일세."

"화의 힘……?"

"내가 빨리 일본적십자 쪽과 협의하지. 그리고 불필요한 여론을 잠재우고 지금 당장, 잘 왔어. 이런 일은 정부에서 나서면 될 일도 안 돼. 시간이 없어. 만약 후지산이 대폭발을 해버리면 일본은 다시 일어서기 어려울 것이야. 생각해봐. 그 여파가 전 세계에 미치고 인류의 큰 재앙으로 남을 것이야. 이건 탈국적 탈종교 인종을 떠나 한마음으로 대재앙을 잠재워야 해. 어떻게 하더라도 수단과 방법을 가리지 않고 대폭발만큼은 막아야 돼. 제사를 지내고 땅속 메기에게 굿을 하는 한이 있어도."

나카무라 구우지는 휴대폰을 꺼내 당장 몇몇 사람을 불러들이는 것 같았다.

하얀 보자기

도쿄 대지진이 발생한 지 10일이 지났고 후지산이 분화를 시작한 지 10일이 되었다.

정부의 대국민 담화문이 발표된 후 바다를 통해 외국으로 탈출하는 사람들이 눈에 띄게 줄어들었다. 여진이 계속되고 후지산이 분화를 계속하는 상황에서도 일본 국민은 서서히 안정을 되찾아갔고 일상으로 받아들이기 시작했다. 국가위기관리센터의 지휘 아래 일사불란하게 한마음으로 도쿄 진앙지 진입 도로 복구와 인명 구조에 박차를 가했다. 긴급을 요하는 곳은 헬기로 복구가 계속되었다.

외신을 타고 복구현장의 모습은 전 세계 인류의 최대 관심사로 떠올랐다. 세계 각국은 한마음으로 염원하며 일본 지진 피해 지역 돕기 운동을 시작했다. 보내온 구호물품이 부두마다 공항마다 산더미처럼 쌓였다. 외국에서 지원 나온 구조대들도 헬기를 타고 화산재가 뒤덮인 도쿄 진앙지에 바로 투입되었다. 가까운 한국·중국·대만·러시아·미국은 어느 나라보다 빠르게 움직였고 폐쇄적인 북한도 구조대를 파견하는 등 적극적으로 나섰다.

천우신조로 도쿄 한복판 지하철 속에서 살아 있던 사람들이 속속 구조되자 그 장면은 TV로 생중계가 되었고 인류는 인간승리를 외치며 한마음으로 함성을 질렀다. 의외로 건물 지하나 지하철 속에서 산 사람이 많았다. 지하 내진 설계가 잘 되어있었기 때문이었다. 그 와중에 어떤 산모는 건강한 아기를 낳아 위대한 탄생을 했고 전 세계는 박수를 아끼지 않았다. 아기와 산모는 한동안 TV 화면에 방영되어 일약 인간 승리의 표상이며 월드스타로 떠올랐다.

대지진이 올 때 땅속 깊숙한 지하역에 멈추었던 열차는 피해가 적었다. 내진 설계가 잘된 지하 공간도 대부분 파괴됐지만 의외로 안전한 공간도 많았다. 평소 지진 대피 훈련대로 신속하고 일사불란하게 대피한 사람들은 힘을 합쳐 무너진 더미를 스스로 파헤치고 쌓인 화산재를 뚫고 탈출했다. 병원마다 구조된 사람들로 북새통을 이루었고 가까운 한국, 중국에서 모자라는 의료진이 급파되었다. 나라마다 앞 다투어 헌혈 운동이 벌어졌고 사람들은 한마음으로 팔을 걷어붙이고 동참했다.

구조대는 쌓인 화산재를 파헤쳤다. 벌써 콘크리트 모양 굳어 가고 있었다. 지하철역이나 건물 지하를 중심으로 구조견이나 내시경·로봇 등을 이용하여 지하 공간 구조에 박차를 가했다. 한국에서 건너간 자칭 어떤 도사는 수맥봉 엘로드로 땅속에 묻힌 사람이나 시체를 찾는다고 나섰다. 미비하나마 인명구조에 도움을 주었다. 그러나 본격적으로 지하 구조가 시작되자 곳곳에서 참상이 드러났다. 대부분 운행 중인 지하철에 타고 있었던 사람들은 형체를 알아볼 수 없을 정도가 되어 있었다. 이것은 빙산의 일각에 불과했다. 열흘이나 지나 부패한 시신은 서로 엉켜 그 수를 파악할 수도 없었다. 수많은 지하철과 건물의 지하에 매몰된 시체를 찾아내는 것은 무의미한 일이라고 판단한 국가위기관리센터에서는 지하 발굴은 하지 않기로 했다. 곳곳에서 사망자와 실종자 확인이 시작되었다. 많은 사람들은 인터넷으로 가족 친인척의 생사확인을 했다.

도쿄 진앙지와 후지산 동쪽으로는 하루에도 몇 번씩 화산재가 눈 오듯이 쏟아졌고 구조대는 눈사람 모양 화산재를 뒤덮어 쓴 채 지상 인명구조에 최선을 다했다. 오늘도 여진은 계속되었다. 사람들은 복구와 구조를 멈추지 않았고 후지산의 분화를 일상으로 받아들이기 시작했다.

한국 쪽에서 바람이 불어오기 시작했다. 다행히 서북쪽에서 내려오는 찬 고기압은 태평양의 열대 저기압을 적도 부근까지 밀어냈다. 후지산 서쪽은 가끔 맑고 높은 하늘을 볼 수 있었다. 마치 폭풍 전야처럼 하늘은 잠잠하고 맑았다.

후지산은 타오르는 담배 연기처럼 흰 연기만 뿜어내고 있었다. 어떤 날은 밤이면 분화를 멈춘 듯했으나 해가 떠오르고 날이 밝아오면 아궁이에서 연기를 피워 올리듯 모락모락 다시 피어올랐다. 그러다 한동안 죽은 듯 잠잠하다가도 심술궂은 산신령이 화를 내듯 불끈 검은 연기를 하늘 가득 토하곤 언제 그랬느냐는 듯 또 잠잠했다. 도대체 종잡을 수가 없었다.

사람들은 모두 후지산만 바라보았다. 밥을 먹다가도 일을 하다가도 길을 걷다가도 운전을 하다가도 책을 보다가도 스마트폰을 만지다가도 서로 대화를 나누다가도 후지산 쪽으로 고개를 돌리는 게 버릇이 되었다. 그러다 후지산이 분화를 멈추면 마치 로또에 당첨이라도 된 듯 좋아하며 서로 문자를 주고받았다. 휴대폰으로 분화하지 않는 후지산의 모습을 찍어 공유했다. 전 국민의 휴대폰 화면에는 분화하지 않는 후지산의 웅장한 사진이 배경화면으로 간직되었다. TV에서는 분화가 멈추거나 검은 연기를 내뿜으면 바로 생중계를 시작했다. 방송사에서는 최첨단 드론이나 헬기로 24시간 후지산을 다각도로 취재했다. 그러나 땅속 상황은 아무도 알 수 없는 법. 차츰 대폭발의 억측과 유언비어는 점차 수그러들기 시작했다. 분화하지 않는 후지산의 웅장한 모습은 점점 국민의 마스코트가 되어가고 있었고 국민의 가슴속에 한마음으로 신앙처럼 자리 잡아갔다.

사람들은 절대 땅에 충격을 주는 행위를 하지 않았다. 걸음을 걸을 때도 조심조심 조용조용 걸었다. 실수로 뭔가를 땅에 떨어트리면 제일 먼저 후지산 쪽을 바라보았다. 절대 삽이나 곡괭이로 땅을 파는 작업도 하지 않았다. 땅에 담배꽁초를 버리거나 침을 뱉지도 않았다. 모두 다 땅에 감사하는 마음으로 기도했다.

사람들은 한마음으로 간절하게 염원했고 신사마다 지신과 메기 신을 찾았다. 사람들은 수염이 긴 메기의 형상을 그린 그림이나 모형을 매달아 놓고 간절하게 비손을 했다. 옛날 사람들은 땅속에 큰 메기가 사는데 이 메기가 화를 내고 요동치면 지진이 일어난다고 믿었다. 땅속 깊숙이 사는 메기를 큰 바위로 꼼짝 못 하게 해야 한다는 사람들과 화난 메기를 잘 달래어 지진을 막아야 한다는 사람들로 둘로 나누어지곤 했었다. 그러나 지금은 누가 시키지도 않았는데 모두 한마음으로 땅속 메기를 달래는 듯했다.

이른 새벽 동트기 전, 십만 년 전 후지산의 대폭발로 생긴 가와구치河口 호수 앞에 새벽부터 사람들이 하나둘 흰 장갑을 끼고 모여들기 시작했다.

동쪽 후지산(3,776m)이 희미하게 우윳빛으로 검푸른 하늘에 마루금을 그리기 시작하자 웅장하고 거대한 산마루가 하늘로 우뚝 솟아올랐다. 밤새 담배를 피우듯 하얀 연기를 모락모락 내뿜던 후지산은 여명이 밝아오자 당장 담배를 끊듯 분화를 멈추어버렸다.

아침 하늘은 맑고 시원했다. 부지런한 사람들은 연기가 사라진 후지산 산꼭대기를 보며 기뻐했다. 서로 덕담을 나누며 아침 인사로 몇 번이나 허리를 굽혀 나누었다. 오늘 모인 사람들은 일본 전국 각지에서 자진해서 모인 사람들이었다. 멀리 북쪽 홋카이도에서 어제 온 사람도 있었고 한국에서 단체로 동참한 일본말이 서툰 한국 사람도 있었다. 심지어 지구 반 바퀴를 돌아 아프리카 케냐에 온 키가 큰 마사이족 인도주의자도 있었다. 언뜻 보기에 대부분 일본 사람들이지만 피부색이 까만 사람도 있었다. 코가 크고 눈이 파란 사람도 하나둘 보였다. 남쪽 오키나와에서 온 사람들은 단체로 깃발을 들고 배낭을 메고 단숨에 후지산 정상을 오를 듯 체조를 하며 몸을 풀고 있었다. 사람들은 삼삼오오 짝을 지어 간식을 먹거나 신발 끈을 다시 고쳐 매고 심기일전했다. 어떤 사람은 염주를 돌리며 연신 후지산을 향하여 합장하고 절을 하며 나무아미타불을 염불했다. 약삭빠른 장사치들은 사람들 사이를 돌며 도시락이나 김밥 생수 장갑 등을 팔고 있었다.

날이 밝아오자 전국에서 관광버스가 속속 도착했다. 사람들은 구름처럼 꾸역꾸역 몰려왔다. 어젯밤에 일본 각지에서 출발한 사람들이었다. 언론사에서는 연신 사람들이 모여드는 모습을 카메라에 잡았다. 늙은 사람도 있었고 젊은 사람도 있었다. 할아버지 할머니의 손을 잡은 아이들도 있었고 지팡이를 짚은 꼬부랑 할머니도 있었다. 신체가 부자유스러운 장애인도 있었다. 흰 지팡이에 안내인의 팔을 잡은 시각장애인도 눈에 띄었다. 그들은 하나같이 환한 얼굴에 가을 소풍이라도 가듯 즐거워 보였다. 어깨띠를 두른 사람이 많았다. 그들은 자신의 소망과 소속을 밝히고 있었다. 恋する富士山사랑하는 후지산·國泰民安국태민안·I ♡ 富士山, Stop a volcanic eruption화산 폭발 그만 止まってくれ멈추어다오 등 문구도 다양했고 소속도 다양했다. 일본 적십자사를 비롯한 일본 엔지오, 일본 신토회, 일본 불교회, 일본 기독교회 등 종교단체가 많았다. 무슨 무슨 초등학교, 무슨 무슨 노인회·산악회 등 국적·연령·종교 불문 다양했다.

핸드 마이크로 안내하는 지시에 따라 사람들은 일렬로 줄을 서기 시작했다. 모두 다 손에 하얀 장갑을 끼고 있었다. 미처 장갑을 준비하지 못한 사람들은 자원봉사자들이 돌아다니며 일일이 나누어 주었다. 주최 측에서 나온 자원봉사자들이 주먹밥과 김밥 생수 장갑을 무료로 나누어주고 있었다. 줄을 서 앞으로 나간 사람들은 뭔가 하얀 보자기에 감싼 소중한 것을 하나씩 받았다. 하얀 보자기 속에는 솜으로 안전하게 포장이 되어있었고 그 속에는 나무판자 같은 것이 들어있었다. 모서리와 둘레는 이중으로 매우 안전하게 띠로 감쌌다. 출발선에는 똑같은 크기의 하얀 보자기로 감싼 나무판자가 산더미처럼 쌓여 있었다. 크기는 가로 약 80센티, 세로 30센티에 폭은 6센티 정도의 아주 귀중한 물건을 넣은 듯했다. 무게는 약 3kg 정도 되었다. 천자문의 순서에 따라 천함부터 시작해, 두 번째는 함은 지, 세 번째 함은 현 마지막은 동 함으로 분류되어 있었다. 개수는 총 639함으로 각각의 함은 다시 권으로 분류되어 있었다. 권마다 일련번호를 나타내는 장으로 적혀 있었다. 아라비아 숫자로 일련번호가 다시 알기 쉽게 적혀있었고 바코드와 큐알코드가 인쇄되어 있었다.

사람들은 접수처에서 자동으로 얼굴과 홍채가 인식되어 자신의 신상명세가 컴퓨터에 기록되었다. 받은 하얀 보자기 겉포장에는 자신의 사진 국적과 주소 성명 연락처 등이 인쇄되어 나왔다. 참가기념으로 대장경판정대불사大藏經板頂戴佛事란 기념 손수건을 하나씩 받았다.

끝없는 사람들이 줄을 지어 대장경판정대불사에 참가했다. 특별한 의식은 없는 듯했다. 하얀 보자기를 받지 않은 사람들도 가끔 있었다. 성경을 가슴에 안고 동참하는 사람들도 있었고 코란을 들고 히잡을 쓴 사람도 눈에 띄었다. 대장경을 받든 안 받든 모두 소원하는 한마음으로 동참했다.

정부에서는 후지산 반경 50km의 접근금지가 일시 해제되었다. 사람들은 204.18km의 후지산 둘레길을 한 바퀴 돌며 18일 동안 하루 11km씩 걸어 후지산의 분화를 잠재울 동참 행사에 참가했다. 사람들은 자신의 체력이나 형편에 따라 참가했다. 여유가 있는 사람은 18일 동안 동참하지만 첫날 동참했다가 대장경판을 반납하고 마지막 날 다시 참가하겠다는 사람도 많았다.

정부에서는 24시간 드론을 후지산 분화구 위에 띄워 혹시 발생할지 모르는 폭발에 철저히 대비했다. 주최 측에서는 행사 참가자의 뒤치다꺼리에 무척 바빴다. 중간중간 음료수와 간식대를 설치했다. 도시락을 나누어 주었고 쓰레기를 치우며 간이 화장실을 설치했다. 야영을 하는 사람을 위해 숙박지에서는 천막을 치고 담요를 나누어주었다. 노약자들은 여관이나 산장으로 안내했고 다수의 사람들은 가까운 마을의 민박을 이용했고 대부분 숙식은 무료로 제공했다. 남녀노소 누구나 국적 불문, 종교 불문 한마음으로 동참했다. 인원에는 제한이 없었다. 그러나 최소 대장경판의 숫자만큼 81,258명이 참여해주었으면 하는 것이 주최 측의 바람이었다.

하늘에서 보면 하얀 띠가 후지산을 돌고 있는 것처럼 보였다. 사람들은 하얀 보자기를 머리에 이고 개미 모양 줄을 지어 후지산 둘레길을 따라 천천히 돌며 한마음으로 염원했다. 입이 큰 메기에게 염원하는 사람도 있었고 조상신에게 염원하는 사람도 있었다. 그냥 간절히 분화가 멈추기를 바라는 사람들이 많았다. 찬송가를 부르는 사람도 있었고 나무아미타불을 염불하는 사람들도 있었다. 한 무리의 사람들은 산보를 하듯 동요를 부르기도 했다.

다음날부터 신기한 일이 발생했다. 사람들이 하얀 천에 감싼 대장경판을 머리에 이고 후지산을 돌기 시작하자 거짓말같이 분화가 완전히 멈추어버렸고 유황냄새도 사라져 버렸다. 정확하게 말해서 돌기 시작한 당일 새벽부터 분화가 멈출 조짐은 있었다. 북서쪽에서 고기압이 발달하면서 북서풍이 불어왔고 더위는 남쪽 태평양 적도 지방으로 물러가기 시작했고 하늘은 맑고 높았다. 전형적인 가을 하늘이었다.

사람들은 높은 가을 하늘 아래 코스모스가 한들거리는 산길을 따라 머리에 하얀 보자기를 이고 후지산을 돌고 돌았다. 국적, 종교, 인종, 성별은 달랐지만 머리에 인 하얀 보자기와 염원하는 마음은 한마음 일심이었다.

방송사에서는 헬기나 드론으로 분화를 멈춘 후지산과 머리에 하얀 보자기를 이고 도는 모습을 전 세계에 생중계하기 시작했다. 반신반의하던 사람들은 뒤늦게 만사를 제쳐두고 행사에 참가했다. 시간이 지나자 점점 사람들이 몰려왔다.

처음엔 한 사람이 하얀 보자기 하나씩 머리에 이고 돌았지만 다음날부터 두세 사람 앞에 하얀 보자기 하나가 지급되었다. 그 다음 날은 열 명당 하나가 지급되었고 그다음 날은 대장경판을 싼 하얀 보자기 하나에 셀 수 없을 만큼 많은 사람들이 뒤를 따랐다.

하얀 보자기로 감싼 대장경판을 지급받지 못한 사람들은 스스로 준비한 하얀 보자기에 자신이 소중하게 여기는 물건을 감싸 머리에 이고 걸었다. 이 모습을 본 사람들은 금방 따라 하기 시작했다. 얼굴에 환한 미소를 머금은 채 모두 다 하얀 보자기 속에 뭔가를 넣어 머리에 이고 한마음으로 염원하며 걷기 시작했다.

사람들이 점점 몰려오자 하얀 보자기 행렬은 밤낮으로 이어졌다.

소설 속 과거 인물은 모두 실존 인물임을 밝혀둔다.

단, 무불無不 탁정식卓挺植은 일본 망명 후 의문사를 당하고, 요코야마 야스타케横山安武는 정한론을 반대하는 열 가지 이유를 메이지 덴노에게 상주하고 할복한다. 승려 히라노 대통大通은 가상인물이다.

작가는 고려대장경판을 조선 오백 년 동안 끊임없이 일본이 탐냈다는 사실을 바탕으로 미래지향적 장편소설 일심을 지었다.

감사합니다.

내용과 형식의 一心 회통, 진정한 화和에 이르는 길

—신종석 장편소설 『일심一心』

김성달·소설가

1.

소설은 말을 다루는 작업이다. 그래서 어떻게 쓰느냐 하는 형식이 중요하다는 주장이 있고. 한편으로는 소설이 진실을 드러내기 때문에 내용이 훨씬 중요하다는 주장도 있다. 그러다 보니 우리는 소설 작품에 대해서 내용은 좋은데 형식이 나쁘다든가, 형식은 좋은데 내용은 나쁘다는 식의 말을 자주 듣는다. 그것이 더 발전하면 어떻게 쓰느냐가 중요한가, 무엇을 쓰느냐가 중요한가 하는 문제로 확대된다. 하지만 이것은 불필요하고 소모적인 논쟁이다. 소설에서 그 자체로 좋고 나쁜 형식은 없기 때문이고, 더더욱 소설에서는 형식과 내용이 분리될 수 없다. 소설은 그럴듯한 내용에다가 맞춤한 형식의 옷을 입히는 것이 아니라, 침전된 내용이라는 형식을 갖고 있을 따름이다. 좋은 작품은 좋은 내용을 좋은 형식 속에 가두는 것이 아니라, 내용이 형식이 되고 형식 자체가 내용이 되는 일심一心 관계 속에 있다.

신종석의 장편소설『일심一心』을 이야기하면서 서두에 내용과 형식의 문제를 끄집어낸 것은 이 소설의 내용화된 형식으로 인지되는 독특한 구성 때문이다. 어떻게 쓰느냐가 중요하다는 주장은 소설을 위한 소설을 내세우는 것이고, 무엇을 쓰느냐가 중요하다고 목소리를 높이는 것은 인간을 위한 소설을 내세우는 것이다. 그런데 장편소설『일심一心』은 소설 자체를 지키려고 소설의 자율성을 강요하거나, 소설의 효율성을 중시하느라 내용에 치우쳐 소설의 불균형을 만든 것이 아니라, 내용과 형식이 一心으로 회통해 각별한 감동으로 다가오고 있다.

일본의 도쿄, 지바, 요코하마의 진도 9.7의 대지진 현장에서 시작되는 신종석의 장편소설『일심一心』은 21세기 일본이 배경이지만, 100년 전 일본과 조선 그리고 고려, 신라에 까지 그 시대배경을 넓히면서 고려대장경판(팔만대장경)의 근원을 좇는 이야기기의 형식이 독특하다. 일본의 현재와 과거를 오가면서 배경을 점층적으로 넓혀가는 구성은 원효, 의상, 의천, 무불無不 탁정식卓挺植, 요코야마 야스타케橫山安武, 히라노 대통大通 같은 등장인물들이 과거 역사가 아닌 현재 인물처럼 생생하게 읽힌다. 이것은 작가의 냉철한 문제의식이 소설의 내용적 특성을 형식과 적절히 조화시키고 있기에 가능하다. 작가는 그런 조화를 바탕으로 일본이 오백 년 동안 끊임없이 고려대장경판을 탐낸 궁금증을 끈질기게 파고들면서, 스스로를 그 속에 운명적으로 합일시키는 다양한 인물들을 그려내고 있다. 특히 소설의 중심을 이루는 요코야마 야스타케, 히라노 대통 대승정, 무불 탁정식의 면면을 입체적이게 형상하고 있어, 100년의 시공간 차이가 느껴지지 않을 정도로 현실감 있게 읽힌다.

그럼, 고려대장경판을 향한 일심의 현장으로 들어가 보자.

2.

10월 1일 새벽 일본 총리 관저. 요코야마 총리가 잠결에 눈을 뜬 순간 천지를 진동하는 꽝음이 들리며 몸이 공중으로 치솟다가 바닥으로 떨어진다. 대지진이었다.

순간 번개가 치듯 머릿속을 스치는 것이 있다. 외손녀 하나꼬의 재롱떠는 모습, 며칠 전 이시다 외무상의 타케시마 영토 주장, 고토꼬 할머니의 얼굴, 요코야마 야스타케 고조할아버지,

입이 몹시 크고 긴 수염이 좌우로 뻗은 땅속 큰 메기의 환상. 그리고 수많은 사람들이 대지진에 매몰되고 일본 열도가 태평양으로 가라앉는 환상이 공화空華처럼 눈앞에 어른거렸다.

팔만대장경을 소재로 하는 소설의 시작이 일본 총리 관저의 대지진 장면으로 시작되는데, 몇백 년 만에 일어난 일본의 '대지진'은 소설전개에 중요한 한 축을 형성한다.

사상 초유의 대지진으로 일천 삼백만 도쿄 주민과 주변 삼천만 주민이 매몰되고 후지산 분화가 시작되자 다급해진 요코야마 총리는 장관들과 함께 덴노을 찾아간다. 일본국의 상징인 덴노는 천재지변은 사람의 힘으로도 어떻게 할 방법이 없으니 하늘의 뜻에 따라 나라를 구할 수 있는 사주四柱를 타고난 사람을 찾아 맡겨보자고 한다. 덴노의 말을 좇아 요코야마 총리가 급히 찾아낸 사주 좋은 사람이 바로 가가와현 일월사 승려 혜민이다. 여기서 가가와현 일월사는 일찍부터 소설의 방향성을 암시하는 작가의 전략으로 읽힌다. 가가와현 일월사에는 총리의 고조할 아버지인 요코야마 야스타케 위패가 모셔진 곳이고, 친구인 히라노 대통 대승정이 입적한 고찰이기 때문이다.

1923년 9월 15일, **가가와현 일월사**. 요코야마 야스타케는 간토 조선인 대학살의 만행을 막지 못하고, 일본이 조선을 침략한 죄를 지극한 마음으로 참회하는 오체투지 삼천 배 중이다. 메이지 유신 공신인 그는 메이지 유신을 일으킨 후쿠자와 유키치의 제자 이토 히로부미와 다나카 미추야키가 탈아론과 정한론을 앞세워 동아시아의 침략 야욕을 일으키는 것을 반대해서, 메이지 덴노에게 정한론 반대 열 가지 이유와 그 대안으로 일본·조선·중국 삼국의 동맹안을 상소로 올리지만 받아들여지지 않자 화족 작위를 반납하고 평민으로 돌아갔다. 가난한 사무라이 집안에서 태어나 요코야마 집안의 양자가 된 그다. 그가 양자로 간 요코야마 집안의 화和는 남달랐다.

　　작은 것을 먼저 배려하고 인정하는 자타가 공인하는 화和를
　　실천하는 집안이었다. 화이부동和而不同을 덕목으로 삼고
　　약자를 괴롭히는 것은 사무라이의 수치라고 생각했다. 조
　　상 대대로 조선의 선불교를 숭상한 요코야마 집안은 홍익
　　인간弘益人間 이념인 인간뿐만 아니고, 온 누리의 만물을 이
　　롭게 하는 신라 선지식 원효元曉의 일심一心과 화쟁和諍 사
　　상을 신봉했다. 따라서 화엄사상인 존재와 현상들이 서로
　　끊임없이 연관되어 인과에 의하여 천태만상으로 변해간다
　　고 굳게 믿었다.

　이런 영향은 격동의 시대상황에서 요코야마 야스타케가 역사의 소용돌이를 어떻게 받아들이고 대처해나갈 것인가 하는 방향성을 보여준다. 1923년 9월 1일 일본 간토지방에서 대지진

이 발생하자 내무대신 미즈노 렌타로, 경시총감 아카이케 아쓰 두 사람은 이 기회를 일본 대동아의 신질서를 삼는 계기로 활용해 조선인을 불령선인으로 만들어 잔혹하게 학살한다. 이때 요코야마 야스타케는 국민의 대동단결이 무고한 조선 사람을 때려죽이는 것이냐고 경시총감을 꾸짖는다.

구라파 유학을 다녀온 사무라이들은 국민의 보다 나은 삶과 동아시아를 지키고 평화를 위한다는 메이지 유신으로 막번 체제를 무너뜨리고 왕정복고를 이루는데, 요코야마 야스타케와 그의 친구이자 승려인 히라노 게이스이도 적극 동참한다. 일월사는 그들이 화和와 정의를 위해 메이지 유신에 동참하고자 의기투합했던 곳이다. 하지만 지금의 위정자들은 또다시 일본의 장정과 국민을 전쟁터와 노역에 끌어들이고 있다. 그들은 일본의 전통 화和를 왜곡하고 빙자하여 개인의 인권은 무시한 채 오직 집단의 화和만 강조한다. 요코야마 야스타케는 그것은 화和가 아닌 동同이라고 역설하지만 그들은 외면한다.

가부좌를 틀고 생각에 잠겼던 요코야마 야스타케는 인기척에 눈을 뜨니 오랜 벗 히라노 대통이 미소를 머금으며 옆에 앉는다. 그는 1876년 일본이 병자수호조약으로 부산에 본원사本願寺를 짓고 포교를 핑계로 조선에 들어오자 부산으로 건너와 조선의 개화에 앞장선다. 이때 개화파 조선 승려 이동인, 무불탁정식과 의기투합해 김옥균 등에게 개화의 불씨를 당기게 된다. 그러면서 어릴 때부터 동경해오던 조선의 선불교를 공부하면서 조선에 깊이 빠져드는데 일본 야쿠자들의 조선 명성황후 시해 소식을 듣고 조선에 참회한다며 가야산 해인사로 들어가 대통이란 조선식 법명을 받는다. 그게 벌써 삼십 년의 전의 일이었고, 지금은 일본 최고의 대승정이다. 사람들은 그를 일본성에 조선식 법명을 붙여 히라노 대통大通 생불로 부른다. 요코야마 야스타케는 앞을 내다볼 줄 모르는 일본의 위정자들이 전횡을 일삼아 자칫 수많은 사람이 죽어갈 앞날이 답답하고 안타까워 히라노 대통에게 대승정으로 미래를 바꿀 수 있는 비결이 있으면 알려달라고 한다.

> "…일심一心으로 단박에 깨우치든지, 아니면 一心의 진리로 염원하면 얼마든지 가능하지. 다 하기 나름이다. 말이야." (중략)
> 요코야마는 앞산을 바라보며 대통에게 一心의 진리를 캐물었다.
> "원효 스님께서 일체유심조一切唯心造를 깨달으시고 삼계유심三界唯心이라 했는데 一心이면 우주의 흐름을 바꿀 수 있는가…?"
> 대통은 염주를 돌리며 단호히 말했다.
> "암 바꿀 수 있지. 일시에 바꿀 수 있고말고. 부처의 一心과 대중의 한마음이 모이면 가능하지."

이 소설의 치밀한 구성을 지탱하는 개성적인 장면이다. 서두에 시대를 초월하여 존재하는 삶의 방식을 이렇게 一心으로 제시하는 것은 시사하는 바가 적지 않다.

요코야마 야스타케는 친구인 히라노 대통과 함께 앉아있으니, 그들에게 一心을 깨우쳐준 무불無不 탁정식이 보고 싶다. 무불은 강원도 백담사 출신으로 승려 이동인과 김옥균 등과 만나 개화운동에 앞장선다. 1883년 김옥균의 일본 방문을 비공식적으로 수행하는데 그때 일본의 도쿄 본원사에서 요코야마 야스타케를 만난다. 개화파 승려 이동인이 암살당하자 승려로 자신의 정체를 감춘 채 대한제국 고종 황제의 비밀정보기관 제국익문사가 된다. 하지만 갑신정변 후 일본으로 망명해서 아사노 카쿠지로 개명해 살아간다. 고려불교 문화재에 조예가 깊고 폐사지 전문가인 그는 일본에서 고려불교 연구에 심취한다. 특히 조선에서는 자료부족으로 연구할 수 없었던 고려대장경판 연구에 몰두하다가 어느 날 흔적도 없이 사라졌다.

대지진 발생 삼일 째, 후지산 분화 이틀 후인 10월 3일 오후, 다 떨어진 장삼을 걸치고 나타난 혜민 스님은 백척간두에 서 있는 나라를 구할 혜안을 묻는 요코야마 총리에게 "一心으로 회통會通시키면 모를까?" 하는 알쏭달쏭한 말을 하더니, 자신에게는 그런 혜안이나 지혜도 없고, 다만 히라노 대통께서 입적하시면서 남긴 말씀이 있어 전해드리려고 왔다는 것이다. 혜민 스님으로부터 대통 대정승의 유언이 담긴 봉투를 건네받은 요코야마 총리와 장관들은 그길로 덴노를 찾아가 봉투를 개봉한다.

"高麗大藏經板"
단 여섯 글자, 高麗大藏經板고려대장경판 이라고만 쓰여 있었다.
순간 모두 놀라지 않을 수 없었다.
아니, 먼저 고려라면 이웃 한국의 옛 국호를 말하지 않는 가? 그리고 대장경판이라면 석가모니 부처님의 말씀을 집 성한 경전을 판각한 목판으로 알고 있는데,
이게 무슨 뜻이란 말 인고…
왜 하필 고려대장경판인가…?

덴노를 비롯한 요코야마 총리와 장관들은 절체절명의 위기 에서 일본을 구할 길을 찾은 줄 알았는데 도저히 해석할 수 없 는 여섯 글자 앞에서 헤어날 수 없는 충격을 받는다.

역사소설은 가급적 작가의 상상력을 배제한 채 역사적 사실 에 밀착해 객관적으로 재현하는 서술과, 구체적인 역사적 사건 보다도 작가의 자유롭고 무한한 상상력에 주안점을 두는 서술 방법이 있다. 소설『일심一心』은 그 둘을 적절히 활용하고 있는 데 위의 장면은 후자, 즉 작가의 상상력이 기막히게 발현된 빛 나는 장면이다. 소설 초반에는 이처럼 작가의 상상력에 입각한 창작적 허구성이 강하지만 중반부는 방대한 경전과 문헌들 바

탕의 실증적 묘사를 하고 있는데 그것은 작가가 이미 『원효』라는 소설을 집필했기에 가능한 것이다.

1907년 1월 20일 새벽 관부연락선 이키마루호 갑판에는 23년 만에 고국으로 돌아오는 무불이 타고 있다. 그는 살을 에는 듯한 고국의 삭풍 속에서 김옥균을 비롯한 개화파를 떠올리며, 23년 전 백성의 한마음인 일심을 얻지 못했던 자책에 '나는 누구인가?'하고 돌아본다.

갑신정변이 실패하고 일본으로 망명한 무불 탁정식은 도쿄의 본원사에 머물면서 히라노 대통, 요코야마 야스타케와 친분을 쌓는다. 무불은 갑신정변의 실패를 위로하는 요코야마 야스타케에게 一心에 관한 이야기를 들려준다. 이에 요코야마는 무불에게 '스님께서 일본에 一心을 깨우치게 해주시고 원융회통圓融會通으로 두 나라가 화이부동하게 해' 달라는 소망을 말한다. 그 소리에 무불은 밤이 새는 줄 모르고 원효의 일심一心과 그것의 바탕이 된 조선 민족의 건국이념인 홍익사상 등 많은 이야기를 들려준다.

"먼저 자신의 몸과 마음이 화和를 이루고 이상과 현실이, 과거와 현재가 그리고 미래가 조화되고 나와 남이 화和를 이룰 때 한마음 一心이 됩니다. 우리는 수행을 통하여 무명에서 비롯된 자기 집착을 버리고 원래의 순수한 본성자각으로 돌아가야 합니다.

저가 종교적으로 一心을 어렵게 설명했습니다만 일심은 민심이요 천심이며, 정의며 진리인 모두의 마음인 한마음입니다. 이 한마음은 우린 인간의 미래며 나아갈 바른 길입니다."

　작가가 팔만대장경을 소재로 한 것에서도 짐작이 되지만, 위와 같은 장면을 통해 경전에 관한 작가의 깊은 선지식을 알 수 있다. 그것은 아마도 불교에 관한 작가의 왕성한 지적 관심을 바탕으로 갖가지 사료나 불교 경전을 섭렵하는 등 지속적인 준비와 노력을 기울인 결과일 것이다. 이런 작가의 종교적인 자질과 소설가로서의 문학적 상상력이 어우러져 한 귀에 쏙 들어오는 一心의 설명으로 환원되고 있는 것이다. 그것은 베일에 싸인 팔만대장경의 과거와 현재 사이에 존재하는 둘 사이의 필연적인 단절성을 一心으로 극복하려는 작가 상상력의 산물이다.

　1907년 1월 20일, 관부연락선 이키마루호 3층 VIP실에는 일본 궁내대신 다나카 미추야키가 타고 있다. 대한제국 황태자 순종의 두 번째 결혼식에 사절단을 끌고 온 다나카는 개인적인 야욕이 있어 역사학자이자 도굴범인 사카와 카게노브와 조선인 무불 탁정식을 데리고 왔다. 사카와 카게노브는 만주에서 광개토대왕비를 찾아낸 장본인이다.

1906년 11월 5일, 도쿄 궁내대신 사택에 무불 탁정식이 도착한다. 무불은 일본 궁내대신 다나카 미추야키가 자신을 부른 이유를 짐작한다. 가끔 일본 고위 관리들이 본원사에 들러 조선 문화재 감정을 부탁했기 때문이다. 무불은 조선에 함께 가서 고려대장경판 인수 지휘를 준비하라는 다나카의 말에 눈앞이 캄캄해 급히 요코야마 야스타케를 찾아가지만 그는 국제 여론에 호소할 것을 권유하며, 그때에 맞추어 조선인들의 총 궐기를 제안한다.

1907년 1월 20일, 오후 경부선 열차 VIP룸에는 궁내대신 다나카와 도굴꾼 사카와가 타고 있다. 경천사 십층석탑의 사진을 보면서 귀한 보물을 벌판에 버려둔 조선 사람들의 미천함을 욕하던 다나카는 가죽 가방에서 고려대장경 영인본을 꺼내며 자신이 왜 그토록 고려대장경판을 원하는지를 토로한다.

"사실 난 고려대장경판에 대하여 아는 게 없어. 그리고 석가모니의 가피니 하는 종교적인 힘을 난 믿지 않아. 다만 우리 조상들이 그렇게 원했기 때문에 지금 내가 그 원을 풀어주는 심정으로 고려대장경판을 일본으로 가져가려는 것이야. 어떻게 보면 일종의 오기라고 할 수 있지. 조선은 500년 동안 억불정책으로 자신들이 귀하게 여기지도 않으면서, 우리가 아무리 사정하고 부탁을 해도 주지 않았어. 우리 일본을 아주 얕본 거지. 그래 두고 보자! 요오시!"

눈치 빠른 독자들은 이미 확인했겠지만 작가는 확실한 의도를 가지고 소설을 구성하고 있다. 즉 역사의 현장성을 중심으로 상황을 밀도 있게 그리고 있다. 작가의 주된 관심사인 일본이 팔만대장경을 그토록 원하는 이유와 그 배후에 묻혀있는 역사를 소설로 재생하면서, 터무니없는 공상에 의존하거나 객관적인 실증에만 매달리지 않고 날짜와 시간 장소를 구체적으로 명시하는 현장성을 통해 당시의 치열한 정치, 문화적인 관계를 전개하는 과정을 보여주면서, 치열하게 살아간 인물의 생생한 현실적 재현을 염두에 둔 치밀한 구상이다. 이런 점이 이 소설이 과거가 아니라 현재형으로 읽히게 만드는 단단한 힘으로 작용한다.

1885년 봄, 도쿄의 본원사. 일본에 망명한 무불 탁정식은 도쿄 본원사에서 한동안 식객으로 지내면서 찾아오는 사람에게 반야심경, 금강경을 사경 해주거나, 원효 스님의 一心 사상을 설법하기도 하다가, 본원사 수장고에 고려대장경 영인본이 있다는 사실을 우연히 알게 된다. 무불에게는 엄청난 사건이고, 그의 인생에 획기적인 전환점이 된다. 조선에 있을 때도 말로만 들었지 한 번도 보지 못한 고려대장경 영인본이다. 더욱 놀라운 것은 조선에는 한 권도 없다고 알려진 초조대장경 영인본이 교토 남선사와, 일본 변방의 대마도 작은 이키섬 안국사에 완벽하게 보존되어 있는 것이었다. 그때부터 무불은 두문불출 고려대장경 연구에 본격적으로 몰두하기 시작한다.

무불은 석가모니 부처님을 직접 뵙는 듯 환희심이 솟아올랐다. 고려대장경 영인본에 손을 대는 순간 손끝을 타고 영기가 피워 올랐고 온몸이 따뜻해지면서 공중으로 붕 떠는 느낌이 들었다. 마치 시공을 초월해 이천 사백 년 전 녹야원鹿野園에서 다섯 수행자의 한 사람으로 석가모니 부처님에게 직접 초전법륜初轉法輪을 듣는 듯 했다. 무불은 뛰는 가슴을 진정시키고 며칠 밤낮을 오체투지를 하기 시작했다.

무불이 팔만대장경을 연구하고 궁극적으로 一心을 지향하게 된 이유와 과정을 추측케 하는 대목으로 소설이 급격하게 분화하는 순간으로 작가의 무한한 상상력이 절묘하게 피어나고 있다.

1907년 1월 21일. 다나카와 헤어진 무불 탁정식은 곧장 고령 개경포로 달려가 히라노 대통을 만난다. 그는 해인사에서 12년째 고려대장경판(재조대장경) 연구에 정진 중이고, 무불은 도쿄 본원사에서 22년째 고려대장경판(초조, 교장, 재조대장경)을 연구 중이다. 둘은 그동안 서신을 통해 연구 결과와 의문점을 주고받으며 좋은 도반으로 25년 동안 뜻을 같이하고 있다. 그들은 개경포 나루터에서 해인사로 발길을 재촉하며 81,352판의 경판을 해인사로 어떻게 옮겼는지 의문을 주고받는다.

"81,352 경판을 산 넘고 물 건너, 이고 지고 한 번에 완벽하게 옮긴다는 것은 불가능하오. 그럼 이런 경우를 생각해 볼 수 있소. 해인사 가까운 곳에서 판각했다고. 아니면 전국의 사찰에서 동시다발적으로 법회를 열 듯 말이오. 어차피 경판의 판하본은 강화경江華京 대장도감大藏都監에서 개타사 승통僧統 수기守其 대사를 비롯한 고승대덕들이 직접 교정 감수를 하고, 필체가 좋은 학승들이나 승과에 급제한 스님들이 집체교육을 받아 구양순체歐陽詢體로 쓰고, 전국의 각 수들이 일심으로 한 자 각하고 삼배를 하면서 16년 동안 새겼다고 봐야지요. 그런데 무불의 편지를 받고 난 놀랐소, 무불께서 연구한 각수들이 자율적이었다는 것에 정말 놀랐소. 난 처음 고려대장경판이 무인정권의 실권자 최이崔怡에 의하여 반강제적으로 만들어진 줄 알았소이다. 조선 스님들도 대부분 그렇게 알고 있어요."

무불은 빙그레 웃으며 말했다.

"그동안 대통께서 공부를 많이 하셨구료. 1236년은 고종23년으로 무신정권 독재자 최이가 군림했고, 달단韃靼몽골이 고려의 전 국토를 유린하고 쑥대밭으로 만든 시기가 아니오. 하지만 고려인들은 무주보상시의 한마음 一心으로 판각했소이다. 억불숭유의 조선 선비나 일본의 일부 학자들이 고려 불교를 폄하하기 위해 한 말이지요."

인간의 운명적 요소를 거쳐 일심이 지향하는 어떤 영원한 것에 도달하는 구도의 과정을 상징적으로 제시하는 장면으로 팔만대장경을 바라보는 작가의 시선이 고스란히 투영되고 있다. 그래서 삶의 어려움 앞에서 방관자적 절망의 자세가 아닌 적극적인 극복의지를 가진 의지의 인간들이 체득하게 되는 페이소스적인 삶의 자각이 음영 짙게 드러나 있다

가야산 해인사에 들어선 무불이 두 손을 모으고 수다라장 앞에 서는 순간 하늘에서 장엄한 소리가 들린다. "무불이여, 그대는 반드시 사성제四聖諦, 네 가지 성스러운 진리에 대하여 알아야 하느니라!" 부처님의 목소리를 들은 무불 탁정식은 수다라장 안으로 깊숙이 들어가 합장하고 삼배를 한 후 81,352경판 중에 대승경전을 대표하는 마하반야바라밀다심경이 판각된 경판을 친견한다. 무불은 일본에서 고려대장경판각을 연구하면서 판각에 참여한 장인 각수들의 명단을 찾았다. 각수들은 무수상보시를 실천덕목으로 참여해서 이름 밝히기를 꺼려해서 그들의 명단을 찾기가 어려웠다. 전국에서 참여한 약 3,600명은 출신 성분이 모두 달랐고, 각수에 참여하는 것도 자율적이었다. 무불은 그 자율성이 팔만대장경 위업을 이룬 성공의 비밀이라고 보았다. 전국에서 장인 각수들이 자율적으로 참여했는데도 고려대장경판은 마치 한 사람이 새긴 듯 똑같았다. 무불은 그것이 무아의 경지에서 一心으로 각을 세웠다는 것을 증명하는 것으로

생각한다.

"지금 가야산 해인사에 있는 고려대장경판의 5천2백만 자를 한 자로 요약하면 마음 心이 아니겠습니까? 부처님의 설법을 천오백 년 동안 구하고 모아 시공을 초월해 81,352 경판에 새긴 것을 한마음인 一로 본다면, 고려대장경판은 한마디로 一心이라고 소인 감히 말씀드립니다."

무불의 말에 해인사 법조 스님은 "하…, 하, 一心이라…! 그렇게 표현하니 고려대장경판의 진공묘유를 보는 듯합니다"라고 하면서 놀라움을 금치 못한다.

무불은 법조 스님에게 다나카가 일본으로 돌아가면서 덴노에게 줄 선물로 가야산 해인사의 고려대장경판을 가지고 갈 계획인데 반드시 제지해야 한다고 목소리를 높인다. 그는 일본이 고려 말부터 고려대장경을 요구하기 시작한 이후, 조선에서도 계속된 그 집요한 공작을 알고 있다. 조선 성종 때는 일본인들이 조선 조정의 관리 복장으로 변복을 하고 어명이라며 합천군수에게 고려대장경판을 가지러 왔다고 속인 일이 있을 정도이다. 일본은 끊임없이 고려대장경판 약취에 신경을 쓰면서도 직접 대장경 판각을 시도했지만 뜻을 이루지 못한다.

경천사 십층석탑. 궁내대신 다나카와 도굴꾼 사카와가 일본 헌병대를 동원해 십층석탑을 해체하려고 하지만 개풍 군수 신달수를 비롯한 백성들의 강력한 반발에 부닥친다. 한밤중까지 대치가 계속되었는데, 새벽녘에 폭설이 쏟아져 군중들의 감시가 소홀한 틈을 타 다나카 일행은 소달구지에 해체한 탑신을 싣고 개성역을 몰래 빠져나간다. 이틀 후, 한성 한국통감부에는 초대 통감 이토 히로부미가 일본 궁내대신 다나카와 마주 앉아서 십층석탑 때문에 난처해진 여론을 내세워 다나카가 고려대장경판을 가져가는 것을 보류시킨다. 그로부터 한 달이 지나 무불 탁정식은 히라노 대통과 함께 봉원사에서 조선으로 건너온 요코야마 야스타케와 반갑게 해후한다.

홍왕사 가는 길. 봄바람이 상쾌한 어느 날 무불, 대통, 요코야마 세 사람은 초조대장경과 대각국사 의천이 지었다는 교장의 흔적을 찾아 떠난다. 개경 홍왕사에 교장도감을 두고 1091년부터 1102년까지 금산사, 광교원 등 지방 사찰에서 나누어 판각했다고 전해지는 전설 같은 교장이다. 교장의 내용이 남아있는 것이 없어 사람들은 추측으로 초조대장경에서 빠진 부분을 추가한 속장경이라고 말하지만, 무불은 여러 정황으로 봤을 때 새로운 일심의 진리를 남겼을 것이라 확신한다. 홍왕사가 있었던 개풍군에 도착한 세 사람은 절의 흔적을 더듬는다. 고려의 문종때 지어진 홍왕사 이천 팔백 동의 건물은 불타 없어졌지만 어딘가에 계단과 주춧돌은 남아있을 것이었다. 문종의 넷째 아들 의천은 열세 살에 승통이 되어 홍왕사의 주인이 되지만 새로운 진리에 목말라 31세에 송나라로 유학을 떠나 선지식을 찾아다니다가 소동파를 만나 크게 깨달은 후 홍왕사에서 고려만의 교장을 쓰기 시작한다.

홍왕사에 발견한 오래된 오석의 탁본을 뜬 무불은 그 내용을 통해 의천의 교장은 북송개보장과는 달리 독자적으로 연구한 원효의 주석서라는 것을 발견한다. 따라서 의천의 교장은 원효 스님의 일심과 화쟁이 핵심이라는 확신을 한다.

> 一心은 근원처이며 화쟁은 합치는 귀일처입니다. 만물은
> 一心에 뿌리를 두고 생겨나 생주이멸을 거듭합니다. 만물
> 은 저마다의 독립적인 개성을 유지하면서 서로 화합하여
> 조화를 이루어야 된다고 말씀하셨습니다. 우리는 자신의
> 육체와 정신이 조화를 이루고 이상과 현실이 조화되고 어
> 제와 오늘이 조화되고 오늘과 내일이, 나와 남이 조화되고
> 부분과 전체가 조화되고 생명과 환경이 조화되어, 이웃과
> 이웃이 화이부동 하는 것입니다. 이 조화의 밑바탕에는 무
> 명에서 비롯된 자기 집착을 버리고 원래 순수한 본성자각
> 으로 회귀해야 한다는 것입니다. 이것은 조선민족의 가슴
> 속에 면면히 흐르고 있는 천부도天府道에 의한 홍익인간弘
> 益人間 사상과 부도복본符都複本 사상입니다.

이와 같이 원효, 의상, 의천을 둘러싼 이야기들은 종교적인

의미뿐만 아니라 사람 본성의 근원에 대한 사유로 읽히며, 인간의 소중함을 일깨우는 깨달음으로 다가오면서도 작가가 말하고자 하는 일심의 내용을 고스란히 내포하고 있어 그 깊이가 한량없다.

　대중의 진리. 덴노를 비롯한 요코야마 총리 그리고 국가위기관리센터 장관들의 시선이 혜민에게 쏠렸지만 깡마른 그의 얼굴엔 염화미소만 머금고 있다. 보다 못한 요코야마 총리가 '고려대장경판'의 뜻을 묻지만 답이 없던 혜민이 드디어 입을 연다.

　　"왜 고려대장경판이냐? 고려대장경판은 一心의 진리를 담은 큰 바구니이기 때문입니다. 고려대장경판은 한마디로 불·법·승 삼보의 진리가 오롯이 담겨있는, 경·율·론 삼장의 큰 바구니를 말합니다. 고려대장경판은 세상에서 가장 진공묘유한 一心의 바구니입니다. 그 힘은 석가모니 부처님을 능가하며 이 세상 무엇보다 비교할 수 없는 진리이며 一心이 담긴 큰 바구니입니다."

　혜민은 아시카가 막부에서는 지진이 일어나면 고려대장경을 덴노 헤이카 이하 온 백성이 밤낮으로 독송했다는 기록이 있다는 말도 덧붙인다. 하지만 요코야마 총리는 머릿속이 복잡하다. 하필 한국의 고려대장경판이 후지산 대폭발을 멈추게 한다니.

지푸라기라도 잡고 싶지만 자칫 세계적인 웃음거리가 될 수도 있다. 그사이 밤이면 연기를 내뿜던 후지산은 날이 새고 기온이 올라가면 격렬한 폭음과 동시에 버섯구름을 하늘 높이 마구 뿜어댄다. 대지진에서 살아남은 사람들은 배를 타고 한국, 대만 등으로 빠져나가기 시작하고, 부두마다 피난을 떠나는 행렬이 줄을 잇는다. 대지진의 복구는 아예 뒷전이었고, 후지산에서 멀리 떨어진 사람들도 동요하기 시작했다.

　　"문제는 고려대장경판이면 반드시 후지산의 대분화를 잠재울 수 있다고 믿는 우리들의 간절한 마음입니다. 우선 여기 계신 총리 이하 내각의 장관님들부터 그리고 사회의 지도자층부터 일심으로 和를 이루어야 합니다. 우선 자신의 몸과 마음이 和하고 이상과 현실이 和하고, 과거와 현재가 和하고 현재와 미래가 和해야 한다고 생각합니다. 그럼 나와 남이 和하고 전체가 和합니다. 나와 만물이 스스럼없이 和할 때 一心이 되는 겁니다. 중요한 것은 무명에서 비롯된 자기 집착을 버려야 一心이 되는 것입니다."

　　요코야마 총리는 혜민의 말을 들을 때는 수긍이 가는 것 같았지만 돌아서면 아리송하다.

　　왜 히필 한국의 고려대장경판이란 말인가? 일본의 대정신수대장경이 있는데, 과연 혜민의 말대로 일본의 대정신수대장경에는 心은 있는데 국민의 간절함인 一이 없고, 한국

의 고려대장경판에는 一과 心이 있다고 말하면 국민들은
이것을 받아들일 것인가? 사주가 좋은 사람, 위기에서 나라
를 구할 수 있는 사주를 타고난 혜민의 뜻에 따라서 무조건
따르자고 하면 국민의 반응은 과연 어떻게 나올까?

회의를 마치고 안가로 돌아온 혜민은 일본을 사랑하는 사람
들이 보낸 욕설에 가까운 편지를 받고 명상에 든다. 혜민은 한
국의 고려대장경판이 세상에 하나밖에 없는 유일한 一心이라는
생각에는 변함이 없다. 국난 극복을 위한 백성의 一心 한마음으
로 판각한 목판본으로 세계에서 유일하게 남아있는 것이기 때
문이다. 혜민은 "스님께서 그렇게 평생을 매달린 고려대장경판
은 무엇입니까? 대통에게 질문을 한다.

고려대장경판을 내려놓아라. 방하착放下著. 놓아라, 그럼
一心의 진리가 보이느라. 혜민아,

단호한 대통의 대답에 혜민은 자신을 돌아보며 '나는 누구이
며, 어디서 왔고, 어디로 가야 하는가? 왜 자신에게 대통이 편지
를 전하게 했는지를 자문하고 또 자문한다. '그래, 종교와 국적
을 떠나, 오직 一心으로 가자. 종교와 국적을 떠나…, 탈종교…!
탈국적…! 그럼 진정한 和가 된다. 모든 것에서 벗어나야 一心
이 된다. 그럼 고려대장경판마저 벗어나야…! 그래.'

혜민은 이튿날 미에현 이세 신사神社를 찾는다. 그곳은 30만 일본 신사를 통괄하는 신사본청의 총본산이며, 야스쿠니 신사 못지않게 일본 극우주의자들의 성지라고 여기는 곳이다. 혜민은 그곳에서 일본의 30만 신사를 대표하는 구우지인 도반 나카무라를 만난다. 그는 고려대장경판을 가지고 후지산의 폭발을 막으려는 혜민의 진심을 알지만, 일본의 사정상 그릇이 중요한 게 아니고 거기에 담겨있는 一心이 필요하다고 한다.

우리가 흔히 대승, 대승하는데 대승이 무엇인가? 대중의 진리를 난 대승이라고 말하고 싶네. 다시 말해 이타적인 안목으로 세상을 보며 보다 활발하고 폭넓게 중생을 구제하는 것 아닌가? 그런데 꼭 고려대장경판만을 주장함은 좁은 안목이야. 지금 중요한 것은 후지산의 분화 아니, 폭발을 멈추는 것 아닌가? 한국의 고려대장경판인가? 어디다가 방점을 찍어야 하는가?

항상 인간과 인간의 관계를 인식하고, 운명에 좌우되는 인간을 묘사하면서도 단순히 운명 속의 인간을 그려내는 것이 아니라, 운명 속을 유유히 흐르고 지탱하는 一心을 의미 있는 공간으로 불러낸 값진 장면이다.

하얀 보자기. 도쿄 대지진 발생 10일이 지났고, 후지산 분화 10일이 되었다. 금방이라도 폭발하듯이 검은 연기를 내뿜던 후지산은 한동안 죽은 듯 잠잠하다가 다시 불끈 검은 연기를 토하면서 종잡을 수가 없지만 후지산의 웅장한 모습은 점점 국민들의 가슴속에 신앙처럼 자리를 잡기 시작한다.

이른 새벽 동트기 전, 십만 년 전 후지산의 대폭발로 생긴 가와구치 호수 앞으로 새벽부터 흰장갑을 낀 사람들이 하나둘 모여든다. 연기가 사라진 후지산꼭대기를 보며 기뻐하는 그들은 일본 전국 각지는 물론이고, 한국이나 아프리카 케냐 같이 전 세계에서 자진해서 모여든 사람들이다. 국적, 연령, 종교 불문의 다양한 사람들이 손에 하얀 장갑을 끼고 하얀 보자기로 감싼 것을 뭔가를 하나씩 받는다.

출발선에는 똑같은 크기의 하얀 보자기로 감싼 나무판자가 산더미처럼 쌓여 있었다. 크기는 가로 약 80센티, 세로 30센티에 폭은 6센티 정도의 아주 귀중한 물건을 넣은 듯했다. 무게는 약 3kg정도 되었다. 천자문의 순서에 따라 천 함부터 시작해, 두 번째 함은 지, 세 번째 함은 현, 마지막은 동 함으로 분류되어 있었다. 개수는 총 639함으로 각각의 함은 다시 권으로 분류되어 있었다. 권마다 일련번호가 다시 알기 쉽게 적혀있었고 바코드와 큐알코드가 인쇄되어 있었다.

사람들은 끝없이 줄을 지어 대장경판정대불사에 참가한다. 특별한 의식은 없다. 하얀 보자기를 받지 않은 사람도 있고, 성경을 가슴에 안고 동참하는 사람도 있고, 코란을 들고 히잡을 쓴 사람도 있다. 대장경을 받든 안 받든 모두 소원하는 한마음으로 동참한다. 남녀노소, 국적·종교 불문 한마음으로 함께한다. 인원 제한은 없었지만 최소 대장경판의 숫자만큼 81,352명이 참석해주었으면 하는 것이 주최 측의 바람이지만, 하얀 보자기 행렬이 밤낮으로 끝없이 이어진다.

> 사람들은 높은 가을 하늘 아래 코스모스가 한들거리는 산길을 따라 머리에 하얀 보자기를 이고 후지산을 돌고 돌았다. 국적, 종교, 인종, 성별은 달랐지만 머리에 인 하얀 보자기와 염원하는 마음은 한마음 일심이었다.

숭엄하고 아름다운 소설의 결말이다. 독자들의 상상을 뛰어넘는 웅대함과 장엄미를 느끼게 하는 한편, 一心에 대한 한없는 경외의 감정을 갖게 한다. 역사와 인간의 굴곡진 삶 속에서 언제나 결연하게 흘렀고, 지금도 흐르고 있는 一心의 한마음을 확인하는 위대한 순간이다.

3.

위에서 살펴본 것처럼 장편소설 『일심一心』은 시나리오 대본 같은 입체적이고 현장감 있는 구성과, 역사와 종교에 대한 자각으로 조탁된 문장으로 100년 전의 이야기를 마치 한 편의 영화를 보는 것처럼 드라마틱하게 보여주고 있다. 작가의 이런 구성과 문장은 결과적으로 역사소설의 사실성과 진실성을 부각시키는 효과를 거두고 있어 매우 긍정적으로 작용하고 있다. 소설은 탄탄한 이야기와 이를 뒷받침하는 등장인물의 다채로운 성격의 조화를 통해 작가가 보여주고 싶은 사상이나 메시지를 얼마나 감동적으로 독자들에게 전달하느냐에 따라 그 승패가 달려있다. 그런 점에서 신종석의 소설 『일심一心』은 일정한 완성도를 지닌 수작이다.

소설의 현장 중심 긴박한 구성은 마치 실존적 사실을 방불케 하는 치밀한 이야기 전개로 이어진다. 작가는 에필로그에서 소설 속 인물들이 모두 실존 인물임을 밝히고 있다. 하지만 작가는 위대한 세계적 유산 팔만대장경과 연관된 아득한 시간 너머 저편에 존재하는 인물들의 절실하고도 애절한 사연을 사실과 허구로 넘나드는 이야기, 내용과 형식을 회통하는 구성을 통해 깔끔하게 빚어내고 있다. 그렇게 빚어진 소설은 우리가 알고 있지만 그 위대성을 제대로 인식하지 못하는 팔만대장경의 존재를 실증적으로 자각하게 하면서도, 그것이 만들어지는 一心의 과정을 통해 인류의 보고寶庫에 대한 무한한 경외의 감정을 형상화하고 있다.

이 소설에서 인상적인 것은 주요 등장인물들이 운명적 만남을 통해 깨닫게 된 一心에 대한 일관된 시선이다. 一心은 무불탁정식과 히라노 대통 그리고 요코야마 야스타케의 가치관을 변화시키면서도 마지막까지 그들 삶의 버팀목으로 작용한다. 그 어떤 현실적 역경에도 굴하지 않고 국가의 흥망을 一心으로 극복하려는 과정을 엮은 자각의 문체는 그런 인물들의 강렬한 인상들과도 일맥상통한다.

작가는 소설을 통해 유장한 역사에 비하면 인간의 삶이 너무나 보잘것없지만 그러나 보편적이고 영원한 것을 인간의 노력을 통해 후대에 남기고 전달할 때, 사상 초유의 대지진 같은 참혹하고 비정한 현실이라도 반드시 극복할 수 있다는 메시지를 전하고 있다. 이와 같은 진리에 대한 작가의 확실한 인식이 있었기에 소설은 거센 풍랑에도 一心을 끝까지 유지하고 있다.

소설 속에는 항상 인간의 운명에 대한 작가의 변함없는 시선이 존재하는데, 그러한 시선이 종교나 철학과 같은 사변적인 세계로 확대되지 않고 나와 너, 우리를 모두를 위한 화和를 통한 一心으로 나아간다는 작가의 소설적 메시지로 읽힌다. 작가의 그 확고한 메시지는 나라가 바뀌고 시대가 바뀌어도 소멸되지 않고 영원히 남는 것은 인간들의 한마음 一心이라는 것을 감동적으로 전달하고 있다. 작가는 역사의 굴곡진 흐름 속에서도 인간들이 한마음 一心을 반드시 간직해야 하는 이유를 장편소설

『일심一心』을 통해 값지게 증명하고 있다. 그것이 이 소설의 눈부신 성취이다.

일심一心

초판 1쇄인쇄 2018년 11월 20일
초판 1쇄발행 2018년 11월 23일

저　자　신종석
발행인　박지연
발행처　도서출판 도화
등　록　2013년 11월 19일 제2013-000124호

주　소　서울시 송파구 성내천로 39
전　화　02) 3012-1030
팩　스　02) 3012-1031
전자우편　dohwa1030@daum.net
인　쇄　(주)현문

ISBN ｜ 979-11-86644-69-0*03810
정가 14,000원

*본 도서는 2018년 한국문화예술위원회, 부산광역시,
부산문화재단 지역문화예술특성화지원 사업으로 지
원을 받았습니다.

도화道化, fool는
고정적인 질서에 대한 익살맞은 비판자,
고정화된 사고의 틀을 해체한다는 뜻입니다.